ЗА
Криминальное соло Марины Крамер

МАРИНА КРАМЕР

ТАНГО ПОД ПРИЦЕЛОМ

Москва

2022

УДК 821.161.1-312.4
ББК 84(2Рос=Рус)6-44
К77

Редактор серии *А. Самофалова*

Оформление серии *К. Гусарева*

Крамер, Марина.

К77   Танго под прицелом : сборник / Марина Крамер. —
Москва : Эксмо, 2022. — 384 с. — (Закон сильной. Криминальное соло Марины Крамер).

ISBN 978-5-04-160817-0

Новый сборник рассказов Марины Крамер «Танго под
прицелом» повествует о непростых, порой мистических отношениях танцовщицы Мэри, пиарщицы Марго... и Призрака
Алекса. Так девушки звали бывшего мужа Марго, мутного и
странного типа — из тех, о которых говорят «девушки любят
негодяев». Он стал для них ангелом-хранителем, много раз
спасавшим их от гибели, вытаскивавшим из таких передряг,
из каких, казалось, не было выхода. Губительные отношения
этой троицы проходят через все рассказы, их объединяет намного более личное, чем просто любовь, — это всеобъемлю-
щее чувство, неподвластное расстоянию, времени и рассудку...

УДК 821.161.1-312.4
ББК 84(2Рос=Рус)6-44

ISBN 978-5-04-160817-0

ТАНГО В ДОЖДЛИВОМ ГОРОДЕ

— **Я** отлично знаю, как выглядит его жена.
— *И нам это зачем?*
— *А ты не понимаешь, да? Всегда хорошо иметь небольшую страховку от разных непредвиденных ситуаций.*

— *А кто сказал, что он с собой ее привезет?*

— *Ты когда по городу ходишь, на афиши внимания не обращаешь, нет? А там написано — «Международный турнир по спортивным бальным танцам».*

— *И нам с этого что?*

— *Вот я туда и съезжу, на красоту полюбуюсь. Или проще даже — по городу погуляю, а там, глядишь, и повезет мне.*

— *А дело как же?*

— *А это и будет частью нашего дела. Не понял?*

— *Нет.*

— *Ну и не надо. Сам все сделаю.*

Я всегда любила перелеты — не важно куда. Привычная к поездкам и кочевой жизни с раннего детства, я до сих пор не избавилась от предпоездочного волнения, связанного со сбором чемодана, проверкой костюмов и кейса с косметикой. Не забыть туфли, положить стартовые книжки, взять щетку для подошвы, положить два больших флакона лака для волос — так сказать, себе и тому парню. Бальные танцы с детства приучают планировать, жить в режиме и графике, придерживаться — не важно чего — диеты, правил, традиций. Я живу этим с детства, люблю это и готова жить так всю жизнь.

Меня зовут Маша Лащенко, но никто с самого детства не зовет меня так — только Мария. Я занимаюсь спортивными бальными танцами, имею определенный (довольно высокий, скажу без ложной скромности) уровень и вхожу вместе с партнером в четырнадцать лучших пар страны. И в тройку — в своем регионе. Всего этого мы с Иваном добились сами, без каких-то спонсоров, «лохматых лап», богатых родственников и прочего. Нет — мы с детства пашем как кони, пусть это и некрасивое выражение. Мы проводим на паркете по восемь-двенадцать часов, из зала буквально выползаем, волоча за собой сумки с мокрыми от пота тренировочными комплектами. Мы заслужили свои медали, что висят у нас в квартирах на стенке.

С каких пор все пошло наперекосяк? Если задать этот вопрос нам обоим, мы, даже сидя в разных комнатах, уверенно ответим — с того момента, как я вышла замуж. Наверное, ошибку страшнее я никогда уже не сумею совершить, да и эту не исправлю, даже если разведусь. Развода мне никто не даст, а вот сломать жизнь, карьеру и угробить здоровье могут с легкостью. Мой муж Костя... Нет, не хочу об этом, хочу о том, куда мы летим на этот раз.

Иван, кстати, отнесся с пониманием к моему замужеству, даже попытался выгоду извлечь:

— Ну хоть бы охрану какую дал тебе, твой кофр бы самому таскать не приходилось.

Кофр с четырьмя платьями весит достаточно, чтобы от его тяжести болело плечо даже у тренированного Ивана, так что его мечты были вполне оправданными.

Итак, пять двадцать утра, аэропорт сибирского города, мы в очереди на регистрацию. Вылет через полтора часа, на табло светится задержка рейса. Прекрасно...

— В Санкт-Петербурге сильный дождь, — объясняет девушка на стойке регистрации. — Пулково пока не принимает.

— Но мы сегодня точно улетим? — интересуется Иван, шлепая на стойку наши паспорта.

— Улетите. Вопрос только в том, во сколько, — улыбается девушка, заметно покраснев, — мой партнер — красавчик с темными волнистыми волосами, ухоженный и пижонистый — умеет обольстить с ходу любую.

— Печаль-печаль, — вздыхает Иван, забирая паспорта и посадочные талоны.

Кофры мы, поколебавшись, сдаем в багаж — Иван даже не поленился и обмотал их полиэтиленом, удивив меня заботливостью.

Коротаем время в кафе. Иван дремлет, откинувшись на спинку кресла и сложив на груди руки, а я строчу сообщения Марго — единственной моей подруге, живущей в Москве.

«Хочешь, я приеду?» — спрашивает она, едва узнав, что мы танцуем в Питере.

Это такой соблазн... мы давно не виделись, кажется, около трех месяцев, я безумно соскучилась. Конечно, я могу написать — «да, приезжай», — и она примчится первым же поездом, но мы все равно не сможем даже поговорить по душам, у нас довольно плотное расписание. Но можно и рискнуть...

«Приезжай», — быстро набрала я и нажала «отправить», пока не передумала. Марго хватит времени, чтобы купить билеты и завтра утром появиться в Питере. Мы всегда останавливались в одной и той же недорогой гостинице совсем рядом с вокзалом, и она об этом знала, так что номер наверняка там и забронирует. Турнир для нас начнется только в субботу, сегодня еще четверг, так что лично у меня будет почти двое суток, чтобы вдоволь нагуляться по Питеру, пусть даже там дождь. Конец мая, уже тепло, а дождь... ну что такое дождь — вода с неба? Переживу.

Иван натянул на лицо капюшон спортивной кофты и откровенно захрапел, а я решила размять затекшие ноги и встала.

— Куда? — мгновенно отреагировал партнер, хотя секунду назад, казалось, крепко спал.

— В туалет! Со мной хочешь?

10

— Ладно, иди.

— Ой, спасибо, благодетель! — съязвила я, направляясь к лестнице, ведущей в полуподвальный этаж, где находились туалеты и даже была оборудована курилка.

Меня не покидало какое-то странное предчувствие неприятностей, даже сигарета не смогла отвлечь от этого. Я не очень хотела лететь на этот турнир — ныла травмированная не так давно спина, программа еще не совсем обкатана, мы только недавно изменили все вариации в танцах. Но Ванька был неумолим — едем, и все тут.

— Зря, что ли, столько денег в костюмы вбухали?

Это было последним аргументом, и я сдалась. Собственно, пошив костюмов с некоторых пор стал для меня делом приятным — занималась этим в основном Марго: рисовала эскизы, подбирала ткани. Мне оставалось прилететь в Москву и сходить с ней пару раз в ателье для заказа и примерок, а потом Марго просто высылала мне готовый костюм при помощи службы доставки. Обладавшая тонким вкусом Марго выстроила мой имидж так, что на паркете меня было видно сразу, в любой толпе, при любом количестве пар. Мы обрели индивидуальность, стиль, дополнив имевшийся у нас собственный танцевальный почерк, и это в целом пошло нашей паре только на пользу.

Поднявшись из полуподвала снова в накопитель, я решила немного побродить и размять ноги — сидеть придется еще очень долго, это не слишком полезно для мышц. И первым, кого я увидела, завернув зачем-то в небольшой отдельчик, где торговали нашими местными сувенирами, оказался мой супруг Константин Айвазович Кавалерьянц. Он стоял в окружении троих своих подручных и выбирал какую-то ерунду. Обернувшись на стук каблуков — ну а как же, по-прежнему не может пропустить ни одной юбки! — Костя увидел меня и широко улыбнулся:

— Не ожидала, дорогая?

— Не ожидала. И куда это ты такой нарядный?

Костя по-хозяйски обнял меня за плечи, демонстративно поцеловал в губы и хмыкнул:

— По делам, по делам.

Спрашивать, по каким именно, я не стала — во-первых, догадалась, во-вторых, это в нашей семье не заведено. Такова жизнь карточного шулера — даже с собственной женой лучше не откровенничать. Поэтому я только спросила:

— И куда на этот раз?

— Не поверишь — нам по дороге, — наклонившись к моему уху, прошептал Костя. — Но тебе лучше держаться от меня подальше, когда приземлимся.

Ну что тут непонятного — Костя едет играть, явно задумал очередную аферу, и я могу только все осложнить, могу стать приманкой, а то и оказаться заложницей, и это, разумеется, никому не нужно.

— Даже не скажешь, где остановился?

— Нет, Мария, не скажу. Занимайся своим делом, танцуй. Увидимся дома.

— Ты только слишком не напивайся, — посоветовала я, хотя и знала, что это бесполезно — Костя панически боялся летать и вынести дорогу мог только в состоянии опьянения.

— Рад бы, да ведь знаешь — не могу, — почти виновато пробормотал он, целуя меня в шею. — Не волнуйся, все будет хорошо, я обещаю.

Обещает он... Если бы не эти проклятые карты, моя жизнь с Костей, возможно, могла бы сложиться даже счастливо. Он был заботливым, очень щедрым, исполнял любое мое желание, хоть их было не так и много, любил меня. Но... это постоянное ощущение опасности, сопровождающее меня на улице, дома, в клубе... И даже сейчас, улетая в другой город на турнир, я вынуждена буду оглядываться, потому что Костя тоже будет в Питере и никто не знает, как сложится его игра и что ему придется поставить на кон в случае проигрыша. Вполне вероятно, что это могу быть и я...

— Все, Мария, иди, мы с этой минуты друг друга не знаем. — Он еще раз поцеловал меня и развернул лицом к выходу из магазинчика.

В отвратительном настроении я вернулась в кафе к дремлющему на стуле Ивану.

— Всегда поражалась твоей способности спать даже стоя, Переверзев, — пнув ножку стула, сказала я.

— Я сплю сидя, — не открывая глаз, буркнул Иван. — Что там с рейсом?

— Пока задержка. Хорошо, что решили за двое суток лететь, можем тут до ночи проболтаться.

— Мария, займись чем-нибудь, а? — попросил партнер. — Ну, книжку там почитай, не знаю... Дай подремать, я сегодня почти не спал.

— Да? И кто же нам мешал?

— Не твое дело.

Тоже верно. Нас с Иваном связывали исключительно партнерские отношения, и влезать в личную жизнь друг друга по обоюдному согласию мы не стремились. У красавца Ваньки было полно поклонниц, и он, разумеется, не отказывал себе в удовольствии.

Вылет разрешили только к обеду, мой партнер успел выспаться и как следует поесть — аппетит у поджарого, но мускулистого Ивана всегда был отменный. Я выпила только кофе, краем глаза заметив, что Костя со своими прошел в соседнее кафе, когда увидел нас за столиком. Хорошо, что он летает бизнес-классом, их в самолет запускают последними, а выпускают первыми, так что Иван гарантированно Костю не увидит.

В самолете я забилась к иллюминатору, воткнула в уши плеер и включила танго — это помогало мне отключиться и не слышать ничего, что происходило в салоне. Иван листал какой-то журнал, хмыкал и качал головой, а когда я, заинтересовавшись, попыталась заглянуть ему под руку, то увидела цветную вкладку «Плейбоя».

— Урод, — пробормотала я, ткнув партнера в бок, и он сморщился, выдернул из моего уха наушник и пробурчал:

— Ты чего дерешься? Я свободный человек, имею право.

— Не насмотрелся за карьеру?

— Отстань, Мария. — Вернув на место наушник, Ванька все-таки убрал журнал и, откинув спинку кресла, снова погрузился в сон. Положительный человек, где положат — там и спит.

В Санкт-Петербурге по-прежнему шел дождь, но не такой, чтобы помешать посадке, и я до самого приземления рассматривала щупальца шоссе, причудливо оплетавшие город со всех сторон, как гигантский осьминог. На меня Питер никогда не нагонял тоску, как принято считать, — наоборот, здесь я чувствовала себя спокойной, уверенной, даже дышала как-то свободнее. Мы с Марго пару раз приезжали сюда, много гуляли, она водила меня в музеи, в которых сама бывала по нескольку раз еще в детстве. Когда мы прилетали на турниры с Иваном, то времени на красоты города практически не оставалось, и только с Марго я смогла в полной мере понять и ощутить всю мощь и все очарование этого места. Хорошо, что в этот раз мы вылетели раньше, если Марго действительно приедет завтра, как планировала, мы сможем весь день бродить по любимым местам, сходим в музей Ахматовой, и Марго будет читать мне вполголоса ее стихи, а я буду слушать, как будто это все впервые.

Беспокоило только присутствие Кости. Как ни крути — он мой муж, и мне совершенно небезразлично, как у него тут все пройдет. И дело даже не в том, что он может проиграть крупную сумму — деньги никогда не

15

являлись большой проблемой, а в том, что Костя с его характером и замашками может попасть в какую-нибудь историю. Этого мне совсем не хотелось.

Когда от трапа отошел микроавтобус с пассажирами бизнес-класса и нас из эконома тоже пригласили к выходу, Иван крепко взял меня за руку и потянул за собой — всегда так делал, с самого детства, словно брал за меня ответственность.

— Куртку надень, — велел он, едва мы оказались на трапе.

Я послушно натянула куртку, которую несла в руке, и под моросящим дождем потрусила вслед за партнером к автобусу.

— Очень приветливый город, — пробурчал Иван, когда мы уже оказались в здании аэропорта.

— Ой, перестань! Ты всегда чем-то недоволен. Сейчас до гостиницы доберемся, вещи разберем и пойдем куда-нибудь обедать, вот ты и расслабишься. Я же знаю, что еда всегда мирит тебя с любой действительностью.

— Ох и язык у тебя... как с тобой Костя живет?

— Не жалуется, — отрезала я, не особенно довольная упоминанием имени супруга, который сейчас уже наверняка с комфортом катит к лучшей в городе гостинице в присланной за ним машине. Интересно, где и с кем у него игра?

За то время, что я живу с ним, уже стала немного разбираться в этих премудростях и умела по настроению мужа определить, важный ли клиент будет у него в партнерах или так, «лох непуганый», как он сам определял игроков уровнем пониже.

В этот раз Костя заметно нервничал, и мое присутствие в Питере тоже не добавляло ему спокойствия. Но выбор места от него, конечно, не зависел, иначе Костя ни за что не полетел бы сюда, зная, что в это время и я окажусь тут же. Но все сложилось так, как сложилось. Теперь главное — друг другу не помешать.

Отдохнув в гостинице пару часов, приняв душ и переодевшись, мы с Иваном отправились на прогулку. После обеда вышло солнце — не такое яркое, как хотелось бы в мае, но и этого было вполне достаточно, чтобы город засветился и стал по-настоящему весенним.

Настроение у Ивана поднялось, мы шли по Невскому проспекту в сторону Дворцовой площади и обсуждали предстоящий турнир. На Фонтанке Ванька неожиданно свернул вниз и потянул меня к пришвартованным прогулочным катерам:

— Давай прокатимся?

— Может, тогда в Петергоф лучше? — предложила я. — Там уже фонтаны включили, поедем, а? Дойдем сейчас до Дворцовой, оттуда есть возможность доплыть.

— Далеко... Давай, может, сегодня в Петропавловку? А завтра можем и в Петергоф.

— Все равно на Дворцовую идти.

Мы вернулись на Невский и дошли до нужного нам места. Кораблик оказался маленький, его все время качало, и я то и дело хватала Ваньку за руку, а он веселился:

— Ты же плаваешь вроде.

— С ума сошел, да? Если я окажусь в воде внезапно, то забуду, какой частью тела вообще надо шевелить.

В общем, мне прогулка по воде до Петропавловской крепости никакого удовольствия не принесла, и я с облегчением ступила на твердую почву на пристани у крепости.

— Ну что — экскурсия? Или сами побродим? — спросила я, и Иван поморщился:

— Ненавижу экскурсии. Давай сами, тут где сильно ходить-то? И подписано же все.

И мы устремились в крепость. У меня, правда, возникло крайне неприятное ощущение, словно за мной кто-то наблюдает, но, обернувшись, я никого подозрительного не заметила и решила, что слишком серьезно восприняла слова Кости. Но ощущение так и не проходило.

— Что ты головой все время крутишь? — спросил Иван, и я натянуто улыбнулась:

— Привычка.

— Да? И давно у тебя такая странная привычка?

— Отвянь, Переверзев. — Я вырвала руку из его ладони и пошла вперед, не желая объяснять, что, когда ты живешь с карточным шулером, тебе волей-неволей приходится оглядываться по сторонам и в каждом встречном подозревать что-то нехорошее. Такова плата за легко приходящие большие деньги.

Мы гуляли по крепости, дошли до «Двенадцати стульев», и вдруг Ванька, как охотничий пес, сделал стойку и резким жестом повернул меня так, что я оказалась перед ним и машинально подняла руки, становясь в пару.

— Иии... раз! — Иван легко толкнул меня корпусом назад, и мы заскользили по брусчатке в танго.

Музыка раздавалась совсем рядом, мы легко вошли в ритм и танцевали, довольно быстро собрав вокруг себя толпу зрителей. Внезапно пошел дождь, но мы так и не остановились, пока не закончилась музыка. Ванька прижал меня к себе, погладил по намокшим волосам и улыбнулся:

— Ты не представляешь, какая сейчас красивая, Мария.

— Руки убери, — негромко посоветовала я, чувствуя, как его ладони подрагивают на моей спине, осторожно двигаясь по мокрой майке вниз.

— А если не уберу? — так же негромко спросил он.

— Тогда я подниму колено, — пообещала я, и Ванька, опустив глаза вниз, понял, что я имею в виду — моя правая нога все еще была между его, стоявших во второй позиции, и коленом я могла ощутимо огорчить распалившегося вдруг партнера.

Он захохотал, но руки убрал:

— Все, я понял.

— Вот и продвигайся соответственно.

Никогда прежде Переверзев не позволял себе ничего подобного, хотя видел меня в разных видах, состояниях и даже спал в одной кровати. Мы были как брат и сестра и никаких намеков на романтику себе не позволяли, потому что обоим это казалось кощунством.

— Ну что, надо куда-то прятаться? — предложил Иван, потому что дождь снова разошелся.

— Надо.

Мы побежали по направлению к тюрьме Трубецкого бастиона — самое ближайшее место, до которого мы уже добрались, хотя Ванька и сказал на бегу, что я выбрала его специально, чтобы еще раз запугать несчастного мальчика:

— Мало мне твоего супруга и его обезьян, так ты еще и сама успеваешь!

— Прекрати!

Но оказалось, что нужно купить билеты, и Иван, оставив меня у входа, побежал к кассам. Я же отошла немного в сторону, чтобы не мешать людям входить и выходить, и едва сделала пару шагов, как в бок мне уперлось что-то, а тихий мужской голос сказал:

— Орать не советую. Тихо и спокойно иди со мной, делай вид, что тебе все нравится, и останешься живой и целой. Ну! — В боку кольнуло, и я поняла, что лучше делать так, как говорят.

Человек крепко обхватил меня за талию свободной рукой и повел в противоположную сторону.

— Вы меня с кем-то перепутали, — пробормотала я, очень надеясь, что это так и есть, но в душе уже понимая, что вряд ли.

— Ты молча иди, а то я нервничаю, — процедил мужик.

Мы добрались до выхода из крепости, там нас встретил какой-то высокий мужчина в сером костюме.

Они окружили меня уже с двух сторон, быстро запихнули в небольшой прогулочный катер и отчалили от берега.

Я сидела в салоне на диване и озиралась по сторонам. Кроме этих двух, был еще кто-то, управлявший катером. На меня не обращали больше никакого внимания, словно понимали, что отсюда, как с подводной лодки, я уже вряд ли куда-то денусь.

— А телка у Кости и правда ничего, — хмыкнул вдруг тот, что в сером.

— Финн сказал — не трогать.

— Да я ж только посмотрю.

— Сказал — не трогать! — повысил голос тот, что увел меня из крепости. — Остынь, она нам для другого нужна.

Ну, в общем, я так примерно и думала — дело в Косте. Не надо было лететь на этот чертов турнир... И даже позвонить кому-то я не могу — моя сумка перекочевала к похитителям, и телефон они отключили сразу же.

А если Марго приедет? Она перепугается насмерть, когда Ванька расскажет ей, как вернулся к Трубецкому бастиону и не нашел меня там.

Может, у него хватит ума позвонить Косте? Черт — куда он позвонит, у него же нет номера... и о том, что Костя тоже в Питере, Ванька не знает.

Ситуация стала совсем безвыходной, я запаниковала, затряслись руки, но потом я внутренне немного собралась и подумала, что паника — самый непродуктивный метод решения вопроса. Надо успокоиться и все обдумать.

Если меня умыкнули из-за Кости, то рано или поздно он об этом узнает. А Костя Кавалерьянц не из тех, кто легко расстается с тем, что принадлежит ему. Вопрос в другом — насколько влиятелен его нынешний партнер по игре, потому что от этого зависит очень многое. И вот это мне нужно как-то аккуратно вытянуть у моих, так сказать, охранников.

— Мужики, а попить нет у вас? — хрипло спросила я, и тот, что в сером, обернулся:

— Тебе попить или выпить?

— А есть варианты? — Граммов пятьдесят коньяка мне бы сейчас пригодились, я очень замерзла в мокрой майке.

— Варианты, детка, есть всегда, до тех пор пока ты не в гробу. Коньячку?

— Было бы отлично.

Он встал и прошел к небольшому бару, вынул бутылку и показал мне. Я скривилась — дешевое пойло из супермаркета, я давно отвыкла от такого. Костя прекрасно разбирался в коньяке и меня тоже научил.

— Ого, — оценил второй. — А жена Кости дерьма-то не пьет. Давай, Квас, растряси мошну у хозяина, налей ей нормального чего.

Квас ухмыльнулся:

— Ну и мы заодно приличного хлебнем, да, красавица? — из недр бара появилась другая бутылка — хороший армянский коньяк большого срока выдержки, от него гарантированно не станет дурно, я-то знала.

— Мне немножко, согреться просто, — попросила я, и Квас налил мне в стакан на два пальца, а себе и напарнику — почти по рубчик. Отлично...

Пить коньяк из граненого стакана, конечно, удовольствие так себе, но тут уж не до эстетики, мне нужно, чтобы перестало трясти, а мысли пришли в норму, тогда я смогу что-то придумать. Хотя что тут придумаешь? Пришвартуемся — будет видно, а пока, похоже, катер вышел в залив, не нырять же мне с борта...

— Слушай, а твой приятель к правоохранителям не кинется? — спросил Квас, осушив стакан залпом.

— Понятия не имею.

— Вот это плохо.

— А скажите, мужики, вы чего от мужа моего хотите? — осторожно поинтересовалась я, не надеясь, правда, на честный ответ.

— А муж твой, красавица, немного зарвался. Вот Финн и решил, так сказать, заиметь страховку на случай, если за столом что-то не по его пойдет, — вальяжно развалившись на диване, сказал Квас. — Костя вообще как — любит тебя, а?

— А что?

— А то. Если ты ему очень уж нужна, то он будет вести себя правильно. В противном случае...

Так, вот об этом случае я думать не хотела. Я не знаю, любил ли меня Костя по-настоящему, но то, что отдавать меня кому-то он вряд ли захочет — просто не позволит гордость и самолюбие, — вот в этом я была уверена. Проблема заключалась в другом. Костя очень любит деньги. Настолько, что в какой-то момент, почувствовав, что может потерять ощутимую сумму, он потеряет разум и забудет, кто я ему и для чего. И вот этого мне хотелось меньше всего по разным причинам.

Тем временем катер причалил, и сверху раздался голос:

— Все, мужики, приехали. Машина ждет.

Квас вынул из кармана темный шарф, свернул его в узкую ленту и подошел ко мне:

— Уж извини, но глаза я тебе завяжу на всякий случай. Хотя ты и не местная. Но, сама понимаешь, осторожность не помешает.

Они вывели меня из каюты, довели до сходней, и кто-то из них взял меня на руки. В машине я оказалась тоже между двух тел, плотно зажавших меня с двух сторон. Ехали не очень долго, я, разумеется, вообще не представляла, в какую сторону и откуда, так что даже отдаленно прикинуть, где оказалась, не могла.

Но мне повезло на выходе из машины. Шарф немного сполз, и я буквально на секунду увидела синюю табличку с названием улицы — Лиговский проспект. Заметивший неполадки в технике безопасности, Квас мгновенно вернул шарф на место, но я уже немного успокоилась — этот район мне был знаком, неподалеку находился Московский вокзал и гостиница, где мы с Иваном остановились. Если удастся вывернуться, у меня хотя бы будет ориентир.

24

Мы вошли в какое-то помещение — судя по гулкому эху шагов, с высокими потолками и почти пустое. Что это может быть? Склад? Ангар? Вроде бы в центре города подобных мест нет. Потом, повернув налево, я вдруг отчетливо услышала звук веника — да-да, обычного банного веника, опускающегося на тело. Баня, что ли? И запах... какой-то специфический запах, почти больничный...

Меня втолкнули в какое-то помещение, дверь сразу закрылась, и Квас произнес:

— Можешь снимать.

Я сдернула шарф и огляделась — обычная комната с большим угловым диваном, столом и тремя креслами, в углу — пальма в кадке, окно плотно зашторено роллшторой, и плотные портьеры тоже задернуты. На потолке — большая люстра с длинными сосульками из стекла, на полу — мягкий ковер. Господи, где я?

— Ты присаживайся, в ногах-то, сама знаешь... — предложил Квас. — Проголодалась?

Есть я не хотела, а вот в горле пересохло. Квас кому-то позвонил, и через десять минут пришла девушка в униформе горничной, принесла поднос, на котором стояло два пакета сока и две чашки кофе.

— И надолго мы здесь? — поинтересовалась я, забираясь на диван с ногами.

— Как пойдет. Игра завтра.

— А, то есть ночевать мы тут будем?

— Угадала.

— Отличная перспектива.

— Ты б не дергалась, — посоветовал Квас, протягивая мне стакан с соком. — А то у меня нервишки слабые, не могу я с бабой в одном помещении спокойно находиться. А уж если она еще и дерзит... — Он многозначительно посмотрел на меня, и я сочла за благо умолкнуть и не дразнить его.

В тягостном молчании прошло часа три. Никогда не думала, что это так тяжело — находиться в закрытом помещении и вообще не разговаривать.

Квас сломался первым:

— Слушай, подруга, а ты в картишки, часом, не мечешь?

Я подняла правую бровь, давая ему понять всю нелепость вопроса — жена карточного каталы, я уже успела научиться кое-каким трюкам, хотя Костя был категорически против. Но имелся еще и его родной брат Артур, с которым мы и забавлялись иногда. Правда, Арик предупредил, чтобы я никогда, ни при каких условиях не пыталась играть с Костей. Но передо мной сидел какой-то Квас, так почему бы и не скоротать время, чтобы с ума не сойти?

— Так, может, того? Партеечку? — обрадованно предложил он. — На интерес.

— Сразу видно, что ты тут на побегушках, — фыркнула я, спуская ноги с дивана. — Настоящий игрок на интерес не мечет.

— А на что с тобой играть? На фантики?

Пришлось признать его правоту — денег не было, сумка осталась, кажется, на катере.

— Ладно, — вздохнула я. — Давай на интерес.

После пяти партий в «очко» я поняла, что передо мной «лох непуганый», по определению моего супруга. Играть Квас почти не умел, за моими руками не следил, и я, научившись у Арика передергивать и считать карты, довольно быстро убедилась в полной непригодности Кваса к какой бы то ни было игре.

— Н-да, тебе действительно лучше на фантики играть, — насмешливо сказала я и вдруг заметила огорченное выражение на его лице. — Что такое?

— Да говорили мне, что я неспособный... но чтоб баба меня обула...

— Ты не расстраивайся, мы ж не всерьез. А хочешь, я тебя научу кое-чему? — предложила я.

Квас напрягся:

— Чудится мне подвох в твоих словах.

— И какой же?

— Сейчас попросишь что-нибудь.

Я пожала плечами:

— А что мне у тебя просить? Ты ведь меня все равно не выпустишь.

— Верно.

— А давай с другой стороны зайдем. Твой хозяин ведь сообщит Косте, что я у вас, так? Как думаешь, что будет?

— Твой Костя будет аккуратнее руками работать.

— Это вряд ли. Для Кости деньги — бог.

— А ты?

— А что — я? Баб может быть много.

— Ну вот и проверим.

— А если его люди начнут меня искать? Я не позвонила ему, а была должна. — Я блефовала как умела, но вдруг увидела, что попала в точку — Квас напрягся.

— И что?

— А ничего. У Кости и здесь есть свои люди, как думаешь, если нас тут обнаружат — что будет с тобой?

— Да кто тебя станет в бассейне на Лиговке искать? — искренне изумился Квас, а я обрадовалась — теперь я вообще отлично знаю, где я и как выбраться отсюда, если повезет из комнаты этой выскользнуть. Осталось придумать, как именно.

— Тоже верно, — смиренно сказала я, перекидывая карты из руки в руку веером. — Тогда нам остается только ждать.

В комнате было очень душно — сказывалось закрытое наглухо окно, и Квас то и дело прикладывался к соку. Я же исподтишка оглядывала комнату, прикидывая, что здесь мне может пригодиться. И я это увидела. Пальма в кадке была настолько кривой, что сзади ее подпирал довольно толстый металлический штырь. Судя по количеству выпитой жидкости, Квасу скоро понадобится выйти, и я должна успеть выдрать эту железку, а там посмотрим. Как повезет.

Так и вышло — часа через полтора Квас поднялся:

— Я до ветра. Не скучай.

— Не буду, — заверила я. Мне тут будет чем заняться в его отсутствие.

Пока он ходил, я с большим трудом вырвала штырь из кадки, встала у двери так, чтобы успеть с размаху ударить Кваса по лицу, и приготовилась к побегу. Лишь бы хватило веса, чтобы нанести удар как можно сильнее, иначе я не отключу его, а только разозлю, и вот тогда о последствиях лучше не думать.

Ничего подобного не ожидавший охранник открыл дверь и вошел, в ту же секунду получив удар по переносице. Он рухнул, не успев вынуть ключ из двери, а я быстро выскользнула в коридор и заперла дверь снаружи. Зажав ключ в кулаке, я, вся перемазанная землей и ржавчиной, кинулась бежать по коридору, даже не понимая, куда бегу. Но мне повезло — по наитию я выбежала в холл и кинулась к входной двери. Ключ я выбросила в урну на крыльце, забежала за угол и отдышалась. Удалось! Теперь надо рвануть в гостиницу, а оттуда позвонить Косте — и наплевать, если он будет взбешен моим звонком.

Гостиница находилась совсем недалеко, я правильно поняла, в какую сторону идти. Пришлось делать это быстро — лил дождь, я вся была в грязи, люди оборачивались.

В гостинице девушка-администратор сочувственно посмотрела на меня, отдавая ключ:

— Промокли?

— Да...

— Вы в следующий раз зонтик берите, в номере ведь есть.

— Спасибо, обязательно, — цокая зубами от холода, проговорила я и пошла к себе.

Но первым делом постучала в соседний номер, где жил Иван, надеясь, что он здесь.

— Да! — раздался раздраженный голос, и я громко сказала:

— Ваня, открой, это я.

Дверь распахнулась, и на пороге возник Переверзев с голым торсом и в шортах:

— Господи, Мария! Ты где была-то?! Я всю крепость обегал, всю охрану там на уши поднял, мы, кажется, каждый кирпич осмотрели! Что за фокусы?!

— Посмотри на меня — похоже, что я где-то развлекалась? — огрызнулась я, входя в номер. — Дай телефон.

— А твой где?

— В гнезде! Ворона утащила! Дай, говорю, мобильный, мне срочно надо!

Растерянный Ванька протянул мне телефон, и я набрала номер Кости.

— Иди в холле посиди, — указав глазами на дверь, велела я партнеру, и тот подчинился, хотя и зыркнул недовольно.

Костя ответил раздраженным голосом:

— Ну, что тебе?

— Мне? Ничего. А вот тебе... имей в виду, твой партнер по игре умыкнул меня и пытался использовать для того, чтобы ты руками не слишком активно работал, — разозлилась я. — Понял?

— Что?! — взревел Костя. — Ты где вообще?!

— Пока в своей гостинице, но, думаю, через какое-то время меня тут уже не будет, а во второй раз я так запросто не выберусь. Кличка Финн тебе что-то говорит?

Судя по всему, говорила, и явно ничего хорошего, потому что Костя сориентировался мгновенно:

— Зайди в номер к своему Ивану и там сиди, сейчас за вами приедут. Из номера ни ногой, приедет Тигран. Мария, ты все поняла? — В голосе зазвучали обеспокоенные нотки, и я успокоилась:

— Да, Костя.

— Все, десять минут.

Через десять минут в дверь постучал Тигран. Мы с Иваном уже успели собрать вещи и были готовы к отъезду.

Тигран привез нас в тот же отель, где жил Костя. Ивана поселили на том же этаже, а я оказалась в номере супруга.

Костя в шелковом халате расхаживал по люксу туда-сюда и напоминал взбешенного быка. Когда я вошла, он кинулся ко мне, обнял и тяжело задышал в волосы:

— Видит бог, я его накажу.

— Может, тебе лучше отказаться, Костя?

— Не могу, Мария, — пробормотал он, перебирая мои волосы. — Не могу, понимаешь? От такой игры не отказываются. Мы с тобой и пикнуть не успеем, как нас в этом вот номере и прирежут. А вот тебе надо срочно улетать.

И тут я вспомнила о Марго. Черт, Марго! Если она приедет...

Я бросила взгляд на часы — нет, самый ранний поезд отходил только через два часа, и на него Марго точно билеты брать не будет, чтобы не приезжать слишком рано утром.

— Костя, дай мне телефон, — попросила я, упираясь ладонью ему в грудь.

— Зачем?

— Мне срочно нужно позвонить. Срочно, понимаешь?

Он кивнул и дал мне мобильный. Я быстро набрала номер Марго, молясь, чтобы она сняла трубку.

— Марго, Марго, это я, — затараторила я, едва услышав в трубке «алло», чтобы подруга не сбросила звонок с незнакомого номера.

— Да, Мэрик, слушаю.

— О господи, Марго... ты дома?

— Да. Ты представляешь, не смогла купить билеты на сегодня, — огорченно проговорила она, а я с облегчением выдохнула в трубку:

— И не надо! Не надо приезжать, Марго. Не в этот раз.

— Что-то случилось? — сразу напряглась Марго.

— Нет, милая, все в порядке. Но в этот раз мы не увидимся, прости.

— За что, Мэрик? Я все понимаю. Ты мне напиши, как станцуете, хорошо?

— Конечно.

Я сбросила звонок и облегченно выдохнула. Ну хоть Марго не попадет в эту мясорубку, раз уж Ванька невольно попал. Может, нам с ним действительно улететь? Черт с ним, с турниром, — не последний ведь. Хотя мировой рейтинг, судьи с громкими именами...

— Костя...

— Ты с ума сошла? — мгновенно понял все супруг. — Какие танцы?! Если ты по чистой случайности смогла от людей Финна убежать, это не значит, что судьбу за карман поймала! Мне будет не до игры, если я постоянно буду думать о том, где ты и что с тобой.

— Костя, помимо твоей игры есть еще моя работа. Это танцы. Ты знал об этом, когда женился.

Муж негромко хлопнул ладонью по крышке лакированного комода:

— Мария!

— Костя! Игра завтра, а турнир только в субботу, ну дай ты мне хоть стандартную программу отработать! Ты ведь уже будешь свободен!

— Ты не понимаешь, да? — Он схватил меня за плечи и зашипел в лицо: — Если я выиграю, мне могут не дать уйти!

— Так проиграй.

— Спятила, женщина?! Чтобы Костя Кавалерьянц слился за столом?!

— Ты никогда не остановишься, да? — тихо спросила я, глядя прямо в его черные, словно без зрачков, глаза.

— Ты не поймешь... — так же тихо отозвался он, не отводя взгляда.

— И ничего нельзя сделать? Для того чтобы тебе выиграть и уцелеть?

33

И вдруг он порывисто прижал меня к груди, покрыл поцелуями макушку, поднял меня на руки:

— Мария, ты гений! Ты — гений!

— Что, в чем дело? — недоумевала я, пока Костя бурно, как ребенок, выражал свою радость.

— Да вот то, что тебя Финн умыкнуть пытался, — это и есть наша страховка! Моя и твоя! Сейчас решу, погоди... — Он крепко поцеловал меня в губы, опустил на кровать и вышел так быстро, что полы халата, казалось, захлопали, как крылья.

Я вытянулась на кровати, совершенно ничего не понимая. Как то, что я провела несколько часов в малоприятной компании, может помочь Косте не рисковать ничем в случае завтрашнего выигрыша?

Все оказалось просто. За каждой игрой такого уровня назначается смотрящий — один из наиболее уважаемых катал, он-то и обеспечивает честную игру, привозит с собой колоды карт, чтобы избежать момента «подлечивания» — нанесения крапа, воска или просто незаметных наколок иглой. Смотрящий же следит за тем, чтобы карточный долг был выплачен, а во время игры не возникало казусов. И Костя решил воспользоваться шансом и еще до игры сообщить смотрящему о том, как соперник пытался оказать на него давление.

— Клёпа аж визжал, — со смехом рассказывал Костя вечером, когда мы с ним вдвоем сидели в ресторане гостиницы. — Думаю, все завтра ровно пройдет, так что станцуешь в субботу — и домой.

Ну, уже хоть что-то, потому что партнер мой приуныл, узнав, что, возможно, ни на какой турнир мы с ним не попадем. А теперь хоть европейскую программу станцуем.

— Но тебе завтра придется поехать со мной, — огорошил меня Костя.

— Зачем?

— Во-первых, выбьем Финна из колеи, а во-вторых, Клёпа захочет задать тебе вопросы лично.

Ну, только этого не хватало! Я терпеть не могла Костю за карточным столом — он превращался в совершенно незнакомого мне человека: чужого, холодного, расчетливого и такого жестокого, что это чувствовалось даже на расстоянии. Но спорить с ним сейчас тоже не стоило — не надо накануне игры заставлять его нервничать, это я тоже понимала. В конце концов, от его спокойствия и завтрашнего везения зависела и моя жизнь тоже. В прямом, между прочим, смысле.

Вечернего платья у меня, разумеется, не было, и Костя не нашел ничего более умного, чем вытянуть из кофра мою «латину» — простое черное платье с глухим воротником-стойкой и длинными рукавами. Фокус был в том, что вся спина оставалась открытой, а ткань на свету поблескивала, расшитая серебристыми узелками вручную.

— Ты с ума сошел? — возмутилась я. — А туфли?

— Ну ты же танцуешь в чем-то?

— Костя, я убью подошвы, они же из натуральной кожи! В них не ходят по асфальту!

— Я куплю тебе любые, в какие ты потом ткнешь пальцем, а сейчас прекрати ворчать и одевайся, — отрезал муж.

Но я уперлась — туфли привезли мне из Англии, я в них еще на паркете не стояла толком, чтобы выбрасывать:

— Костя!

— А, черт, женщина! — взревел он, выхватывая из кармана пиджака бумажник. — Пусть твой партнер быстро метнется в торговый центр через дорогу, размер, поди, знает!

Я пошла в номер Ивана и наскоро обрисовала проблему. К счастью, Ванька всегда был понятливым.

Через тридцать минут он вернулся с коробкой, в которой лежали серебристые босоножки на тонкой шпильке. Я уже была одета и накрашена, успела даже завить волнами рыжие волосы, отросшие до плеч. Партнер оглядел меня и довольно хмыкнул:

— Блеск, Мария.

— Иди к себе, — отрезал недовольно Костя, и Иван счел за благо удалиться.

Босоножки сели идеально, я прошлась по номеру, и мы поехали.

Игру я практически не видела — стояла или сидела рядом с Артуром и смотрела только в затылок Кости, от которого веяло напряжением. Напротив сидел его соперник — лысый мужик с плечами заправского качка, казалось, рукава рубахи вот-вот лопнут. Лицо его было сосредоточенным, а глаза — злыми, хотя внешне он казался спокойным. Клёпа, седой морщинистый старичок в потертом пиджаке, сидел в кресле сбоку от карточного стола и, похоже, дремал, но Арик объяснил мне, что старик все видит и слышит даже шелест карт, по которому может определить, как идет игра.

Костя выигрывал партию за партией, Финн мрачнел, то и дело отхлебывал из стакана, который ему передавал стоявший за его спиной молодой парень. Когда финальная партия закончилась и Костя с довольной ухмылкой кивнул Арику, чтобы тот собрал деньги, Финн вдруг приблизился к нам и прошипел Косте на ухо:

— Ты отсюда не выйдешь, ара.

— Посмотрим, — спокойно сказал Костя, крепко сжав мою руку.

— Вы, молодой человек, не кипишуйте, — раздался дребезжащий голос Клёпы. — Вас сейчас мои ребята проводят, — это относилось к Финну. — И не дай вам, юноша, бог накосячить чего. Я понятно объяснил? За давление на соперника в нашей компании по голове не гладят.

— Что? — попытался разыграть удивление Финн, но старый Клёпа, видимо, не таких насквозь видел:

— Юноша, мне не хотелось бы терзать девочку воспоминаниями, но вряд ли ей понравилось, как ваши люди ее на катере по Финскому заливу катали. Неплохо бы извиниться перед барышней. — Сам он при этом учтиво склонился и поцеловал мне руку.

— Не нужно извинений, Клёпа. Жена не сердится. — Костя демонстративно поцеловал меня в щеку и устремил на Финна насмешливый взгляд: — Ну, будете у нас в Сибири...

— А я буду, — вдруг осклабился Финн. — Непременно буду, жди, Костя-джан.

И, круто развернувшись, он вышел из зала, сопровождаемый своей свитой и людьми Клёпы, которые должны были, видимо, проконтролировать, чтобы нас с Костей не ждали.

Вечер мы провели в ресторане вдвоем. Костя почти не пил, все смотрел на меня и расслабленно улыбался.

— А знаешь, даже хорошо, что все так вышло, — сказал он. — Этот город принес мне удачу.

— А то, что я могла без головы остаться, тебя не очень напрягает? — ковыряя вилкой в салате из креветок, поинтересовалась я. — Костя, я серьезно — мне очень страшно.

— Перестань, Мария. За те бабки, что я поднял сегодня, можно немного и понервничать.

И я поняла, что это никогда не изменится. Он ни за что не откажется от игры, никогда не станет прислушиваться к моим словам. Он всегда останется таким, как был сегодня, — жестоким, упертым, везучим Костей Кавалерьянцем. Но вот что будет в момент, когда его везение закончится? Никто не знает...

На турнир Костя поехал с нами. Это было удивительно — обычно он избегал подобных мероприятий. Наш соревновательный день начался довольно поздно — место в рейтинге давало возможность пропустить несколько отборочных туров.

Костя, Арик и пара их подручных сидели за столом у самого паркета, и мы, выйдя на медленный вальс, оказались прямо перед ними. Я никогда не обращала внимания на публику, но сегодня, бросив взгляд на мужа, увидела в его глазах неподдельное восхищение. Не знаю, почему, но это придало мне уверенности и куража. В танго меня было уже не остановить, Иван только головой покачал, сойдя с паркета:

— С ума сошла? Силы побереги.

— Нормально...

Свое третье место мы заняли — а на большее сейчас, в довольно плохой форме, и претендовать не могли. Но самым удивительным было то, что организатор турнира вдруг преподнес мне специальный приз — большую тарелку, на которой оказалась наша с Иваном фотография в танго. Фоном служила... Петропавловская крепость, и, увидев это, я едва не упала с пьедестала, а Иван, поддержав меня за локоть, шепнул:

— Ну что, дорогая, будет у нас теперь прекрасное напоминание о Питере, да? Лучшего танго я не танцевал с тобой, кажется, ни разу в карьере.

— И поверь — больше не станцуешь, я замужем, — шепнула я, и Иван рассмеялся.

За паркетом стоял восхищенный Костя с огромным букетом бордовых роз в руках.

Честно скажу — даже неприятный инцидент с похищением не смог испортить мне впечатления от любимого города. И, глядя на эту тарелку с фотографией, я тоже буду вспоминать то танго под дождем, что мы станцевали с Иваном на брусчатке Петропавловской крепости.

КОД
«КРАСНЫЙ»

Она брела из супермаркета по только что выпавшему снегу, едва не сгибаясь под тяжестью четырех огромных пакетов, набитых продуктами. Муж искренне полагал, что это не его дело — таскать тяжести.

«Ты женщина, ты теперь не работаешь — вот и будь любезна, сделай так, чтобы в холодильнике всегда было свежее молоко, фрукты и овощи, а на плите — горячий ужин».

Марго устало плюхнула пакеты на скамью и потрясла затекшими пальцами. Она соглашалась с доводами Ромы, но почему бы ему тоже хоть иногда не помочь ей? Вот просто не выйти и не встретить хоть иногда с этими авоськами у магазина, благо он расположен через дорогу от их дома? Нет, Рома выше этого, бытовая сторона жизни приводит его в ужас, а всякое столкновение с действительностью в виде текущего крана, отклеившихся обоев или переставшего закрываться замка на двери доводило его до истерического состояния. Марго решала эти проблемы сама, словно мужа у нее не было.

Вздохнув, она снова взялась было за пакеты, как вдруг сильная мужская рука в черной перчатке подхватила один из них.

Вздрогнув от неожиданности, Марго резко обернулась и замерла. Рядом стоял высокий седой мужчина лет сорока пяти, с суровым выражением серо-стальных глаз и плотно сжатыми тонкими губами.

— Марго, до каких пор вы будете истязать себя подобным образом? Вы записались в клуб любителей таскать тяжести? — без тени улыбки спросил он.

— Не трогайте меня! — игнорируя вопросы, враждебно отозвалась Марго.

— Это позвольте мне решать. Идемте, помогу донести.

— Не надо! — уперлась Марго, не желая находиться даже рядом с этим человеком.

— Не спорить! — резко отсек мужчина.

— Да хватит, в конце концов! — вспылила она. — Оставьте меня в покое, кто вы вообще такой, чтобы отдавать приказы?

— Молчать! — тихо и страшно сказал мужчина, уставившись прямо в лицо Марго своими стальными глазами. — Ты будешь делать то, что скажу я. Не хочешь похорошему — будет по-плохому.

— Да пошел ты! — взвилась Марго, отскакивая на безопасное расстояние. — Лечи голову, будет меньше проблем!

Она развернулась и, забыв про пакеты, побежала к подъезду, поскальзываясь на раскатанной детьми асфальтовой дорожке. Захлопнув за собой тяжелую входную дверь, она прижалась к ней спиной и перевела дух.

«Черт возьми, вечером Рома голосить начнет по поводу пропавших продуктов и потраченных на них денег», — подумала Марго, досадуя на назойливого кавалера.

Этот странный мужик прицепился к ней еще летом на выставке работ известного немецкого фотографа, куда Марго забрела с подачи одной приятельницы, интересовавшейся фотографией. Странные снимки не произвели на Марго особого впечатления, ей были чужды все эти цепи, веревки, полуголые девушки в масках и накачанные мужчины в черной коже. Подруга же едва не рыдала от восторга, стараясь заставить и Марго разделить это.

— Бред какой-то, — пожала плечами Марго. И вдруг за спиной услышала:

— Так уж и бред. Вы просто ничего не смыслите в телесных наказаниях.

Резко развернувшись, Марго увидела перед собой седого мужчину в черных джинсах и рубахе. Его выправка и манера держаться выдавали бывшего военного, а сухой голос и отрывистые фразы только подтверждали это.

Марго мгновенно прониклась неприязнью, даже не сразу поняв, почему. Мало этого — от мужчины исходила угроза, и это сразу ощутила чуткая на подобные вещи

Марго. Иногда таким бывал Алекс — ее первый муж и самая, пожалуй, сильная любовь в жизни.

Мысли от неприятного незнакомца мгновенно повернули к нему — так и не забытому, не вычеркнутому из жизни и сердца, как бы ни старалась она обмануть себя и убедить в обратном. Даже восемь лет замужества за Ромой не смогли сделать эти воспоминания менее болезненными или острыми. Но куда было спокойному тихому Роме тягаться с красавцем Алексом, имевшим к тому же весьма экзотичный род занятий. Талантливый пианист с безупречным образованием зарабатывал на жизнь, выполняя заказы на убийства. Долгое время он успешно маскировал это от совсем тогда еще молоденькой Марго при помощи работы в большой фирме, принадлежавшей его отчиму. Выяснила она все случайно, и это открытие едва не стоило ей жизни. Алекс не смог — да и не захотел — убрать непрошеную свидетельницу своей тайной жизни, потому что любил и дорожил ею. Более того — считал себя виновным в том, что однажды в припадке ярости сильно искалечил ее, бросив в девушку канделябр с горящими свечами. С тех пор Марго никогда уже не носила платьев с декольте, вынужденная прятать шрамы от ожогов на груди.

— Как вас зовут? — вернул ее к действительности мужской голос, и Марго потрясла головой, не сразу вернувшись к окружавшей ее действительности.

— Что?

— Я спросил ваше имя.

— Марго.

— Так уж и Марго?

— Ну, пусть Маргарита. Хотя меня давно никто не зовет так.

— А я Виталий. Хотите, я проведу вам небольшую экскурсию по выставке? — спросил он и потянулся к локтю девушки, но она отдернула руку:

— Спасибо, нет. Мне это неинтересно.

— Тогда почему вы здесь?

— Подруга пригласила, она поклонница творчества этого мастера. Вот, кстати, ей можете экскурсию предложить, уверена, что она согласится. — И Марго кивнула в сторону стоявшей вежливо в сторонке Ани.

Однако Виталий, скользнув по хрупкой миниатюрной фигурке Анны взглядом, равнодушно проговорил:

— Нет. Она меня не интересует.

«Хам какой-то», — подумала Марго.

Обычно Анька привлекала к себе мужское внимание именно своей статуэточностью и миниатюрностью, а уж в сравнении с крупной, полноватой Марго смотрелась просто хрупкой куколкой. Но Виталий, очевидно, предпочитал девушек и женщин типажа Марго.

Ей захотелось как можно скорее уйти отсюда и больше никогда не видеть этого человека, от которого за версту несло опасностью. Она так и сделала, едва только он отвернулся, сделав перед этим Аньке знак, чтобы шла за ней.

На улице подруга возмущенно поинтересовалась:

— Ну и какого фига? Я еще не всю экспозицию осмотрела.

— Если хочешь — вернись, а я домой, — бросила Марго, направляясь к автомобильной стоянке.

Анька, все еще продолжая возмущаться, двинулась следом. Бросив взгляд через плечо, Марго обнаружила, что Виталий тоже вышел из здания выставочного центра и направляется следом за ними. Это в ее планы никак не входило, а потому, крепко схватив Аньку за руку, Марго помчалась к машине, почти рывком затолкала подругу в салон и, сев за руль, рванула к выезду, взметнув вверх тополиный пух, укрывавший асфальт, как сугробами.

— Сдурела совсем?! — возмущенно пискнула напуганная такими действиями подруги Анна.

— Заткнись! — процедила Марго, выезжая на оживленную магистраль. — Везут — сиди молча!

— Ты нормально можешь объяснить? — бесновалась подруга. — Куда ты торопишься, что случилось? За нами погоня?

— Вроде нет, насколько я вижу, — без тени иронии ответила Марго, глянув в зеркало заднего вида. — Надеюсь, что нет.

— Кто это был? Там, на выставке?

— Не знаю.

— Тогда чего ты от этого «не знаю» с такой скоростью удираешь? Подумаешь — мужик подвалил знакомиться! Нормальный, между прочим, мужик!

— Не знаю, насколько он нормальный, но близкое знакомство в мои планы — уж извини — не входит.

— Ну и зря! — беспечно заявила уже успокоившаяся Анька. — Породистый дядя, явно при деньгах.

— Дура ты, — обозлилась вдруг Марго. — От таких надо держаться как можно дальше.

— Вечно ты! Так и будешь со своим Ромкой прозябать.

— Я не прозябаю. Меня все устраивает.

«Господи, кому я вру сейчас — Аньке или себе?» — пронеслось у нее в голове.

Жизнь с Ромой уже давно начала тяготить ее, его правильность и любовь к себе порой доводили Марго до бессильной злобы, но она твердо знала, что вряд ли уйдет от мужа. Отношения давно стали братско-сестринскими, и степень доверия была такова, что Марго могла иной раз позволить себе закрутить легкий, ни к чему не обязывающий романчик на стороне, прекрасно зная, что Рома никуда не денется, не уйдет, будет ждать дома, как верная любимая болонка. Больше всего на свете он боялся потерять тот комфорт, который она ему создавала, даже будучи вечно занятым начальником пиар-службы одного из крупнейших строительных холдингов «Золотая улица». Сейчас, когда все рухнуло, а шеф холдинга угодил в тюрьму после удачно проведенного конкурентами рейдерского захвата, Рома стал единственным кормильцем в их маленькой семье, а потому Марго считала себя обязанной исполнять все его прихоти и потакать всем капризам, вызывая ехидные усмешки лучшей подруги Мэри.

Да, еще в ее жизни совсем недавно появилось явление — лучше и не скажешь — по имени Мэри. Рыжеволосая танцовщица из Сибири Мария Лащенко, или просто Мэри, с которой Марго познакомилась, еще занимая солидный пост в «Золотой улице» и спонсируя один из московских танцевальных клубов. Холдинг был организатором спортивных сборов, куда приглашались и танцоры из других регионов, в том числе и Мэри со своим партнером Иваном, чемпионы России по десятиборью и призеры международных турниров разного уровня.

Именно там, в подмосковном пансионате, во время утренней пробежки Марго и познакомилась с ней, с удивлением обнаружив потом в этой девушке много собственных черт. Внешне они были абсолютно разными — высокая, крупная, зеленоглазая Марго с чуть вьющимися каштановыми волосами и худая, чуть выше среднего роста, голубоглазая язва Мэри. Но внутри у них оказалось столько общего, что иногда обеим казалось, что они разговаривают сами с собой. Между ними сразу натянулась невидимая нить, похожая на общий нерв, заставляющий девушек остро чувствовать друг друга. Слегка флегматичная, спокойная Марго словно уравновешивала нервную, вспыльчивую Мэри. Они проводили вместе много времени, а в поездках на турниры в Москву Мэри даже жила у подруги, ставшей для нее одновременно и стилистом, и визажистом, и даже модельером, создававшим ей эскизы восхитительных танцевальных костюмов. Такая мелочь, как расстояние во многие тысячи километров, не могла помешать их дружбе и привязанности. Но даже искренняя дружеская любовь к Марго не мешала Мэри иной раз довольно жестко проходиться по ее отношениям с Ромой.

— Он у тебя как раскормленный кот — лежит себе на диване, нализывает шерсть и периодически требует свою порцию «Вискаса». Да еще капризничает, если вдруг он не с кроликом, а с курицей, — говорила она, прикуривая очередную сигарету в уютном углу кухни между столом и подоконником, где всегда любила сидеть и пить кофе.

— Много ты понимаешь! — смеялась Марго, подливая только что сваренный напиток в большую чашку с нарисованными крупными клубничинами — еще один любимый предмет подруги. — Мы с ним уже давно больше, чем муж и жена. Мы друзья, а это куда важнее.

— Ну да, — согласно кивала Мэри. — Так бывает, когда обоим уже лет по семьдесят и ничего, кроме дружбы, не осталось в отношениях. Но тебе-то, дорогая, еще и тридцати нет — не рановато ли дружить с мужем, а?

— Циничная ты, — вздыхала Марго, усаживаясь за стол напротив подруги и с нежностью наблюдая за тем, как она пьет кофе и стряхивает пепел с кончика сигареты. — Вот погоди — выйдешь замуж за своего Макса...

— Оставь это, а? — Мэри морщилась, не желая продолжать болезненную тему об отношениях с молодым человеком, с которым жила несколько лет. — Вряд ли из этого что-то вырастет. Ты ведь знаешь — Макс не одобряет моих занятий танцами, не считает их работой, мечтает, чтобы все это бросила и пошла на курсы бухгалтеров. Ну посуди сама — какой из меня, к чертям поросячьим, бухгалтер?

— Может, он еще одумается? — не очень, впрочем, уверенно говорила Марго и тут же сникала под ироничным взглядом Мэри.

— Раньше твой Рома станет энергичным и деятельным спортсменом, начинающим утро с пробежки и зарядки. И хватит об этом, я тебя прошу.

Марго согласно сворачивала разговор, но в следующий приезд Мэри все повторялось.

Сейчас, стоя у дверей квартиры и предчувствуя вечерний скандал по поводу денег и продуктов, Марго подумала, что именно Мэри была необходима ей в эту минуту. Именно Мэри — чтобы отвлечься и не думать о капризном и избалованном муже. А заодно и от мыслей о преследовавшем ее Виталии.

С той самой встречи на выставке он не давал ей прохода, удивив и испугав своей осведомленностью. Впервые Марго увидела его около своего дома через три дня, но заметила раньше, чем он ее, а потому успела нырнуть в небольшую арочку и спуститься в маленькое грузинское кафе, чтобы перевести дух и собраться с мыслями. За чашкой чая она попыталась представить, зачем еще могла понадобиться этому человеку. Не может быть, чтобы вот так, ни с того ни с сего, немолодой уже мужчина вдруг воспылал неземной страстью с первого взгляда к совершенно незнакомой девушке.

Нет, разумеется, Марго допускала, что может понравиться кому-то, да, собственно, такое бывало довольно часто, однако почему-то именно этот человек вызывал у нее подозрения в неискренности и в том, что в его действиях есть какой-то второй смысл. Имевшая за спиной небольшой, но все же опыт работы в прокуратуре, Марго почти интуитивно чувствовала опасность. А может, это год жизни с Алексом приучил ее к осторожности и подозрительности. И это однажды едва не стоило ей жизни.

Но что могло понадобиться от нее сейчас этому Виталию? Она сидит без работы... Хотя вот как раз оттуда, из «Золотой улицы», может происходить интерес к ней. Ведь в то время, когда холдинг перешел в другие руки, в тюрьме оказалось все руководство, и даже многие рядовые сотрудники не избежали арестов, а она, Марго, сумела выйти сухой из воды. Ее даже к следователю не вызывали ни разу.

Возможно, этот Виталий как-то связан с теми, кому мешал ее бывший шеф. Или даже с ним самим — как вариант.

Эта мысль испугала Марго не на шутку. Месть бывшего руководителя — не самая приятная вещь, а она, как начальник пиар-отдела и глава одной из «дочерних» фирм холдинга, знала довольно много.

Но как проверить? С Ромой на эту тему не поговоришь — он просто не приспособлен к такой информации, хоть и занимался одно время делами вместе с Марго. Правда, есть еще Алекс...

Алекс! Марго едва не подскочила на тяжелом деревянном стуле от осенившей ее догадки. Ведь и связь с Алексом могла послужить причиной появления около нее Виталия. Достаточно многим насолил в жизни ее бывший муж, чтобы у кого-то имелись основания желать ему неприятностей. А самый короткий и верный путь к нему — она, Марго. Потому что из всех женщин, что были в его жизни, только она оставалась неизменной, незабываемой и той, к кому он немедленно пришел бы на помощь в случае опасности.

Она вытащила из сумки мобильный и набрала номер, который знала наизусть и никогда не вносила в телефонную книжку, но ответа не последовало — телефон Алекса был отключен.

— Черт тебя подери, — пробормотала Марго, убирая мобильный. — Тоже мне — ангел-хранитель! Когда не нужен — так и вьется вокруг, зато когда надо — не дозвонишься.

Несколько дней все было спокойно, и Марго немного расслабилась, но через какое-то время в почтовом ящике обнаружился конверт, а в нем — фотография Марго с вырезанными дырами вместо глаз.

В ужасе бросив конверт и снимок на пол, Марго забилась в истерике, убежала в квартиру и закрылась на все замки. Вернувшийся с работы Рома долго не мог понять, в чем дело и почему на столе нет ужина.

Это был первый случай, когда спокойная Марго кричала на мужа, применяя весь арсенал имевшихся в запасе матерных выражений, чем удивила его до крайней степени.

— Меня кто-то преследует, а ты только и думаешь, что о своем желудке! — почти визжала Марго, в бессильной злобе сжимая кулаки.

— Рита, ты бредишь, — неуверенно бормотал Рома. — Тебе нужно врачу показаться, у тебя рассудок помутился...

— Это у тебя помутилось все, что можно! Тебе плевать, что меня могут убить!

— Да кому ты нужна? Зачем кому-то тебя убивать, ты что — президент, министр, банкир? — недоумевал Рома, неприятно пораженный поведением и словами жены.

— А убивают только их, да?! А если это кто-то, кому перешел дорогу мой бывший шеф?! Ведь все сидят — все, от начальника службы безопасности до рядовых бухгалтеров! А я — вот она, и даже следователи мной не интересовались!

— Прошло больше года, Рита! Кому это все надо? Следствие закончилось!

— Это следствие закончилось! — с нажимом выкрикнула Марго, откидывая со лба волосы. — А там, кроме следствия, явно есть еще заинтересованные люди! Есть кто-то, кому по-прежнему нужна вся информация по холдингу, любая, даже самая на первый взгляд незначительная! Ты что же думаешь, что шеф отдал все, что у него было?! Да ни фига!

— Рита, Рита, успокойся! — Рома встал с дивана и обнял жену, но та вырвалась:

— Успокоиться?! Ну, отлично! Это все, чем ты мне можешь помочь?!

— А чего ты хочешь от меня?! — не выдержал он.

— Чтобы ты хоть раз вспомнил, что ты мужик и мой муж, пошел и разобрался со всем этим!

— С чем я должен разбираться?! С твоими бреднями?! Единственное, чем я могу тебе помочь, это сводить к хорошему психиатру, чтобы он вытряхнул всю дурь из твоей головы!

— Убирайся отсюда! — завизжала Марго, топая ногами. — Убирайся вон, поезжай к маме, к черту, к дьяволу! Только подальше от меня, понял?!

Рома захлопал большими карими глазами, лицо его пошло красными пятнами, губы затряслись, и он, резко шлепнув по щеке не ожидавшую этого Марго, вышел из комнаты.

Пораженная пощечиной Марго осталась стоять посреди комнаты и стояла так до тех пор, пока за мужем не закрылась входная дверь. Оставшись одна, она ушла в кухню, налила себе чаю и снова расплакалась. То, что Рома, не возражая, ушел из дома, ее не особенно удивило — как только в их жизни начинались проблемы, муж предпочитал быстро спрятать голову в песок, как страус, и сделать это по возможности за спиной Марго. Страшило другое — как теперь быть? Она совсем одна в квартире, адрес ее откуда-то известен Виталию — а она уже не сомневалась в том, что снимок с вырезанными глазами дело его рук, потому что фото свежее, вчерашнее, снятое в момент, когда она выходила из здания Сбербанка на Новокузнецкой улице, где платила за квартиру.

Страх охватывал ее все сильнее, сжимая кольцо ужаса вокруг шеи, и Марго почти физически ощущала его, этот страх.

Ночевала она со включенным светом, подперев дверь на всякий случай тяжелой обувной тумбочкой. Но утром ей пришлось выйти из дома за хлебом.

Ничего не произошло — как не произошло и через день, и через неделю. Рома вернулся, Марго молча впустила его, но в квартире царило напряженное молчание.

В тот день, когда Марго решила, что все закончилось, на стене у квартиры появилась надпись, сделанная чем-то красным: «Не думай, что я отступлю», — и потеки от надписи вниз, как будто кто-то вытер окровавленную пятерню. Возле мусоропровода валялся труп крысы...

В ту ночь Марго трижды вызывала «Скорую помощь» — настолько сильно болело сердце, поднялось давление, и началась жутчайшая мигрень, из-за которой она не могла даже голову оторвать от подушки. Рома благоразумно ушел в спальню, хотя первый раз вызвал врачей сам. Но Марго не нужно было его участие и страдальческий вид, она чувствовала, что жалость муж испытывает больше к себе — ведь ему утром на работу, а он вынужден не спать и суетиться вокруг заболевшей жены.

К утру ей немного полегчало, и Марго побрела в поликлинику, где просидела почти до обеда, потом зашла в аптеку за лекарствами и в магазин за продуктами — и вот теперь стояла перед дверью квартиры, бросив сумки материализовавшемуся Виталию.

Нужно было открывать дверь, входить и думать, что делать дальше. Она со вздохом нажала на кнопку звонка, но за дверью было тихо.

«Странно — должен ведь дома быть», — с раздражением подумала о муже Марго, и тут в кармане пискнул мобильный, сообщив о пришедшем сообщении.

«Не теряй, я поехал на встречу в журнал по поводу сайта», — гласило оно, и только сейчас Марго вспомнила, что Рома утром говорил что-то на эту тему. Скандал по поводу продуктов откладывался на неопределенное время.

Замок не открывался, и это насторожило Марго. Она крутила ключ туда-сюда, но дверь не поддавалась. Только подергав ручку и навалившись плечом, Марго сумела отпереть замок.

Пройдясь по квартире, она не заметила ничего особенного и уже совсем успокоилась, когда, зайдя в ванную, увидела поднятый стульчак и плававший в унитазе окурок коричневой сигареты. Рома такие не курил...

В квартире кто-то был! И этот «кто-то» — Виталий, потому что только у него Марго видела такие сигареты.

Она кинулась звонить в полицию, но там над ней только посмеялись — мол, дамочка, у вас паранойя.

— Кто-то к вам влез, чтобы покурить и в туалет сходить? — глумился мужской голос в телефонной трубке. — Ничего не пропало? Нет? Ну, так вот когда пропадет, тогда и звоните.

Марго пыталась рассказать о фотографии, дохлой крысе и кровавой надписи на стене, которую даже не удалось толком закрасить, однако полицейский не стал слушать, посоветовал меньше читать детективов и смотреть сериалов про маньяков.

— Но меня же могут убить! — в отчаянии закричала Марго, но в ответ услышала стандартную и, видимо, по мнению полицейского, страшно смешную шутку:

— Вот когда убьют, тогда и придете, — и гудки в трубке.

Марго бессильно опустилась на пол и закрыла голову руками. Этот человек был в ее квартире, трогал своими руками то, к чему прикасается она! И нет гарантий, что он не войдет в квартиру снова — но уже в тот момент, когда она будет дома.

Телефонный звонок раздался неожиданно и ударил по и без того напряженным нервам как кинжалом.

Марго вздрогнула и глянула на дисплей — это был Алекс.

— Ты звонила, Марго? Зачем? — как всегда, без приветствий, без разговоров о жизни — сразу к делу.

— Да.

— Открой мне дверь, у тебя почему-то не работает звонок и домофон. В подъезд я попал, но стою у квартиры.

Марго с трудом встала, подошла к двери и глянула в глазок — так и есть, стоит весь в черном, как обычно, и в неизменном черно-белом кашне. Пижон заморский...

Она открыла, но Алекс вошел не сразу. Прежде он долго изучал полузакрашенную надпись на стене, бросив через порог явно тяжелую серую спортивную сумку.

— Что это у тебя? Любовные послания? — хмыкнул он, потрогав стену.

— Типа того, — пробормотала Марго.

— Прекрасно, значит, я вовремя, как обычно.

Он привычно скинул ботинки и прошел в комнату, уселся по-хозяйски в кресло, закинул ногу щиколоткой на колено другой и кивнул Марго, указывая в сторону дивана:

— Присаживайся.

Марго не тронулась с места, прислонившись к дверному косяку.

— Марго, у меня нет времени на уговоры и реверансы, — чуть раздраженно пробормотал Алекс. — Выкладывай, что у тебя.

— Если приехал — то наверняка сам все знаешь.

Она все-таки села на диван, подобрав ноги под себя.

«Господи, он не меняется. Совсем такой, каким я его видела год назад... Да, тогда как раз он и увидел Мэри... Все такой же красивый, молодой — даже не угадаешь, сколько ему лет».

— Значит, не хочешь говорить? Ладно, я тогда сам скажу.

Алекс поднялся и прошелся по комнате, а затем без перехода заорал:

— О чем ты думаешь вообще? За тобой ходит полковник спецназа ГРУ! Хоть и в отставке! А этих спецов «бывших» и «в отставке» в принципе не бывает! Мозг на пенсию не уходит! — И Марго совсем растерялась от этой информации.

Разъяренный же Призрак (как они с Мэри звали его между собой) забегал по комнате и стал выглядеть так, словно вот-вот начнет рвать волосы.

«Не исключено, что это будут волосы с моей головы, — подумала Марго, сжавшись на диване. — Ишь как нервничает...»

Эти мысли, однако, быстро улетучились — Алекс решительно схватил ее за плечи и затряс, как шкодливый пацан соседскую яблоню:

— Ты откуда его выкопала, дура?! Почему ты вечно влипаешь в какие-то истории, Марго?!

— Я нигде его не выкапывала... и не просила тебя вмешиваться, — вяло сопротивлялась она, прекрасно зная, что именно сейчас услышит в ответ. И не ошиблась.

— Да?! Вот спасибо! А то я без твоей просьбы-то и не знал, как мне быть! Если хочешь знать, я этого господина почти месяц разрабатывал, а информации никакой добыть не мог, пока не сообразил контакты в органах поискать. Что ему надо от тебя? Ты, надеюсь, понимаешь, что с таким типом шуточки не пройдут, а?

— Да не нагнетай ты, — попробовала изобразить беспечность Марго, чем только добавила Алексу злой энергии:

— Нет, ты определенно дура, Марго! «Не нагнетай»! Да ты хоть знаешь, чем он вообще занимался до того, как начать земельку вокруг яблонь в садике окучивать? Так я тебе скажу — он людей ликвидировал по «спец-заказу». Это тебе не моя контора — это государство, понимаешь? Го-су-дар-ство! И оно своих исполнителей защищает до последнего!

Алекс, устав метаться по комнате, присел в кресло у компьютерного стола, за которым обычно работал

Рома. По сложившейся негласно традиции, едва на пороге возникал Алекс, Рома безропотно собирал пожитки и отбывал к родителям в Подмосковье — ему так было спокойнее. Но сегодня муж был еще на работе, и Марго ожидала, что, возвратившись, он непременно устроит ей скандал шепотом в запертой ванной при включенной воде — чтобы не услышал Алекс и — не дай бог — не провел с ним воспитательную беседу.

— Что на дверь оглядываешься? Этот твой прийти должен?

Привычка Призрака не называть Рому по имени, как и его звериная интуиция раздражали Марго, но она сочла за благо сейчас смолчать.

— Марго, скажи — когда все это прекратится, а? Новый год на носу, я бы хотел его отметить за пределами этого гостеприимного города — где-нибудь на горнолыжном курорте, например. Но вынужден опять торчать в Москве и копаться в каком-то дерьме.

— Я не понимаю, о чем ты. Я с ним двух слов не сказала за все время! Алекс, я не виновата, что некоторые люди считают своим все, на что положили глаз, — ты ведь тоже искренне так думаешь. Ты ведь считаешь меня чем-то вроде своей вещи.

— Ну да — вроде старого чемодана, знаешь, такие, с уголками, обитыми железом? — фыркнул Призрак, даже не потрудившись посмотреть, какой эффект произвели его слова. — Вроде как он и не нужен уже, но его все равно держат на антресолях на всякий случай. И каждый раз при уборке он вываливается и больно бьет этими самыми уголками по пальцам, по ногам — куда угодит, в общем. Так и ты. Вроде уже и нет ничего, а бросить тебя я не могу.

— И я тебя тоже бью по пальцам?

— Хуже, Марго. По голове, — усмехнулся он и достал сигареты. — Но моя голова еще не то видала, так что я не переживаю пока.

Марго уже давно не обижалась на него за подобные аллегории и высказывания. В конце концов, его никто не просил вмешиваться, напротив — она мечтала о том дне, когда сможет спокойно выходить из лифта и не заглядывать с опаской за мусоропровод, из-за которого, по определению ехидной Мэри, то и дело выглядывают крылья «ангела-хранителя».

Алекс, однако, не желал успокаиваться и забывать Марго, с которой не жил вместе уже много лет. Он по-прежнему считал себя обязанным помогать ей. И поскольку материальную помощь она отвергала, то он нашел нехитрый выход — стал оберегать ее от неприятностей, которые она довольно талантливо и регулярно организовывала себе.

Да еще какое-то время назад появилась эта ее Мэри. Странная рыжая танцовщица была словно второй половиной Марго, только в какой-то злой ипостаси. В ней не было ни капли мягкости Марго, ни грамма ее покорности и всепрощения. Мэри была упрямая, несгибаемая, какая-то слишком острая — как перечили. И совершенно прямолинейная, без реверансов и намеков.

Именно это всегда цепляло Алекса — то, что женщина не падает к его ногам, как другие, а сопротивляется, делает, что хочет сама, и ни о чем не просит. А в случае чего еще и в горло зубами вцепится. Или в руку, которая только что ее ласкала.

Это злило и притягивало одновременно. Ему очень хотелось увидеть ее вживую, а не читать постоянно эти буковки на мониторе, не пытаться разгадать скрытый смысл присылаемых ею смайликов.

Он даже специально для этого мотался в Сибирь, почти неделю жил в ее городе, незаметно отслеживая ее перемещения и уклад жизни. Конечно, он мог делать это и открыто, не опасаясь быть опознанным — Мэри не знала, как он выглядит, они никогда не встречались и только единожды разговаривали по телефону. Но работа приучила Алекса быть осторожным. Кроме того, за Мэри всерьез и очень назойливо ухаживал местный армянский царек и известный карточный шулер Костя Кавалерьянц, о котором слышал даже Алекс, и вступать в открытую конфронтацию как-то не хотелось. Да пока и нужды особой не было.

Он покривил душой, говоря о горнолыжном курорте и о том, что собирался встречать Новый год там. Было не до праздников. Сейчас Алекс снова бросил все свои дела в Швейцарии и прилетел в Москву, потому что один из наблюдателей сообщил ему, что за Марго увивается какой-то странный тип лет сорока пяти с военной выправкой и что Марго старается пореже выходить из дома, а телефон ее прослушивается.

Призрак бросился на помощь, и вовремя. Код «красный» — так на языке телохранителей называется состояние повышенной опасности. Так вот этот Виталий Сергеевич и был код «красный», судя по тому, где и кем работал раньше. Это сейчас он был скромным начальником службы безопасности одного из московских вузов, воспитывал двух дочерей в режиме строжайшей армейской муштры да поливал небольшой садик с яблоньками и грушами. А прежде...

Как удалось выяснить окольными путями Призраку, с таким зубром сладить даже ему, крепкому профессионалу, было бы непросто. Даже на балконе в ящике для картошки у него хранился «АК-47», видимо благоприобретенный где-то в районе боевых действий. Это Алекс выяснил, наблюдая в бинокль за квартирой фигуранта.

Как-то ранним утром, когда люди еще спят и видят самые сладкие сны, Виталий Сергеевич вышел на балкон и долго копошился в этом самом ящике, а затем бережно извлек оттуда «калашников», который Алекс уж точно не перепутал бы с насадкой для пылесоса. Почистив и смазав оружие, Виталий Сергеевич снова упаковал его в полиэтилен и убрал туда, откуда взял, а Призрак сделал себе отметочку для памяти — вооружен, и «калаш» — явно не единственное оружие.

Еще несколько дней наблюдений привели Алекса сперва в легкое недоумение, потом в ужас, сменившийся отвращением и острейшей неприязнью. Благопристойный папенька ввел в доме палочную систему — совсем как на Руси при крепостном праве. Каждую субботу он собственноручно сек дочерей и жену за все провинности, накопившиеся за неделю.

Хладнокровный Алекс, которому не раз приходилось убивать людей, никак не мог представить, что можно собственной рукой нещадно молотить девочек шести и девяти лет только за то, что они опоздали из школы на десять минут. Жене доставалось за все — плохо вымытый пол, не вовремя поданный завтрак, отсутствие хлеба в хлебнице.

Словом, был Виталий Сергеевич истинным самодуром-садистом, и нечего ему околачиваться около Марго — это Алекс решил сразу и бесповоротно. Собственно, как раз для этого он и прихватил с собой тяжелую спортивную сумку, в которой чего только не было — при его-то профессии.

Однако подобраться к объекту вплотную Призрак не смог, с удивлением отметив, что мужчина никогда не ходит без сопровождающего — спортивного вида парня, исподволь осматривающегося по сторонам. Таким образом, любой нежелательный контакт исключался, как исключалась и возможность подобраться к машине — хорошей бронированной «бэшке» третьей модели. Алекс был зол, но выхода пока не видел.

— Я у тебя поживу пару дней, — заключил он, вставая и направляясь в кухню.

Марго обреченно поплелась следом:

— А ты не хочешь спросить, как мой муж к этому отнесется?

— Нет. Его мнение мне вообще не важно.

— Алекс, это хамство.

— Допускаю, — кивнул он, садясь в угол у стола и закуривая. — Но у меня нет выбора — я должен быть рядом с тобой.

— А Рома? Новый год все-таки, я не могу выставить его из дома в праздник.

— А твой... ха-ха-ха... муж может делать все, что захочет, — раз сам не в состоянии оградить свою жену от идиотов всех мастей и размеров. И Марго снова отметила, что даже сейчас Алекс не повторил за ней имя Ромы, а обошелся словом «муж», да еще сопроводил все издевательским смехом.

Спорить было бесполезно, а выкинуть его за дверь у Марго просто не хватило бы физических сил, поэтому придется терпеть.

Со вздохом она принялась готовить ужин, стараясь делать вид, что не замечает присутствия Алекса в кухне. Он же покурил, потянулся всем телом и вышел в коридор, откуда вернулся уже с небольшим ноутбуком.

— Время связи с твоей подругой, — подмигнул он удивленно уставившейся на вспыхнувший «цветок» аськи Марго. — У нас как в аптеке — все четко и точно.

Марго, бросив взгляд на пароварку, в которую только что положила три стейка из семги, ушла в спальню, улеглась на кровать и тоже включила аську.

Мэри была в сети.

— Привет, птичка.

— Привет, киска.

Обмен традиционными приветствиями состоялся. Марго с трудом удерживалась от желания задать вопрос, с кем параллельно общается Мэри, раз ни о чем не спросила, кроме здоровья.

«Не буду. Захочет — сама скажет».

Мэри, однако, молчала, и Марго слегка обиделась.

Отложив ноутбук, она пошла в кухню — Алекс по-прежнему сидел за столом, но лицо его было блаженно-дурашливым. Он смотрел в монитор и улыбался.

— Ты чего? — недовольно спросил он у вошедшей Марго, и та, оправдываясь, пробормотала:

— Попить.

— Ну так пей и иди.

— Мешаю?

— Да.

— Виртуальным сексом занимаетесь? — не удержалась Марго, и лицо Алекса вмиг стало злым:

— Бери стакан и уходи.

— О, прости, не хотела ломать кайф.

— Выйди вон! — рявкнул Призрак, чуть приподнявшись, и Марго сочла за благо быстро взять стакан воды и скрыться.

К ее удивлению, Мэри в аське уже не было.

«Интересно, с кем тогда он общается и почему так нервничает?» — подумала она, закрывая ноутбук и прислушиваясь к шуму лифта — Рома должен был прийти с минуты на минуту. На пороге спальни вдруг возник Алекс — как всегда, почти бесшумно.

— Мне надо уйти, Марго. Вернусь ночью — или завтра. Скажи этому своему, чтобы вел себя тихо.

Марго не ответила, и Алекс, постояв пару секунд, ушел.

Время шло, Ромы все не было, и она уже начала волноваться, пробовала звонить, но муж не брал трубку. Явился он только в полночь, пьяный вдрызг и злой.

— В чем дело? — спросила Марго, не терпевшая запаха спиртного и вида пьяного супруга, которого в такие моменты тянуло к прекрасному, и он, не смущаясь поздним часом, включал на полную громкость стереосистему.

— Что — явился твой армяшка? — с ненавистью дыхнул ей перегаром в лицо Рома. — Опять началось?

— Прекрати! — повысила голос Марго. — И не называй его так!

— Буду называть так, как захочу! И больше чтоб ноги его в моем доме не было! Так и запомни! А явится — я его с лестницы спущу! — храбрился Рома, подогреваемый изнутри винными парами.

— А пойдем — проверим, — раздался в прихожей голос Алекса, и Марго от неожиданности вздрогнула, а Рома опасливо притих и что-то забормотал. — Ну, что же ты? — утрируя армянский акцент, которого у него в принципе не было, говорил Алекс, покручивая на пальце связку ключей. — Или боишься, как обычно? Только жену бить смелый, с мужчиной не можешь?

Рома по-прежнему что-то бормотал и пятился едва ли не за спину Марго, вызвав этим движением издевательский смех Алекса:

— Что, юбка маловата у Марго? Спрятаться некуда? Ну-ка, собрал свое пьяное тело — и убежал отсюда! — приказал он уже без тени улыбки, и Рома мгновенно убрался в спальню и закрыл там дверь. — Ну, вот так лучше будет. Идем, чаю попьем, — приказал он растерявшейся под таким его напором Марго. — Разговор есть.

Они сели в небольшой кухне, Марго включила чайник, Алекс вынул сигареты.

— Ты, наверное, думаешь, что у меня с Мэ-ри роман? — Он по привычке произнес имя подруги по слогам, и в этом Марго углядела знак — да, у них если не роман, то уж точно Алекс настроен его завести.

— Почему я должна думать об этом? — пожала она плечами. — Ты свободный человек, она — практически тоже.

— А тебе было бы больно, Марго, если бы это было так? — В его голосе слышалось любопытство, и это было странно — обычно Алекс не интересовался ее чувствами по поводу его многочисленных связей с самыми разнообразными женщинами.

— Нет. Скорее — нет. Я люблю вас обоих, мне было бы приятно, что вам хорошо вместе.

— Было бы хорошо, если бы и твоя подруга это понимала, — с какой-то незнакомой ноткой в голосе сказал Алекс, закуривая.

70

— Что — не поддается? — сочувственно спросила Марго, наливая чай в большие чашки.

— Удивишься — нет.

— Не удивлюсь. Мэри упряма, как стадо бизонов. И даже если вдруг она что-то к тебе испытывает, то ни за что не покажет.

— Почему так?

— Ну, вот такая она. Поверь — ей и без тебя хватает мужского внимания.

— Не сомневаюсь. Но с ее характером наверняка всегда бывают проблемы.

— Бывают. Но она вряд ли поделится ими с тобой, — сладко отомстила Марго, довольная тем, что хоть кто-то щелкнул самоуверенного Алекса по носу.

— Ладно, оставим Мэ-ри в покое. Я не об этом хотел говорить. Тебе надо уехать.

— Зачем?

— Затем. Этот человек пришел не за тобой. Он пришел за мной.

«Ага — значит, я правильно вычислила все. Дело не во мне, а в нем, на самом деле в нем».

Вслух же она сказала:

— Тогда к чему мне уезжать?

— Пока ты в пределах его досягаемости, ты в опасности, а я уязвим. Чтобы иметь возможность устранить его, я должен сперва вывести тебя из-под удара. Ты стоишь как раз на линии огня, Марго, и кто бы из нас ни выстрелил, попадет в тебя. Я этого, как ты понимаешь, не хочу.

— Зачем ему ты?

— Я не буду объяснять. Просто послушайся и сделай так, как я сказал. Уезжай завтра же. Я узнал — есть утренний самолет, ты купишь билет и улетишь к Мэ-ри, поживешь пока у нее. Новый год отметишь в Сибири — согласись, есть в этом экзотика? Снег, мороз и настоящие елки по всему городу. Потом я дам знать.

Марго опешила. Как у него все просто — берешь билет и улетаешь! А как она может улететь, когда здесь Рома? И традиция отмечать праздник вместе, звать его сестру с детьми, готовить любимые блюда, пить французское шампанское и надевать разные чулки на ноги — белый и черный, чтобы в наступившем году уравновешивалось счастье и горе. А потом — непременная прогулка по праздничной Москве, в шумной толпе таких же гуляющих горожан, и поздравления, произносимые незнакомыми людьми, и пожелания удачи в ответ. Как бросить все и уехать?

— Твой муж никому не нужен, успокойся, — словно поймав ее мысль, скривился Алекс. — Поживет пока один — если не хочет жить один остаток своих дней. Собирайся.

И Марго сдалась, понимая, что спорить и возражать бесполезно. Она прошла в спальню, торопливо покидала в сумку какие-то вещи, взяла из комода документы, сунула в чехол ноутбук. Рома безмятежно храпел, забывшись пьяным сном.

Они с Алексом вышли в темный пустой двор, приминая свежий снег ногами, прошли к припаркованной машине, и Марго села на переднее сиденье. Алекс слегка замешкался, перекладывая что-то из своей сумки в карман, и, когда он уже открыл дверку водительского места, напротив машины показался силуэт человека. Марго, вглядевшись в темноту, разглядела в руках у него оружие.

— Алееекс! — закричала она, и в тот же момент раздались два выстрела.

Марго упала на сиденья, больно ударившись головой о руль, так, что потемнело в глазах, и увидела, как у открытой дверки медленно оседает на снег Алекс. Больше не было выстрелов, и вообще никаких звуков, и Марго, полежав еще пару минут, осторожно села и посмотрела в лобовое стекло.

Никого не было. Она вышла из машины и бегом кинулась к Алексу. Тот был жив, сидел на снегу, зажимая рукой правое плечо. Его пистолет валялся рядом, Марго подняла его и ощутила горячий металл — значит, Алекс тоже успел выстрелить.

— Помоги... встать помоги... — процедил Алекс, пытаясь подняться.

Марго подставила плечо, он оперся и встал, тут же охнув и неловко завалившись набок.

— Черт... зацепил все-таки... но идиот — из «калашникова» одиночным... я бы очередь дал...

— Где он? — озираясь, спросила Марго шепотом.

— А я знаю? Если я попал, то должен быть тут.

— Нет здесь никого. И шагов не было...

— Значит, как-то ушел все-таки. Плохо... я старею... пора умирать.

— Дурак ты! — взревела Марго.

— Что — страшно? — ухмыльнулся он, пытаясь левой рукой открыть бардачок. — Помоги-ка, там аптечка...

Марго боялась крови, от ее вида у нее начинала кружиться голова, но сейчас было не до дамских штучек — Алекс истекал кровью. Она вынула аптечку, бинт и принялась неумело накладывать повязку, стараясь не слушать бранных комментариев Алекса по поводу ее безрукости. Кое-как справившись, она перевела дух и спросила:

— Что теперь делать? Тебе в больницу надо.

— Угу — с огнестрельным ранением. Самое то, — кивнул он.

— У меня дядя в Склифе хирургом, ты забыл? Решим сейчас, — безапелляционно заявила Марго, к которой вернулась уверенность. — Сейчас позвоню, узнаю.

Дядя оказался на дежурстве, особой радости не выразил, но, услышав о материальном вознаграждении, сменил гнев на милость. Марго усадила Алекса на заднее сиденье, завела двигатель и вывернула на пустую ночную Пятницкую.

Дядюшка ждал их в приемном покое, сам увел Алекса в перевязочную и долго возился там, вынимая из плеча пулю. Пообещав Марго не сообщать в полицию и организовать отдельную палату, он уже собрался уходить, как двери приемного покоя распахнулись и санитары на каталке ввезли мужчину, всего в крови. Марго хватило одного взгляда, чтобы узнать пострадавшего...

Она метнулась к Алексу, которого уже везли к лифту, схватила за здоровую руку и зашептала:

— Он здесь! Он жив и здесь, слышишь?

Алекс, еще в полубреду после местного наркоза и острой боли в ране, чуть приподнялся на каталке:

— Уходи отсюда, слышишь? Улетай к Мэри, улетай, Марго!

Она кивнула, уже твердо решив никуда не лететь. Алекса увезли, а Марго, притулившись на кушетке в коридоре, стала дожидаться выхода дяди из операционной.

Ждать пришлось долго, она успела задремать и проснуться, когда санитарка невежливо толкнула ее в плечо:

— Ноги подбери, расселась. Не видишь — пол мою.

Марго встала и перебралась в другой угол холла. Дядя появился примерно через час, за окнами уже светало, наступало холодное и пасмурное утро.

— Ты еще здесь? — удивился он, обнаружив племянницу.

— Да... скажи, как тот, которого привезли?

— Тебе-то что? — буркнул уставший дядюшка, снимая с головы голубой медицинский чепчик.

— Знакомый...

— Ну и знакомые у тебя! Тяжелый, огнестрельное в живот, много крови потерял, но был в сознании. Под машиной какой-то лежал, говорит.

«Так вот почему мы его не нашли, — догадалась Марго. — Он под джип успел заползти».

— Поезжай домой, утро уже.

Дядя развернулся и пошел к лифту, а Марго, постояв еще немного, вышла из Склифа и направилась к машине.

Рома был еще дома, демонстративно завтракал бутербродом с сыром, всем видом давая понять, что остался без полноценного завтрака по вине бесшабашной супруги, носившейся где-то с утра, но Марго так устала и вымоталась, что не стала обращать внимание на его недовольное лицо, ушла в спальню и уснула, едва коснувшись головой подушки.

Алекс позвонил назавтра в обед, голос его был бодр, как будто и не было вчерашней перестрелки, ранения и операции:

— Ты, конечно, никуда не полетела? Так я и думал. Вечно не слушаешься.

— Как ты? — игнорируя недовольный тон, спросила Марго.

— Я в порядке. А твой приятель умер.

— Что?! — вскрикнула Марго. — Ты...

— Удивишься — не я. Сердечный приступ. Но так даже лучше. Я не успел даже в палату войти. Он умер сам, без моей помощи. Сердце не выдержало. Хороший новогодний подарок. Живи спокойно, Марго.

И она поняла, что сейчас он снова пропадет на неопределенное время и появится только тогда, когда ей снова нужна будет его защита или помощь. Удел ангела-хранителя, который он сам на себя взвалил.

Весь вечер оказался заполнен хлопотами — приготовлением стола, украшением квартиры, телефонными звонками с поздравлениями. Марго уже еле держалась на ногах и не хотела никакого праздника. Но — надо, надо...

Улучив момент, когда до прихода гостей оставался еще примерно час, она улизнула в спальню и легла на кровать, включив ноутбук.

Почти тут же в аську вышла Мэри.

— Как дела, киска?

— Плохо были, но сейчас уже наладились. Мэри...

— Что?

— Почему ты его отталкиваешь?

Мэри помолчала, потом прислала смайлик с разведенными в стороны ручками и виноватой улыбкой:

— Я не могу отнять у тебя твоего персонального ангела, Марго. А быть третьей не хочу.

— Ты не будешь третьей. Ты будешь первой — для него.

— Но не единственной. А это устраивает меня еще меньше.

— Мэри...

В ответ пришел смайлик-чертик, смешно потрясающий кулачком, и Мэри вышла из разговора.

Марго с сожалением закрыла ноутбук и подумала, что подруга права в чем-то. Наверное, в ее словах была правда — Алекс никогда не оставит ее, Марго, и Мэри будет на втором плане, а она не привыкла к такой роли. Значит, лучше и не начинать — чтобы потом не было больно. А уж какую боль может причинить своим поведением Алекс, Марго знала, как никто. И не пожелала бы подруге испытать это. Значит, пусть все останется как есть.

Он сидел у камина в небольшом шале в Австрийских Альпах, держал в левой руке бокал, в котором вместо шампанского белело молоко, и смотрел на огонь. Правая рука в повязке-косынке покоилась на груди. Негромко потрескивали поленья, языки пламени лизали их со всех сторон, превращая в черные обломки. За окном шел снег — тихий, медленный, крупными хлопьями. Где-то раздавались хлопки петард и взрывы смеха. Люди праздновали Новый год.

«И только я, как всегда, один, — усмехнулся Алекс про себя и сделал глоток молока. — Наверное, в этом есть какая-то справедливость. Ангел-хранитель должен быть одиноким...»

РУМБА
НА МОСКОВСКОЙ
БРУСЧАТКЕ

2000-е годы, Сибирь — Москва

Казалось бы — такая простая вещь, как черный полиэстровый кофр, в которых перевозят костюмы танцоры-бальники. Ну что может быть особенного в мешке для вещей? И какую опасность он может представлять для своего владельца? Смешно.

Вот и я так думала все годы, что занималась бальными танцами и возила с собой такие кофры, отличавшиеся друг от друга только размером. Думала ровно до этого июньского утра в аэропорту Домодедово, прилетев с партнером на заключительный турнир в столице. Закрытие танцевального сезона происходило обычно в Сочи, но мы пока не знали, поедем ли туда, а потому решили потанцевать в Москве. Потанцевали...

А все мой муж Костя. Он уже давно начал выражать недовольство моим видом деятельности, говоря, что замужней женщине неприлично вертеться в коротком облегающем платье да еще в обнимку с посторонним мужчиной. Пока я все еще могла справиться с мужем и убе-

81

дить его в том, что спортивные танцы ничем не хуже любой другой работы, и ослепленный страстью Костя не особенно настаивал на том, чтобы я перешла только на тренерскую работу, но я хорошо понимала, что этот момент неизбежно настанет. Человек с кавказской кровью не станет терпеть того, что считает неприличным.

Вот и перед этой поездкой мы поссорились. Костю злило все — мой партнер Иван, моя подруга Марго, жившая в Москве, мои новые платья в стиле Голливуда тридцатых годов, стоившие огромных денег, сама столица, где проводился турнир. Словом, Костя не хотел меня отпускать.

— Я тебе денег не дам, — заявил он, расхаживая по гардеробной, где я собирала вещи.

— И не надо, я на свои поеду.

— Твоих хватит только на пеший переход.

— Не утрируй, я неплохо зарабатываю, — упаковывая туфли, отозвалась я. — Костя, ну сколько можно? Ты ведь понимаешь, что я все равно уеду, просто со скандалом на дорожку. Давай решим все мирно, я тебя очень прошу. Это моя работа, мне нужно танцевать, чтобы потом учить детей.

— Тебе обязательно ехать для этого в Москву?

— Да. Соревноваться нужно с сильными, так же как и играть в карты, правда? Сам ведь говоришь, что куда слаще обыграть хорошего каталу, чем распустить на деньги пару лохов.

Это была тактическая хитрость — мой супруг считался одним из лучших карточных игроков в стране, очень дорожил своей репутацией, а потому моя ссылка на его собственные слова возвышала Костю в его же глазах.

— Ну, ты права, наверное, — уже другим, не таким решительным тоном произнес муж. — Я беспокоюсь, как бы с тобой там чего не случилось.

— Что должно со мной случиться? Я десятки раз ездила в Москву и до замужества, и ничего, жива.

— Вот именно, что до замужества, — буркнул Костя, и мое сердце глухо бухнуло.

— Я должна что-то знать?

— Что? А, нет, не беспокойся, все в порядке, это я так... мысли вслух... — Костя обнял меня, поцеловал и вздохнул: — Мне тяжело отпускать тебя, вот что. И твой Иван мне не нравится.

— Костенька, он и не должен тебе нравиться, — глядя мужу в лицо снизу вверх, сказала я. — Он даже мне не должен нравиться, если на то пошло. Он должен только хорошо вести меня в танце, вот и все. А мы профессионалы, и ничего личного в танец не вкладываем. Мы просто умеем имитировать это, понимаешь? Играть любовь, а не любить на самом деле. Танцевать страсть, а не питать ее друг к другу. Это искусство, Костя, мы учились этому с детства. Ты только представь — я его знаю с семи лет, он же мне как брат, даже больше, так о каких отношениях речь? Только о родственных.

Костя слушал меня внимательно, пристально глядя в глаза и пытаясь уловить хоть нотку фальши, но не мог, потому что ее не было. Я не обманывала мужа, говоря о своих отношениях с партнером, тут моя совесть была чиста. И Костя вроде как успокоился, зато мне его слова очень запали в голову. Жизнь с Костей Кавалерьянцем уже научила меня быть готовой к любым неприятностям.

Уж не знаю, был ли причастен Костя к тому, что произошло, но то, что неприятности случились, я осознала сразу, едва мы вышли из зала прилета.

Бросив взгляд на шедшего впереди Ивана, я поняла, что чего-то в его облике не хватает.

— Ваня, а ты все забрал из полок?

— Что? — остановился Иван и сбросил на ближайшее сиденье вещи с плеча. — Погоди-ка... ну точно, кофр один оставил! Твою же...

— Ты идиот, Переверзев! Как, скажи, ну как можно забыть кофр в самолете?!

Я закипела от негодования, как раскаленный на плите чайник, и никак не могла перестать орать, привлекая к себе внимание пассажиров и сотрудников аэропорта. Мой партнер сперва стоял, виновато опустив кудрявую голову, но потом неожиданно разозлился и заорал в ответ:

— Умная, да?! С сегодняшнего дня свои манатки сама таскай, а то привыкла за столько лет! Я же еще и виноват, смотрите! Первый раз в жизни за чем-то не уследил! Какого черта ты истерику тут закатила?

От неожиданности я даже орать перестала, перевела дыхание, а потом ехидно заметила:

— Ну, благо еще, что это ты свой кофр профукал, там подешевле было.

Иван растерянно перевел взгляд на лежавший у его ног черный кофр с костюмами и только теперь заметил на нем логотип одного из московских танцевальных ателье — это был мой кофр, мне его купила подруга Марго, когда забирала новые платья полгода назад. У Ивана был такой же, но без логотипа, так что теперь мой партнер остался без фрака со всеми аксессуарами, без рубашки на латину, без трех пар туфель, без брюк... Словом, на паркет Переверзеву выйти будет не в чем, если мы не отыщем кофр сегодня.

В этой ситуации утешало только то, что стоимость всех вещей Ивана была существенно ниже моих и потеря кофра с моими платьями и туфлями явилась бы ощутимым финансовым ударом.

— Ладно, что толку тут орать? — вздохнул Ванька, забрасывая ремень кофра на плечо. — Идем к сотрудникам, может, узнаем, куда тут сдают то, что народ в самолете забыл, должно же быть место вроде стола находок.

— Да уж, наверное, таких, как ты, хватает, — фыркнула я, раздосадованная тем, что моя встреча с подругой откладывается на неопределенное время. Не бросать же партнера одного в такой ситуации, в конце концов мне это нужно так же, как и ему.

— Слушай, может, ты поедешь в отель? — предложил Иван, взглянув на мое раздосадованное и недовольное лицо. — Что толку вдвоем тут бегать? И потом, от тебя пользы все равно ноль, а крика и нервов больше, чем я смогу вынести. Поезжай, а? Как раз успеешь на аэроэкспресс, осталось пятнадцать минут. А я тут закончу и приеду.

Предложение было заманчивым. Я могла бы не в отель поехать, а сразу к Марго, благо она живет всего в пятнадцати минутах хода от Павелецкого вокзала.

— А ты точно не хочешь, чтобы я осталась и помогла? — нерешительно спросила я.

— Помогла? — расхохотался мой партнер. — Нет уж, благодарю покорно! Без тебя быстрее справлюсь. Все, Мария, кассы там. — Он развернул меня лицом к очереди за билетами и подтолкнул в спину. — Все, иди, я позвоню, как что-то выясню. Да смотри не потеряйся, как ты любишь.

На это я не стала даже реагировать, потому что обижаться на правду глупо, у меня с детства топографический кретинизм, и заблудиться я могу даже в хорошо знакомом городе. К счастью, дорога к дому Марго прямая, и ее я выучила за несколько лет.

Устроившись у окна в вагоне аэроэкспресса, я сняла джинсовку, вынула из сумки книжку и погрузилась в чтение. Внезапно, отвлекшись на движение рядом, я повернула голову и увидела, как по проходу идет мужчина лет тридцати пяти. Я даже не сразу поняла, что именно заставило меня повернуться и обратить на него внимание — по вагону то и дело проходили люди. И только спустя пару минут мне пришло в голову, что на плече мужчины висел танцевальный кофр. Когда варишься в одной и той же каше с самого детства, начинаешь невольно выхватывать взглядом в любой толпе «своих», таких же, как ты.

«Наверное, папаша с детьми приехал», — машинально подумала я и снова погрузилась в чтение.

С Павелецкого вокзала я решила все-таки позвонить Марго, а не обрушиваться как снег на голову. Она долго не брала трубку, и я начала волноваться, не случилось ли чего. В последнее время Марго неважно себя чувствовала, вполне могла попасть в больницу, например, хотя мы разговаривали с ней буквально два дня назад.

Я остановилась, вынула сигареты, закурила, прижимая мобильный плечом к уху и стараясь одновременно удержать ремень сумки. Наконец в трубке раздался чуть сонный голос Марго, и я немного успокоилась.

— Марго, ты дома?

— О, Мэрик! — почти мгновенно проснулась подруга. — Ты прилетела?

— Я уже даже приехала, стою на Павелецком.

— Так чего же ты стоишь? Беги скорее ко мне, я сварю кофе. У тебя есть время?

— Да, я свободна до вечера. А если не повезет, то и все выходные.

— Что-то случилось? — сразу насторожилась Марго. — Что-то с Костей?

— Можно подумать, что, кроме Кости, в моей жизни не может быть неприятностей, — усмехнулась я, выбрасывая окурок в урну. — Ванька свой кофр в самолете забыл, представляешь? Что делать, если не найдется, даже не представляю. Все костюмы его — там. Не выйдет же на паркет в джинсах и кроссовках...

— Придумаем что-нибудь, — решительно сказала Марго. — Сходим в салон, там напрокат можно найти.

— И весь концепт костюмов нарушить? Ты же сама эскизы рисовала, мы рубашку для латины шили под мое платье. Ну ладно еще — фрак, он стандартный болееменее, а латина? А обувь? Знаешь сколько нужно денег на две пары мужских туфель?

— Догадываюсь, — вздохнула Марго. — Но давай по мере поступления решать. Вдруг найдется.

— Веришь — я давно ничего в жизни не хотела так сильно, — вздохнула я.

— Все, Мэрик, иди ко мне, здесь договорим, — подвела итог Марго и отключилась.

Как-то неожиданно из-за серых облаков выглянуло солнце — яркое, прижигающее обтянутую джинсовой курткой спину. На небольшом пятачке перед метро пожилая женщина в оранжевой накидке предлагала поездки в Липецк, из ларька невыносимо пахло шаурмой, тут же крутились три облезлые собаки, а на лавке, раскинувшись, спал бомж, подложив под голову замызганную спортивную сумку. Двери станции то и дело распахивались, впуская и выпуская бесконечную вереницу пассажиров. В цветочном ларьке я купила пять чайных роз, чтобы подарить Марго, — хотелось чем-то порадовать подругу. Цветы умопомрачительно пахли, и всю дорогу до дома я то и дело подносила букет к лицу и втягивала ноздрями аромат.

Консьерж в подъезде приветливо поздоровался — он знал меня в лицо, я довольно часто бывала в этом доме. Знакомый лифт с полустершимися цифрами на кнопках, общая дверь на этаже — тяжелая, со стеклом и металлической решеткой, восемь кнопок звонков, длинный коридор с множеством дверей, и за одной из них меня неизменно ждала Марго. Моя Марго — высокая, видная, с чуть вьющимися каштановыми волосами и детским взглядом зеленых глаз.

Она обняла меня на пороге, обволокла собой, прижала, шумно дыша в волосы:

— Как же долго тебя не было, Мэрька...

— Да брось ты, всего три месяца.

— Целых три месяца, — поправила она, выпуская меня из объятий. — Хорошо выглядишь, даже не сказать, что после перелета.

— Я ж не за штурвалом летела. — Я протянула ей букет и сбросила на пол сумку.

Марго зарылась лицом в цветы:

— Надо же, как пахнут... я думала, что теперь цветы ничем уже не пахнут, все какие-то искусственные.

— А у тебя по-прежнему изумительно пахнет кофе. — Я повела носом и, сунув ноги в тапки, двинулась в ванную.

— Я же тебя ждала, так что сварила, ты ведь любишь.

В уютной кухне я забралась с ногами на стул в углу между столом и стеной, придвинула пепельницу, вставила сигарету в мундштук и закурила, наблюдая за тем, как подруга подрезает стебли цветов и насыпает в вазу с водой сахар.

— Как дела, Марго?

Она ответила не сразу, тяжело вздохнула:

— Стабильность, знаешь ли... и это та стабильность, от которой хочется выть волком.

— Рома на работе?

— Рома с приятелем в Словению укатил на месяц. Решил написать серию очерков о тамошней жизни. Хорошо быть главредом — сам себе начальник. А я, как видишь, опять тут одна.

— Чего ж с ним не поехала?

— Не позвал, — коротко бросила Марго и открыла холодильник, чтобы достать молоко.

В забытой на полу в коридоре сумке зазвонил мой телефон, и Марго, отставив бутылку, быстро пошла на звук.

Звонил Иван, и я нажала кнопку ответа, страстно желая услышать, что кофр нашелся и все в порядке:

— Да, Вань, я слушаю.

— Слушай, только внимательно, — каким-то чужим голосом проговорил Переверзев. — Я в полиции...

— Где?!

— Да не перебивай ты, мне больше не дадут позвонить! — рявкнул он. — Задержали меня за провоз кокаина.

Я обалдела настолько, что даже не переспросила, а просто нажала на динамик, чтобы Марго тоже слышала разговор.

— Я забрал кофр в столе находок, открыл, а там не костюмы, а несколько пакетов с белым порошком, — заполнил кухню Ванькин взволнованный голос. — Ну, меня тут же и в наручники.

— Погоди, а кофр твой?

— А ты как думаешь, если в нем костюмов нет? — огрызнулся Иван. — Кофр такой же, но не мой, но как я теперь это докажу?

— Послушайте, Иван, — вмешалась Марго, придвинув к себе телефон. — Вы сейчас успокойтесь, возьмите себя в руки и вспомните все свои действия шаг за шагом с момента посадки в самолет. Ничего не подписывайте, ждите, мы скоро приедем. Вы сейчас в Домодедово?

— Да.

— Отлично, мы скоро будем, — повторила Марго и нажала на отбой. — Допивай кофе, я пошла одеваться, — бросила она мне и скрылась в спальне, прихватив свой телефон.

Я схватилась за голову и застонала. Как могло произойти такое? Откуда взялся этот кокаин, черт его раздери совсем?!

Решив последовать совету Марго, я тоже начала вспоминать пошагово, что мы делали сегодня с самого утра. Меня в аэропорт привез Костя, Иван приехал сам — муж категорически отказывался общаться с моим партнером, хотя заехать за Ванькой было делом пяти минут. Мы зарегистрировались, кофры взяли с собой — давно привыкли не сдавать их в багаж, чтобы не потерялись, сдали только небольшую сумку с тем, что на борт пронести нельзя, — баллоны с лаком для волос, с протаном для тела, плюс еще по комплекту сменной и тренировочной одежды, фен, расчески, ножницы... Потом прошли предполетный досмотр, посидели в кафе и пошли на посадку. Оба кофра нес Иван, он делал это с детства, так уж повелось. В самолете он положил кофры в полку, но не над нашими креслами, а на два ряда назад, потому что места уже не было. Потом пассажиров неожиданно попросили к выходу — в самолете обнаружили неисправность, и нас вернули в здание аэропорта, сообщив, что вещи можно не забирать, неполадка простая, ее исправили буквально через полчаса. Собственно, это была единственная странность, дальше все шло как всегда — взлетели, набрали высоту, завтрак... я выпила кофе, Ванька, как водится, хорошо поел и уснул, я до самой посадки читала книгу. Никто не прикасался к нашей полке, даже близко не подходил. Ваньку я еле растолкала уже перед самой посадкой, после приземления пошла на выход первой, хотя обычно это делает Иван, волоча меня за собой за руку, как на буксире. А сегодня он замешкался, и я вышла в телетрап раньше, и только уже в зале прилета он меня догнал. Забрали сумку с ленты и пошли к выходу, и вот там я увидела, что кофра нет. Все.

Почему-то вдруг в памяти всплыл мужчина в аэроэкспрессе, и мое сердце забилось чаще. Нет, это просто совпадение, наверняка это был отец, сопровождающий детей на турнир, таких сейчас полно в Москве, турнир крупный, пар много, а к тому же наступили школьные каникулы. Но почему у меня такая тревога внутри?

— Я готова, Мэрик, поехали, — оказывается, Марго уже успела одеться и теперь гремела в коридоре связкой ключей от машины.

— Господи, что же теперь делать-то? — растерянно спросила я, выбираясь из-за стола.

— Сперва доехать в Домодедово.

В критических ситуациях обычно рассеянная и выглядящая в жизни размазней Марго умела собраться и действовать решительно и правильно, что меня всегда удивляло. Нет, дома, в родном городе, я бы тоже придумала выход, но здесь, в столице, без связей и денег даже помыслить о подобном было невозможно. Оставалось только довериться Марго.

Мы вышли на улицу. Солнце опять скрылось в облаках, и Москва стала выглядеть особенно неприветливо. Машину Марго парковала не у дома, а в переулке у метро «Третьяковская», туда мы и направились, миновав любимый ресторанчик тайской кухни, где частенько коротали вечера, когда я бывала в столице.

Марго села за руль, механическим движением отрегулировала сиденье под свой рост и велела мне пристегнуться.

— Я понимаю, что дома ты не делаешь этого, твой супруг вообще любит пренебрегать правилами, — не удержалась она от колкости в адрес Кости, которого не любила. — Но здесь Москва, знаешь ли, а нам с тобой сейчас дополнительные сложности не нужны.

Она укрепила телефон в держатель на панели, набрала какой-то номер и нажала на динамик. Абонент ответил, только когда мы выехали из переулка. Низкий мужской голос спросил вместо приветствия:

— Тебе что-то нужно, Марго?

— Здравствуй, папа. Мне нужна твоя помощь, — перестраиваясь в другой ряд, сказала Марго. — Я редко тебя прошу о чем-то, но сейчас мне очень нужен твой совет и твои связи в полиции.

— Что случилось?

Марго вкратце пересказала разговор с Иваном.

Отец недолго помолчал, потом вздохнул и ответил:

— Я позвоню в службу безопасности, там начальником мой знакомый. А заодно отправлю туда Сергея Ивановича, ты его должна помнить. Расскажешь ему все, он постарается помочь, если будет возможно.

— Папа! — взмолилась Марго. — Это должно быть возможно, понимаешь? Необходимо! Люди летели из Сибири, у них важный турнир, им нужно...

— Марго, я все сказал, — перебил отец. — Ты сама юрист, должна понимать, что такое крупная партия наркотиков.

— Какой я юрист, — с горечью бросила подруга. — Ладно, я поняла, спасибо и за это.

Она выключила телефон и повернулась ко мне:

— Слышала?

— Да. Все плохо.

— Пока нет. Сергей Иванович крупный адвокат, очень хороший. Постараемся вытащить твоего Ивана хотя бы из кутузки, а дальше будем думать. Но отец еще позвонит, вот увидишь, и что-то придумает. Я действительно редко его прошу о чем-то, а он считает себя виноватым, что ушел от меня в детстве.

— Я бы на это не рассчитывала.

— Ой, замолчи, я не могу на дороге сосредоточиться, — оборвала Марго, и я поняла, что разговор стал ей неприятен.

Я всю дорогу до аэропорта пыталась понять, в какой момент и кто мог подменить кофр, а главное — почему именно кофр и именно наш. В голове вертелся только один вариант, казавшийся правдоподобным. Костя. Конечно, не он сам и даже не с его подачи — мой муж ведь не идиот, чтобы так топорно подставить моего партнера, хотя... Хотя вот этот вариант еще правдоподобнее и логичнее, чем происки каких-то Костиных недоброжелателей. Чего проще — подложи в кофр моего партнера кокаин, и вот уже Иван едет лет на семь в какую-нибудь колонию, а у меня не остается выбора, кроме как оставить турнирную деятельность и перейти только на тренерскую работу. Неужели Кавалерьянц пал так низко? Как мне дальше жить с ним, зная, на что он может пойти?

Не в силах больше мучится догадками, я решила позвонить и напрямую задать волнующий меня вопрос мужу. Если застать Костю врасплох, он проговорится, это я знала точно, несколько раз мне это удавалось, так почему не попробовать теперь? Терять-то все равно нечего.

Костя ответил не сразу и был явно чем-то разозлен, потому что в голосе появились неприятные каркающие

95

нотки, так бывало, если Костя испытывал сильные эмоции и не мог контролировать свой акцент.

— Ну и зачем ты это сделал? — сразу бросилась я в атаку, чтобы не дать ему возможности опомниться и соврать.

— Что именно?

— Я тебя считала приличным человеком, умеющим держать слово, а ты поступил как урод.

— Не забывайся, Мария! — рявкнул Костя. — В чем дело?!

— Только в том, что Ванька сейчас в полиции, а в его кофре кокаина лет на десять!

— Ты в своем уме, женщина?! — взревел муж совершенно натурально. — Я-то здесь при чем?!

— А ты не знаешь? Нашел способ заставить меня с паркета уйти?

— Мария, мамой клянусь — не понимаю, о чем ты. Можешь толком объяснить? — В голосе Кости послышалась обеспокоенность. — С тобой-то все в порядке? Ты где?

— Еду выручать Ивана!

— Погоди, так ты не шутишь?

— А ты думаешь, что это смешно? Ему реальный срок светит, тут не до шуток, между прочим.

Костя произнес что-то по-армянски, тяжело вздохнул и предложил:

— Давай я позвоню кое-кому, тебе помогут.

— Я сначала попробую законным путем его вытащить.

— Не получится, — сразу убил надежду Костя. — Если там много, не получится, не надейся, а я так понял, что там не на граммы счет идет, да?

— Увы...

— Тогда сделаем так. Тебе позвонит человек, назовется Челентано... да не смейся ты, нашла время! — рассердился он, когда я фыркнула в ответ на странное имя. — Это мой брат, обязательно порешает твою проблему. Только смотри, никуда с ним не ходи и в машину не садись, поняла?

— Хороший брат у тебя, надежный...

— Мария, есть вещи, в которых даже братьям не доверяют, — внушительно сказал Костя. — Ты ведь и сама понимаешь причину.

Еще бы мне не понимать... я русская, хоть и официально замужем за Костей, но таковы уж нравы в той среде, где вращается мой супруг, что русская жена вроде как и не жена вовсе.

— Я не одна, с Марго.

— Хорошо. Позвони мне потом.

— Обязательно. И, Костя... прости, ладно?

— Да уж ладно, — усмехнулся муж. — Я бы на твоем месте тоже так подумал.

Положив трубку, я уткнулась лицом в ладони:

— Да за что же мне все это, а? Когда я так небушко прогневила?

— В тот момент, когда замуж за него вышла, — отозвалась Марго.

— Ты ведь прекрасно знаешь, что он меня спас.

— Ой, Мэри, тебе просто удобно так думать. Тебя бросил Максим, кстати, в немалой степени из-за Кости, вертевшегося рядом. И господин Кавалерьянц удачно подсуетился.

— Ты знаешь и то, что все было совсем не так. Максим вообще к тебе приревновал, думал, что ты мужчина. А Костя... ну, кроме Кости, у меня и другие поклонники были.

— Но никто из них не устилал тебе дорожку от подъезда до машины розами в декабре, да? Никто не швырял в грязь модные дубленки, чтобы ты сапоги не намочила.

— Хочешь сказать, что я на деньги повелась?

— Конечно, не хочу, зачем ты так говоришь? Я прекрасно знаю, что деньги Кости тут ни при чем. В этом смысле ты самое непрактичное существо из всех, кого я знаю. Ты повелась на заботу, которой он тебя окружил. Сама же рассказывала, как после травмы он тебя в какой-то модный санаторий устроил, куда твой доктор Максим ни за что не смог бы. — Марго въехала на парковку аэропорта и принялась искать свободное место. — Я даже помню, когда мы с тобой познакомились, Костя тебе звонил во время ваших сборов и спрашивал, поела ли ты, не устаешь ли на тренировках. Он тебя заботой этой и взял, а не деньгами никакими. Только вот что потом-то случилось?

— А потом Костя показал мне, что умеет быть другим. Хотя заботится обо мне до сих пор, тут ты права. Просто его образ жизни не вяжется с моим, и Костя всеми силами пытается это изменить. Но, разумеется, за счет меня. Если я буду сидеть дома, это устроит его куда больше, но он пытается идти на компромисс — хочешь работать, будь тренером, но с паркета уйди.

Марго наконец нашла свободное место, припарковала машину и заглушила двигатель.

— Как поступим-то? Ты ведь понимаешь, что невозможно свести вместе правоохранителей и этого брата Кости? — спросила я, отстегивая ремень безопасности. — Может, все уладится без вмешательства этого Челентано?

— Не знаю... попробуем. Все равно он сейчас сюда пока не приедет, если должен позвонить. Попытаемся через моего отца, а уж если не выйдет, пусть тогда он что-то выдумывает.

Мы пошли в здание аэропорта. Марго двигалась быстрым уверенным шагом человека, для которого не существует препятствий, было у нее такое удивительное свойство — выглядеть так, словно она хозяйка жизни. Правда, включалось оно только в ситуациях, не связанных с самой Марго.

— Только бы его в город не увезли, — проговорила она на ходу. — Надеюсь, отец догадался позвонить своему приятелю.

Нам повезло — Иван все еще находился в пункте полиции, но нас туда не пустили. Пожилой капитан наотрез отказался, заявив, что тут не дом свиданий. Как раз в этот момент Марго позвонил адвокат, и она шумно вздохнула в трубку:

— Слава богу, вы приехали!

Адвокат оказался импозантным седоволосым мужчиной лет шестидесяти, с вальяжными движениями и неторопливой речью. Он предъявил удостоверение капитану, и тот уже не посмел повторить фразу про дом свиданий, однако нас по-прежнему не впустил, велев подождать в коридоре.

Меня трясло, и Марго даже прикрикнула, чтобы я взяла себя в руки, однако это не возымело действия, я прислонилась к стене и закрыла глаза. Что, если Ивана не выпустят? Что мне делать, если и Челентано не поможет, ведь и такое вполне реально? Как я вернусь домой и сообщу его матери? У нее больное сердце, мало ли что может случиться... Да, моей вины в произошедшем нет, но я ведь была с Ванькой. И его мать вполне может решить, что мой муж мог приложить руку к аресту Ивана, я ведь тоже об этом сразу подумала.

Адвокат вышел примерно через час, и по его лицу я поняла — чуда не произошло. Быстро переговорив о чем-то с Марго, он похлопал ее по плечу и ушел, а я почувствовала, как из-под ног уходит пол.

— Погоди истерить, — жестко произнесла Марго. — Будем ждать звонка от твоего Челентано.

Ждать пришлось недолго. Он не просто позвонил — он говорил по телефону и приближался к нам, не заметить его было невозможно, как невозможно было и ошибиться и не узнать. Высокий молодой мужчина в малиновой рубашке, расстегнутой почти до конца, с толстой золотой цепью на шее и в темных очках, закрывавших половину лица. Даже в помещении он их не снял, и это делало его действительно похожим на знаменитого итальянца.

— Привет, красавицы, — окинув нас оценивающим взглядом, сказал он, убирая мобильный в карман джинсов. — Не переживайте, сейчас дядя все уладит.

Мы с Марго не успели сказать ни слова, как он по-хозяйски распахнул двери пункта и вошел внутрь с громким приветствием. Его, к нашему удивлению, никто оттуда не погнал, а в замке закрывшейся за его спиной двери повернулся ключ.

— Однако... — протянула Марго. — Зря я твоего супруга недооценивала, похоже.

— Ненавижу! — вырвалось у меня откуда-то изнутри, из самого дальнего уголка души, куда никому и никогда не было входа.

Марго удивленно вздернула брови:

— Кого?

— Себя.

— Мэрик, ну ты-то тут при чем? — Она обняла меня за плечи, чуть встряхнула. — Это досадная случайность, с кем угодно могло произойти...

— Только произошло почему-то со мной, да? Из багажа пассажиров всего самолета некто выбрал именно наш... — И тут я осеклась и, освободившись от объятий Марго, нервно заходила по маленькому коридорчику туда-сюда. — Слушай, а ведь я поняла... Невозможно пронести наркотики на борт, будучи пассажиром, понимаешь? Досмотр ведь. Значит, этот кофр либо уже лежал в самолете, либо его положили в тот момент, когда объявили о неполадках... А тот, кому предназначался груз, перепутал кофры и при выходе взял Ванькин, а не свой. Багаж не подменили — его просто перепутали, понимаешь? Мы же не над своими креслами его положили, там уже что-то лежало, и Ванька перенес наши кофры на два ряда назад. Вот и все.

— А в его кофре есть что-то, где может быть его имя? — вдруг спросила Марго, и я, остановившись прямо перед ней, переспросила:

— В смысле?

— Ну, не знаю — бирка какая-то, может, или что там еще?

— Халат... — все еще не понимая, о чем речь, сказала я. — Халат с надписью на спине, там имя, фамилия, название клуба и город. Да зачем тебе это?

— Ты не понимаешь, да? Тот, кто взял ваш кофр, тоже ведь его открыл, правильно? — возбужденно зашептала Марго, схватив меня за руку. — И наверняка удивился, обнаружив вместо пакетиков фрак и туфли, понимаешь? А на халате — все данные Ивана. Много надо ума, чтобы пробить телефонный номер, например, или подъехать завтра на турнир? Последнее, конечно, рискованно, но ведь и цена ошибки — будь здоров...

Я смотрела на подругу открыв рот — а ведь правда... Тот, кому нужно содержимое кофра, непременно постарается его вернуть. И проще всего сделать это на турнире, там, в толпе, вообще мало кто и что замечает.

— Ну, что делать будем? — тихо спросила Марго.

— Не представляю.

— Надо как-то подстраховаться, Мэрик. Ничего еще не закончилось.

— Да. Сейчас дождемся, когда свалит этот Челентано, выждем пару минут и поговорим с капитаном сами.

Но все получилось иначе. Вместе с Челентано из пункта полиции вышел Иван, крепко взял меня и Марго за руки и молча потащил к выходу. Вслед нам донеслось:

— Косте мое почтение!

— Засунь его себе... — пробормотала я на ходу, не испытав даже чувства благодарности.

Оказавшись на улице, Ванька остановился, перевел дух и требовательно глянул на меня:

— Сигарету дай.

Я сперва от души врезала ему пощечину, Переверзев дернулся, но ничего не сказал, только сунул в рот сигарету и закурил, закрыв глаза:

— Хорошо-то как... Свобода...

— Свобода тебе?! — заорала я, сжав кулаки. — Да ты хоть понимаешь, что теперь все еще хуже?! Тебя сейчас по всей Москве ищут, чтобы вернуть то, что у ментов осталось! Понторез несчастный, зачем ты эту надпись на халате сделал?

— А при чем тут халат? — заморгал длинными ресницами Переверзев.

— А ты не понимаешь?

— Так, уважаемые, — вмешалась Марго. — Давайте перенесем ваши разборки в машину, пока нас всех снова в кутузку не забрали.

Мы добрались до парковки, сели в машину, и я, повернувшись к севшему на заднее сиденье Ивану, сказала:

— Для одаренных объясняю. В кофре лежит твой халат, на котором разве что твой портрет золотом не вышит. Но это и не нужно, тебя и по имеющимся там данным вычислят на раз. Теперь понятно? Возможно, завтра ты пожалеешь, что не оказался в СИЗО, там бы слегка безопаснее было.

Ванька побледнел, хотя изо всех сил старался не показывать, что здорово испугался. Но я бы ни за что его не осудила — в такой ситуации кто угодно сдрейфит. Надо как-то выпутываться, ничего не попишешь.

Марго уверенно вела машину в плотном потоке машин, направлявшихся в город. Мне нравилось наблюдать за тем, как она водит, — вроде бы внешне выглядит спокойной, но, если присмотреться, заметишь, как губы шепчут ругательства.

— Такое впечатление, что москвичи половину жизни проводят в пробках, — заметил Иван, глядя в окно.

— Это еще не пробка, едем же, — возразила Марго. — Вот в город въедем, там увидите.

— И чего вы мне «выкаете» постоянно? Даже как-то оскорбительно, ведь не впервые видимся, — похоже, Ванька слегка расслабился и теперь включил свое обаяние, всегда помогавшее ему обольстить любую женщину.

Но на Марго, кажется, его обаяние не действовало. Она насмешливо глянула в зеркало заднего вида:

— Ну хорошо, давай не будем «выкать», если тебе так проще.

— Слушайте, нашли время расшаркиваться, — возмутилась я. — У меня мозг вот-вот закипит, не знаю, что делать, а они тут...

— А что мы можем сделать? — вздохнул Иван.

— Хочешь сидеть и ждать, пока тебе твою кудрявую головенку открутят? Ты хоть понимаешь, во что мы влипли? Да нас завтра на турнире в каком-нибудь закутке прирежут — и все!

— Да за что?! — недоумевал мой партнер. — Кокаина-то у нас нет!

— Вот как раз за это.

— Мэрик, позвони этому мачо в очках, — подала голос Марго. — Расскажи ему, как обстоит дело, пусть он чем-нибудь поможет.

— Чем?

— Ну, он же не один тут промышляет, правда? Есть же у него какие-то люди.

— Не понимаю...

— О господи... да пусть он пару своих людей завтра в спорткомплекс отправит, что непонятного?!

Пришлось звонить. Не скажу, что общение было приятным, но зато продуктивным. Челентано оказался неглупым и сразу понял, что сможет не только лишний раз проявить уважение к моему мужу, что всегда может пригодиться, но и извлечь некую практическую пользу, прихватив неизвестных наркоторговцев, — с них ведь и денег можно получить. И он пообещал, что с самого утра завтра нас будут сопровождать.

— Только ночуйте не там, где собирались, — предупредил он, прощаясь. — Мало ли...

— А вот и новая проблема... — пробормотала я, убирая телефон.

— Какая? У меня переночуете, я же одна, — откликнулась Марго.

— Никогда не спал в непосредственной близости от Кремля, — фыркнул Иван. — Наверное, сны особенные снятся?

— Не знаю, у меня бессонница. — Марго пропустила эту невинную колкость по поводу расположения ее квартиры мимо ушей. — Можем погулять на ночь, чтобы точно что-то хорошее приснилось. Я люблю ночью по Замоскворечью блуждать, у нас спокойно.

— Это точно хорошая идея? — усомнилась я, но подруга твердо сказала:

— Кто станет искать вас у меня? Кто вообще знает, как вы выглядите?

— Ну, в самом деле, Мария, может, это наша последняя ночь, а? Дай мне хоть впечатлений набраться, это же ты здесь все уже видела, а я — только гостиницы и танцевальные залы, — пошутил Ванька.

— Дурак ты, — вздохнула я. — И шутки твои не смешные.

— Да какой смех-то...

До дома Марго мы добрались только к семи вечера, забросили сумку и мой кофр и сразу вышли из духоты квартиры в прохладу летнего вечера. Пятницкая, как обычно, была запружена машинами, к метро все еще двигались вереницы людей, с площади перед входом на станцию доносился бой барабанов — уличные музыканты оккупировали пятачок, и вместе с едким запахом масла из «Макдоналдса» это создавало картину довольно сюрреалистическую. Нам же предстояло еще зайти в ателье и выбрать напрокат костюмы для Ивана.

Это растянулось еще на полтора часа, ателье уже закрылось, а мы все еще копались в ворохе рубашек и брюк, выбирая подходящие. Туфли, конечно, пришлось купить, и Ванька, отсчитывая купюры, делался все мрачнее. Гулять пошли с огромной сумкой.

Мы прошли между домами и оказались у Третьяковской галереи. Из расположенного рядом кафе неслась музыка, и это настроило Ивана на рабочий лад:

— Может, потанцуем?

— Совсем спятил? Я только у уличного кафе не танцевала еще!

— Да ты посмотри, сколько тут места! — не отлипал Ванька. — Я столько часов провел в сидячем положении, завтра турнир, у меня мышцы не готовы, забилось все.

— Ну не городи ты чушь — мышцы забились у него! Так и скажи — вокруг много красивых девушек, тебе свербит показать свое тело натренированное, — фыркнула я.

— А тебе, похоже, супруг запретил публичные выступления, да? Вокруг и мужчины есть, между прочим, —

не остался в долгу Иван. — Тогда все понятно. Марго, к новому сезону шьем костюмы в стиле гарема — чтобы ни лица, ни тела видно не было, — подмигнул он моей подруге.

Этого я стерпеть не могла. Скинув джинсовую куртку на руки Марго, я проверила, как гнутся мои балетки, и с вызовом посмотрела на партнера:

— Ну, давай попробуем!

— Айн секунд. — Ванька забежал в кафе, сунул музыкантам какие-то купюры и вышел, протягивая мне руку.

В ту же секунду с веранды полились звуки румбы, что меня удивило — обычно выпендриваться Иван предпочитал под что-то темповое вроде джайва или ча-ча-ча на худой конец. А тут вдруг лиричная мелодия румбы, где меня будет видно лучше, чем его, — мы всегда интерпретировали этот танец не так, как принято. Румба считается танцем любви, выражением чувств, демонстрацией отношений, мы же всегда танцевали расставание, финал, конец.

Мы танцевали так самозабвенно, что собрали вокруг себя приличную толпу зрителей, устроивших нам овацию после того, как мы закончили. Какой-то мужчина подарил мне большую белую розу, и Иван грозно взглянул на него, но тот слегка поклонился и вернулся за столик кафе.

— Какие же вы великолепные, — вздохнула Марго, когда мы пошли в сторону реки. — Смотрела бы и смотрела.

— Завтра до тошноты насмотришься, — пообещала я. — Десять танцев, начинаем со ста с лишним пар.

— Тогда надо домой идти, отдыхать.

— Я не усну, — сказал Иван, вынимая сигареты. — Может, коньячку?

— Нет.

— Ты иногда такая занудная, Мария, — пожаловался он. — Как с тобой муж живет?

— Хватит! — отрезала я. — Давайте по набережной пойдем, такой вечер свежий...

По реке сновали прогулочные теплоходики, забитые людьми, играла музыка. Народ словно предчувствовал грядущую пятницу, последний рабочий день, за которым последуют выходные, и все, кто имеет такую возможность, вечером устремятся прочь из душной Москвы на дачи, ближе к природе. Нам же предстоят три напряженных турнирных дня, осложненных теперь еще и постоянным ожиданием чего-то неизвестного и страшного. Что мы натанцуем в такой обстановке — совершенно непонятно.

Иван уже громко храпел на диване в гостиной Марго, а мы с ней все еще сидели в кухне, включив небольшой светильник над столом. Марго рассеянно крутила блюдце уже давно пустой чашки, я курила, закинув ноги на холодную батарею.

— Нервничаешь? — спросила Марго, глядя на то, как дрожит мундштук в моих пальцах.

— Не знаю... Обидно погибнуть ни за что.

— Ничего не случится, — решительно сказала она, отодвинув от себя чашку. — Я чувствую.

— Хорошо бы...

— Идем спать. Вставать рано, тебе же прическу делать, макияж...

— Ничего, справимся, не в первый раз.

— Стрижку укладывать сложнее, чем пучок.

— Я привыкла, быстро сделаю.

Уснуть почти не удалось, хотя рядом уютно сопела Марго, обняв старенького плюшевого медведя, за стенкой все так же похрапывал Иван, и только я смотрела в обклеенный флюоресцирующими звездами потолок и думала о своей жизни.

Как я могла связаться с Костей, как вообще такое могло произойти со мной? Всякий раз, попадая в неприятности по его милости, я думала об этом и не находила в себе мужества уйти. Да, сейчас муж был ни при чем, но это не отменяло того, что я снова вынуждена общаться с людьми из Костиной жизни, которую я так ненавижу. И уйти он мне не даст, это тоже ясно. Костя Кавалерьянц никогда не выпускал из рук того, что считал своим. И меня не выпустит. А как жить в клетке, даже если она из чистого золота?

Мы успешно прошли два первых тура, собрав в каждой программе максимальное количество судейских крестов — так отмечают пары, проходящие в следующий этап соревнований.

Объявили небольшой перерыв, и мы решили выпить кофе. Чтобы не переодеваться, я натянула спортивные брюки прямо на платье для латины, накинула кофту и, сменив босоножки с высокой шпилькой на мягкие тапки, пошла за Марго, которая наблюдала за соревнованиями с трибуны.

Иван ждал нас у кафе, держа в руках кошелек. На шее у него болталось полотенце, которым он то и дело промакивал мокрые волосы, собранные в хвост.

— А рубашка ничего, даже не очень выбивается из общего образа, — сказала Марго. — Разве что вырез великоват.

Ванька только хмыкнул — его, похоже, совершенно ничего не смущало и не беспокоило, и только я все время озиралась по сторонам до тех пор, пока не заметила за одним из столиков Челентано собственной персоной в окружении трех крепких парней в черных футболках.

— Смотри, не соврал, — чуть толкнув Марго в бок, кивнула я.

— Ну еще бы, они сидят в разных концах зала, и к этому мачо еще постоянно какие-то парни подходят, что-то на ухо шепчут. Похоже, в районе раздевалок тоже крутятся, — шепотом отозвалась она.

— Быстрее бы все закончилось, — пробормотала я, даже не понимая, что имею в виду — турнир или напряженное ожидание неприятностей.

И вдруг я увидела того самого мужчину из аэроэкспресса. Я узнала его совершенно четко по большой родинке у мочки уха, когда он повернулся, оглядывая очередь и словно сканируя стоявших в ней мужчин в танцевальных костюмах.

Ясное дело — узнав фамилию, он нашел в интернете немало наших снимков с разных турниров и теперь хорошо понимал, как именно выглядит Иван.

Нужно было немедленно спасать ситуацию. Я шепнула Марго, чтобы она встала рядом с Ванькой и развернула его спиной, а сама быстро двинулась к столику Челентано. Он меня не узнал, подумал, что решила просто свести знакомство, когда, наклонившись к его уху, я шепнула:

— Видишь высокого мужика в серой футболке? У него родинка под ухом.

— Тебе чего, красавица? — удивился Челентано, сдвинув свои очки на кончик носа.

— Мужика, говорю, видишь?

— Погоди... — Он внимательно вгляделся в мое лицо и захохотал: — Богатой будешь, красавица, не узнал! Какая ты яркая...

— Некогда комплиментами сорить. Мужика видишь?

— Ну.

— Кажется, это хозяин кофра.

Челентано напрягся, вытянулся в струнку, как гончая, учуявшая зайца, и что-то тихо сказал по-армянски. Его приятели поднялись и с трех сторон двинулись к изучавшему толпу мужчине.

Меня на секунду посетила мысль о том, что я могла ошибиться и этот человек не имеет никакого отношения к кофру с наркотиками. Но у меня так сильно билось сердце, что бывало только в случаях крайней опасности, что все сомнения я отмела.

Марго усердно забалтывала стоящего в очереди Переверзева, не давая ему повернуться лицом к столикам, и я мысленно похвалила подругу за сообразительность. Парни в черных футболках взяли мужчину с родинкой в кольцо, один из них что-то сказал, и мужчина сделал резкое движение в сторону, но его тут же повалили на пол. Очередь рассыпалась, мужчина корчился на мраморе, прижатый двумя парнями, а третий уже показывал какое-то удостоверение подбежавшей охране спорткомплекса.

Скрутив мужчине руки, парни подняли его и повели к выходу. Челентано удовлетворенно улыбнулся, спокойно допил кофе и, снова окинув меня оценивающим взглядом, произнес:

— Косте очень повезло. Ты еще будешь танцевать?

— Да, — машинально ответила я, потрясенная скоростью произошедшего.

— Я останусь посмотреть.

— Как хочешь. Спасибо.

— Танцуй на здоровье, — насмешливо проговорил он и нажал кнопку завибрировавшего телефона.

Поговорив пару минут по-армянски, он убрал трубку и удовлетворенно произнес:

— Ты оказалась права. На всякий случай тут побудут мои люди, чтобы Костя не волновался. С тобой ничего не случится.

Я вернулась к Марго и слегка побледневшему даже под слоем протана Ивану, похлопала его по плечу:

— Ну, скажи тете спасибо. Костюмов, конечно, не вернешь, но зато голова осталась при тебе. Настраивайся на турнир, дорогуша.

Мы улетали из Москвы утром в понедельник, выиграв латину и заняв вторые места по стандарту и десяти танцам. Почти всю ночь воскресенья мы провели, гуляя по Замоскворечью и то и дело исполняя румбу на пустых улицах и на набережной под музыку, звучавшую только в наших головах, и Марго аплодировала, вполне заменяя нам целую толпу зрителей. Наверное, никогда я не вкладывала в этот танец столько души, как летней московской ночью на асфальте и брусчатке вместо паркета.

Провожая нас, Марго долго махала рукой, когда мы уже прошли паспортный контроль, и я знала, что она плачет, а в ее голове все еще звучит та самая румба из уличного кафе.

КАРТЫ,
ДЕНЬГИ,
МОРСКОЙ БРИЗ

—Я никуда не поеду!
— Да? А что такое? Мне кажется, поездка к морю и круиз на лайнере — не самое плохое предложение, или я не прав?

Муж развалился в кресле и насмешливо наблюдал за тем, как я бегаю по комнате, собираясь на очередную тренировку.

Бросив на пол кофр с туфлями, я остановилась перед креслом и уперлась в лицо Кости взглядом, не предвещавшим обычно ничего хорошего:

— Я тебе сто раз объяснила! У меня турнир третьего и четвертого июля, но к нему нужно ведь еще и готовиться! Я не могу подвести Ивана и уехать, понимаешь? Бальные танцы не танцуют в одиночку!

— Это я решу, — абсолютно спокойно отозвался Костя, закуривая.

— Я знаю, как ты это решишь! Мы ведь договаривались, что ты не будешь мешать мне!

— А я тебе и не мешаю. Просто мне нужно, чтобы ты провела эти праздники со мной, только и всего. Ты — моя жена, Мария, и ты сделаешь так, как скажу я. Все! — Подняв руку, Костя пресек все мои дальнейшие попытки возражать, встал и, прихватив пепельницу, вышел из комнаты.

Я завизжала в бессильной злобе, схватила кофр с туфлями и запустила им в стену.

Самое ужасное заключалось в том, что Костино слово в нашей семье — последнее, и тут ничего не поделаешь, будет так, как он сказал. И вместо международного турнира в соседнем городе я окажусь в Сочи, где собирается большая компания карточных игроков, а у моего супруга явно назначена игра с кем-то важным и денежным. И буду натянуто улыбаться всей этой картежной шушере, изображать примерную жену и ловить на себе жадные взгляды Костиных приятелей и ненавидящие — их жен, подруг и любовниц. Словом, неделю своей жизни я, выражаясь Костиным языком, проиграла в карты.

Ехать на тренировку теперь большого смысла не имело, но предстоял разговор с партнером.

Автомобилист сегодня из меня оказался никудышный, машину болтало по дороге из стороны в сторону, мне то и дело сигналили обгоняющие водители, но я никак не могла сосредоточиться. Нет, авария нам ни к чему, Костя будет страшно недоволен, а когда Костя Кавалерьянц недоволен — добра не жди.

О том, чем я думала, когда выходила замуж за карточного шулера, я сейчас даже вспоминать не хотела. Просто так сложилось — а он оказался рядом, поддержал, подставил плечо — и я очертя голову кинулась туда, где почувствовала тепло и понимание. Ошиблась. Но теперь ничего не поделаешь — уйти я не могу, а оставаться с каждым днем все тяжелее.

Иван, мой бессменный партнер по бальным танцам, уже сидел в раздевалке на полу, растягивая мышцы спины. Кудрявые темные волосы убраны в хвост, тренировочные брюки отглажены, туфли для латины начищены, от майки несет туалетной водой. Красавчик...

— Приветик! — повернув голову, поприветствовал он меня. — Как настроение? Чего зеленая такая?

Я молча повесила спортивную сумку на крючок, сбросила туфли и села на пол рядом с партнером. Ванька привычным жестом чмокнул меня в щеку и снова ухватился руками за стопы вытянутых вперед ног, наклоняясь всем телом.

— Что работать будем, латину или стандарт?

— Что хочешь, — вяло отозвалась я, и знавший меня с самого детства Иван мгновенно вычислил:

— С мужем поругались?

— Не грузись, — отмахнулась я, — это нормально. Знаешь как говорят? Видали очи...

— Ну-ну, — согласно кивнул Ванька, — а ведь я тебе говорил — не ведись на его бабки.

— Вот был бы на твоем месте кто другой, уже бы по морде схлопотал, — вздохнула я и расстегнула сумку, чтобы достать тренировочную одежду, — но для тебя сделаю исключение. Ты отлично знаешь, что никакие бабки тут ни при чем.

— Знаю-знаю, прости. — Иван поднялся, отряхнул широкие брюки, прихватил пару туфель и мимоходом бросил взгляд в зеркало. — Переодевайся.

Я малодушно промолчала о том, что на турнир мы не едем — не нашла в себе сил, решила отложить до конца тренировки. Раз уж все равно приехала — будем работать.

Выйдя в зал, я сразу направилась к стойке с дисками и нашла там любимый, который Иван записывал специально для нас — двадцать треков танго.

Ванька, усмехнувшись, прокомментировал:

— Ну, я гений. Практически не ошибаюсь. Раз уж ты за танго уцепилась, значит, я был прав — точно с Костей поцапались.

— Может, мы все-таки сперва потанцуем? Вместо разминки?

— Для тебя, дорогая, все что угодно.

Танго всегда переключало меня с любых неприятностей жизни на что-то иное. Однако сегодня мы не стали гонять все двадцать треков, как делали обычно, ограничились тремя и принялись за латину.

Я старалась изо всех сил, удивляя партнера — обычно на предтурнирных тренировках я не выкладывалась полностью, сберегая силы для предстоящих соревнований.

— Отлично, — стягивая в раздевалке мокрую от пота майку, выдохнул Иван.

— Отлично-то отлично, да вот только турнир мимо нас, Ваня,– решилась я.

— Не понял...

— Я уезжаю в Сочи.

— Чего?! В Сочи?! А что не на Марс?!

— На Марсе нас не ждут многочисленные фанаты Костиной карточной игры.

Иван чуть поостыл:

— А-а... ну понятно. Муженек цыкнул — и ты к ноге.

— Не начинай. Ты отлично знаешь, что я по своей воле не предпочла бы поездку в шумный приморский город двухдневному турниру с неплохими шансами на победу. Но у меня есть муж и есть некие обязательства перед ним. И с этим я вынуждена считаться, Вань.

— Я понимаю, — сник партнер.

— Прости, ладно? — Я обняла его и поцеловала в щеку. — Не последний турнир, да и всего не выиграешь ведь.

— Хорошее утешение. Ладно, вали отсюда, у меня сейчас дети придут. Удачного отдыха, Мария.

Сборы в Сочи заняли больше суток, потому что к подобным мероприятиям мой супруг относился с повышенным вниманием. Он собственноручно выбирал наряды для меня, подбирал галстуки к своим пиджакам и рубашкам, до блеска начищал обувь. В его внешности и одежде все и всегда было идеально и выверено до мелочей. Костя Кавалерьянц производил впечатление респектабельного человека с хорошим достатком,

121

а искусствоведческое образование придавало лоск его разговорам. И я должна была полностью соответствовать — ухоженная, яркая, но при этом стоящая за спиной жена. И — никаких резких движений. Костя, правда, старался не втягивать меня в свои аферы без особой нужды, но иногда такая необходимость у него возникала, и я не могла сопротивляться и перечить. Как и сейчас.

Пока муж погружался в сладкий мир таких дорогих его сердцу сборов в дорогу, я, прихватив телефон и сигареты, укрылась в отапливаемой беседке на заднем дворе.

Территория загородного дома Кости была огромной, и это позволяло мне хоть иногда побыть в одиночестве, без непременных соглядатаев.

Закурив, я набрала номер Марго — моей единственной подруги, живущей, увы, в Москве.

— Мэрик, привееет! — чуть растягивая последнее слово, проговорила она в трубку. — Ты где пропала?

— Тружусь, Маргоша...

— Как жизнь семейная? — И в голосе проскользнула тщательно удерживаемая ирония.

Я не позвала Марго на свадьбу — не смогла, мне было дико стыдно, и я не хотела, чтобы она видела, во что я ввязываюсь. Марго, конечно, простила, но иной раз вот так не могла удержаться от колкостей.

— Не спрашивай. Едем в круиз из Сочи.

— И это тебя, надо полагать, угнетает? Морской круиз на комфортабельном лайнере? Да ты заелась, дорогая.

— Знала бы ты истинную причину, не глумилась бы, — отрезала я, и Марго мгновенно сменила тон:

— Что-то случилось?

— Настало время игры, господа, — прогудела я, пародируя голос известного телеведущего.

— О, тогда понятно. Константин Айвазович в своем репертуаре, надо полагать.

— В нем. С турнира меня сорвал, сволочь...

— О...

Марго умолкла, а мне стало жаль себя. Конечно, со стороны это выглядит наигранным и глупым — девушку везут в круиз на роскошном лайнере, семь дней веселья, отдыха и роскошных нарядов, а она чем-то недовольна. Но я-то знаю, чем может в любую секунду обернуться эта роскошь. Тем, например, что Костя проиграет больше, чем сможет заплатить.

Я — заложница своего мужа, вернее — его способа заработка, и никакие деньги мне не нужны, потому что даже потратить их свободно и без надзора я не имею права. Карты, карты, карты — вся жизнь проходит среди чертовых колод, которые Костя практически не выпускает из рук. От скуки я уже и сама начала осваивать это искусство, осталось только за стол сесть. К счастью, Костя этого не позволит.

— Ну, поищи в этом приятное, — неуверенно посоветовала подруга.

— Приятное? Что приятного в безбрежном море вокруг и в замкнутом пространстве корабля без возможности в любой момент на берегу оказаться? У меня морская болезнь, я не могу видеть воду в таких количествах, а тут еще и семь дней! Да я там с ума сойду, как ты не понимаешь?

— Мэрик... ну ты ведь знала, на что идешь...

— Прости, я позвонила тебе зря. Люблю тебя, Марго.

Я отключила телефон и заплакала. Зачем-то обидела ни в чем не повинную Марго, испортила настроение себе и ей...

— Ты где была?

Костя сидел за столом в кабинете и по привычке перетасовывал колоду, запуская карты веером из одной руки в другую. Меня раздражал шелестящий звук этих картонных прямоугольников, я скривилась, но промолчала.

— Положи в чемодан то, что тебе еще нужно, платья уже там.

— Спасибо, — пробормотала я.

На столе закрутился от вибрации Костин мобильный, и он жестом велел мне выйти. Закрывая за собой дверь кабинета, я услышала, что звонит Артур — старший брат и бессменный напарник Кости по игре. Значит, Арик тоже едет с нами.

Из-за меня на Костю косовато посматривали члены диаспоры, но Костя ее возглавлял, а потому плевать хотел на мнение остальных. Хотел жениться на русской танцовщице — сделал как решил, замазав всем глаза большими денежными вливаниями.

— ...я точно знаю, что он при бабках, — донеслось до меня, и я невольно припала ухом к двери кабинета, перестав даже дышать. — Я Марию беру затем, чтобы она его внимание чуток отвлекла. А бабки там огромные, он сам игры искал, мне Самвел звонил. Главное, чтобы конкуренты не пронюхали, а то некрасиво получится, если мою мышь кто-то раньше меня сожрет. — И Костя зашелся раскатистым смехом. — Да не бойся, Арик, мы его ушатаем, а там из порта сразу на самолет — и поминай как звали. Все равно скоро в Испанию валить будем, надо напоследок поднять побольше, чтоб там не бедствовать.

Это была новость... «Валить в Испанию» означало только одно — что он собирается уезжать из России навсегда и, разумеется, меня здесь точно не оставит. И вот тогда-то мне нынешняя жизнь покажется раем небесным. В Испании я окажусь совершенно одна, без языка, без друзей, без возможности высунуть нос на улицу. О черт...

Мысль пришла мгновенно. Нужно использовать круиз в свою пользу, и я сделаю это настолько, насколько хватит умения и навыков. Весь этот сыр-бор организовал какой-то сочинский владелец большой турфирмы, имевший несколько таких вот огромных круизных лайнеров. Один из них он и предоставил на неделю игрокам, устроив на борту что-то вроде нелегального казино. Приглашения в круиз получили только проверенные люди, только те, о ком в карточном мире шла молва, и случайных пассажиров на лайнере не будет.

Но Костя сказал, что далеко не все там карточные асы, а это значит, что и у меня есть шанс. Да, я не смогу тягаться с кем-то в покер, вист или терц, но в банальное «очко» — запросто. Надо только помягче с Ариком — тот настоящий мастер, он-то меня невольно и потренирует, пока есть время. Лайнер выходит из порта Сочи в десять вечера тридцатого июня, а вылетаем мы сегодня ночью, двадцать восьмого. Следовательно, у меня в запасе полно времени, которое я, если правильно все устрою, проведу в игре с Ариком. Деверь иной раз делал для меня исключение и играл «на интерес», чего никогда не позволял себе мой муж. Он принципиально не садился за карточный стол, не делая ставок, — это было его кредо. Игру без денег Костя считал баловством и пионерскими забавами.

Костя панически боялся летать, и уже один вид самолета приводил его в состояние, близкое к истерике. Это было просто удивительно — человек, о чьей жестокости в городе ходили легенды, в самолете становился беспомощным и испуганным, как годовалый ребенок.

Но сегодня мне эта Костина фобия была только на руку. Обычно Кавалерьянц наливался коньяком еще перед посадкой и к моменту взлета уже сладко посапывал в кресле бизнес-класса. Следовательно, мы с Ариком, как не страдающие данным недугом, вполне можем себе позволить легкое развлечение в виде небольшого карточного турнира. Правда, в процессе нам предстоит еще пересадка в Москве, где нам нужно будет как-то переместить почти хладное тело моего супруга с одного воздушного судна на другое, но мы, конечно, справимся. А потом и снова в картишки можно.

Именно это я и предложила Арику, пересев к нему, едва самолет набрал высоту. Кроме нас троих, из Москвы в Сочи в бизнес-классе летела еще пожилая чета — он явно бывший чиновник, она — такая ухоженная, холеная дама с высокой прической. К счастью, они были поглощены чтением и не замечали ничего и никого вокруг.

Арик удивленно посмотрел на меня:

— Спала бы лучше.

— Я не могу спать в самолете, шум мешает. Так что — играем?

Деверь хмыкнул и полез в кейс за картами. Но я ведь не зря замужем за игроком, правда? И уж что-что, а привычку возить с собой крапленые колоды я за Ариком знала.

— Нет, дорогой, так не пойдет. Еще играть не начали, а ты меня уже поиметь решил, — с улыбкой заявила я и взяла свою сумку, где тоже имелась пара новых колод, но, в отличие от Ариковых, они были «чистыми», без нанесенного на них воска, крапа и прочих ухищрений. Обычные колоды, купленные в газетном киоске одного из окраинных районов города, потому что киоскеры возле гостиниц, торговых центров и ресторанов получали зарплату у моего мужа и помогали «заряжать» карты. Словом, я подстраховалась.

Арик окинул меня насмешливым взглядом и хмыкнул:

— Ну, пусть по-твоему будет. Сдавай.

Первые пять партий я проиграла, и Арик расслабился, вызвал стюардессу и попросил кофе. Спасибо деверю — теперь я прекрасно видела его карты, отражавшиеся на кофейной поверхности.

С помощью нехитрых трюков, подхваченных у Кости, дела мои пошли на лад, и Арик начал проигрывать. Сделав его семь раз кряду, я предложила прерваться.

Разозленный проигрышем, Арик шлепнул карты на откидной столик и пробормотал:

— Ты опровергаешь все законы.

— Не сердись, дорогой, — я похлопала его по руке, — иногда ученик превосходит учителя, этим надо гордиться.

— Это не танцули твои! — пробурчал Арик. — Мне западло бабе в карты сливать.

— Ну слу-ушай! — протянула я и посмотрела на Арика, чуть прищурив глаза. — Мы не чужие люди, правда? И Косте ничего не скажем.

Я ударила в больное место — Арик был старше, но Костя в семье считался более удачливым, более умным, занимал более высокую ступеньку в иерархии диаспоры, а Арик так и остался неповоротливым, вялым и безынициативным. Всегда на подхвате, всегда на вторых ролях. Костя решает — Артур делает, Костя — голова, Артур — руки и ноги. Его это злило, но противиться младшему брату у Арика просто не хватало энергии. Или, может, мозгов.

Остаток полета мы скоротали все за тем же занятием, и я, наловчившись, обыграла Арика вчистую. Если бы игра шла не на интерес, а на деньги, из самолета я могла бы выйти с ощутимой суммой в кармане.

— Косте трёкнешь — удушу, — прошипел Арик, раздирая колоду в клочья.

Я только улыбнулась и молча кивнула, возвращаясь на свое место рядом с мужем, который по-прежнему безмятежно спал, укрытый алкогольными парами.

Сочи не произвел на меня никакого впечатления, и от предложенной Костей прогулки по окрестностям я отказалась, сообщив, что вполне насладилась местными красотами из окна такси.

— Там очень жарко, я не хочу сгореть. И потом — это ты спал весь полет, а я с ног валюсь, дома-то ночь глубокая.

— Скучно с вами, — сообщил Костя, заваливаясь на кровать и включая телевизор. — Ладно, останемся в номере, я пальцы разомну.

Это означало, что сейчас он достанет из кейса ручной эспандер, резиновое кольцо, моток лески и будет упражняться в гибкости суставов. К рукам своим Костя относился как к величайшему произведению искусства, берег их и всячески тренировал. Верхний слой кожи на подушечках трех пальцев у него был снят бритвочкой — это повышало чувствительность. Узлы из лески он вязал так виртуозно, как будто сто лет проработал хирургом, а маникюру его могла позавидовать самая отъявленная любительница этой процедуры.

Я тоже легла, отвернувшись от мужа, чтобы не видеть его упражнений, но уснуть так и не могла. В голову лезла всякая чушь, зато сон как рукой сняло.

— Костя, скажи, — начала я, усаживаясь на кровати и натягивая одеяло до шеи, — а меня ты зачем с собой взял? Обычно в южные поездки ты предпочитаешь отправляться один.

— Взял — значит нужна будешь, — отозвался он, не переставая вязать узлы то левой рукой, то правой.

— Я боюсь, Костя.

— Чего ты боишься?

— Ты думаешь, что тебе вечно будет везти? Что ты всегда будешь только выигрывать? А что случится, если ты проиграешь или нарвешься на того, кто обведет тебя вокруг пальца? Что будет тогда?

Костя отбросил леску и зло посмотрел на меня:

— Зачем ты завела этот разговор, женщина? Я не проиграю — я никогда не проигрываю, запомни. Я игрок экстра-класса, я настоящий катала, а не эти любители метнуть в «очко». Много лет я занимаюсь только этим, всего себя отдаю. И проиграть я не могу по определению. Мне нет равных, запомни это, Мария. Твое дело маленькое — ты должна выглядеть так, чтобы мой партнер по игре не мог сосредоточиться, чтобы его внимание рассеивалось. Ты должна действовать ему на нервы, понимаешь? Казаться доступной, а не быть ей — вот твоя задача. Остальное я сделаю сам. И поверь — награда твоя будет такой, что ты забудешь все неприятные моменты, связанные с ее получением. А сейчас либо спи, либо выйди в соседнюю комнату, ты мне мешаешь.

Вот так — знай свое место, женщина.

Вздохнув, я выбралась из постели, надела легкие джинсы и белую рубашку, собрала в пучок волосы и сообщила мужу, что пойду в бар.

— Угу, — пробормотал Костя, — только не напивайся, утром рано вставать.

Показав в сторону комнаты, откуда доносился голос супруга, не вполне приличный жест пальцем, я сунула в карман сигареты и телефон и вышла из номера.

В баре царил полумрак, посетителей оказалось немного, и это меня порадовало. Всюду чувствовалась атмосфера какого-то праздника — на каждом столике живые цветы в вазочках, помещение украшено гирляндами, а на барной стойке возвышается небольшой фонтанчик в виде мельницы, и вода течет под вращающимся колесом.

Я села за столик и подозвала официанта. Костя давно отучил меня пить коктейли, называя их «мешаниной», и переключил на хороший коньяк, в котором разбирался. Изучив винную карту, я нашла армянский коньяк бешеной цены и заказала двести граммов.

Официант посмотрел почти с уважением:

— Закусывать чем будете?

— А ничем не буду, — лихо заявила я.

— Может, фрукты?

— Не может. Да не бойтесь, юноша, после двухсот граммов коньяка я обычно ухожу домой на своих ногах, — усмехнулась я, и он отошел.

Закурив, я стала осматриваться. Почему у меня вдруг сложилось ощущение, что за мной наблюдают? Арика вроде не видно, а Гошу, моего постоянного спутника, приставленного Костей, мы с собой не брали. И вот опять — никого знакомого в баре нет, а в организме все дрожит от направленного четко на меня взгляда. Ну нет здесь никого, кому я могла бы быть интересна, — а взгляд есть! Определенно, я схожу с ума.

Еще раз обведя взглядом зал, я вдруг увидела ту самую пожилую пару из самолета — они сидели за столиком наискосок от меня, перед ними стояла бутылка белого вина, ваза с фруктами и блюдо с пирожными. Напоминали они мне двух воркующих голубков, и я даже почувствовала легкий укол зависти — дожить до таких лет и так трепетно относиться друг к другу. Вряд ли мы с Костей будем выглядеть так в их возрасте. Скорее всего, один из нас уже будет лежать, а другой — сидеть за это. И не важно даже, кто на каком месте окажется.

Официант поставил передо мной широкую рюмку, сменил пепельницу:

— Надеюсь, в вашем почтенном заведении не принято обманывать клиентов и приносить им «Кизляр» вместо «Царя Тиграна»? — игриво осведомилась я, чем оскорбила парня в лучших чувствах:

— Мадам! Как можно! Вы — первая женщина, которая заказывает у нас «Царь Тигран» тридцатилетней выдержки, это достойно комплиментов, а вы — «обманывать»...

— Я пошутила, не обижайтесь. — Я поднесла рюмку к лицу и вдохнула аромат коньяка — он был прекрасен.

— Убедились? — почти насмешливо спросил официант, и я рассмеялась:

— Я не настолько разбираюсь в коньяках, чтобы отличать их по аромату, но то, как пахнет «Царь Тигран», знаю прекрасно. Это любимый коньяк моего мужа.

— Подозреваю, он знает в нем толк. — Официант чуть поклонился и исчез.

Потягивая напиток, я курила и думала. Мне нужно что-то сделать, чтобы не быть зависимой от Кости и его причуд. Это практически невозможно — но один-то шанс всегда бывает. И нужно его найти и воспользоваться. Если он увезет меня в Испанию — конец. Я никогда не буду свободной. Поэтому мне нужны деньги. Всегда находятся любители поиграть, не владеющие никакими шулерскими приемами, главное — уметь их вычислить.

— Простите за беспокойство, — раздалось над моей головой, и я едва не уронила сигарету.

Повернувшись, я увидела того самого пожилого господина, с которым прилетела сюда. Он был уже один — видимо, проводил жену в номер и вернулся.

— Я вас слушаю.

— Почему такая молодая женщина проводит вечер в одиночестве?

— Потому что мой спутник устал и лег спать.

— Тогда, может, вы позволите мне присесть? — отодвигая стул, спросил он.

— Вы уже присели, — заметила я, — но не вижу причин для возражений.

Он засмеялся и жестом подозвал официанта:

— Любезный, а принеси-ка мне бокальчик вина. А даме? — вопросительно посмотрел он на меня, и я рассмеялась:

— А дама свою норму знает. — И показала на рюмку, в которой еще плескалось порядочное количество коньяка.

— А дама ничего не желает, — закончил он и отпустил официанта. — Марк Наумович, — представился господин, и мне ничего не оставалось, как произнести свое:

— Мария. Но если не хотите звать меня полным именем, можете сократить до Мэри.

— Даже так? — Седые брови взметнулись вверх, а лицо на секунду скривилось в ехидной ухмылке, но тут же приняло прежнее благопристойное выражение. И мне стало понятно, что он подумал...

— Если вы решили, что я здесь работаю телом, то ошиблись столом. Мэри — так меня зовут все, я не признаю Маш, Машенек, Машуль и прочего.

— О, простите, я, кажется, вас обидел, — совершенно натурально смутился Марк Наумович. — Поверьте, я не имел в виду ничего дурного.

— Хорошо, оставим это. Вы приехали отдыхать, Марк Наумович?

— Да, завтра мы с женой отплываем в круиз по Черному морю, — сказал он, и у меня внутри гулко ухнуло — а дед-то из наших... Вернее, из Костиных. Вот это номер.

Я перевела взгляд на его руки и поняла, что с ним не села бы играть даже на щелчок по лбу. Такие руки мог иметь только профессиональный катала, такой, как мой муж. Ну и ну...

А Марк Наумович меж тем продолжал:

— Вот, знаете ли, решил жене подарок к годовщине свадьбы сделать. А что может быть приятнее, чем легкая морская прогулка, правда?

— По такой-то жаре?

— А какая нам, старикам, разница? Загар и все эти пляжные радости нам уже противопоказаны, конечно, но вот морской воздух и свежие впечатления — напротив. Много ли нам, пожилым супругам, надо? А мне бы еще партнера какого — в картишки перекинуться, — улыбнулся он.

— Любите карты?

— Люблю — пожалуй, громко сказано. Так, на досуге балуюсь, — это было сказано беззаботным тоном любителя игры в «дурака», однако я уже видела его руки, и провести меня дедуле не удастся. Правда, я не очень понимала, к чему он представляется лохом.

— И какую же игру вы предпочитаете на досуге? — не отставала я, не особенно еще представляя, зачем пытаюсь заставить его ошибиться и выдать себя.

— Не знаю, скажет ли вам что-то это название, скорее — нет. Это не особо популярная игра у картежников. Называется она терц.

И вот тут дед совершил стратегическую ошибку. Терц — это игра элитная, особо почитаемая у воровской верхушки, играют в нее люди сплошь уважаемые в уголовном мире, а не простые любители-обыватели. Костя, кстати, отлично играет в терц и предпочитает эту игру многим другим. Но к чему этот дедок пытается выдать себя за любителя? Ладно, подыграем.

— Надо же... а я слышала, что эта игра — для «воров в законе», — похлопав ресницами, сказала я и увидела, как выражение лица Марка Наумовича на секунду стало злым и хищным. Но вот он овладел собой и спросил:

— А чем вы занимаетесь, Мэри? Надеюсь, это не очень нескромный вопрос?

— Нет. Я танцую.

— Танцуете?

— Да. Спортивные бальные танцы — слышали такое? Я профессиональная спортсменка и тренер.

— И как? Есть достижения? — беря за ножку бокал вина, поданный официантом, поинтересовался Марк Наумович.

Чтобы перечислить все мои титулы, мне понадобилось бы часа полтора, поэтому я ограничилась скромным ответом:

— Мы с партнером входим в десятку лучших танцевальных дуэтов России и в четырнадцать лучших в Европе.

— Ого! — с уважением протянул собеседник.

Я взяла новую сигарету. Марк Наумович, потягивая вино, о чем-то думал. Я же испытывала легкую дрожь во всем теле, и это ощущение мне совсем не нравилось. Так действовал на меня только один человек, но увидеть его здесь я точно не могла. Я вообще его не видела нигде, кроме как на фотографии.

— А как муж относится к вашему увлечению? Ведь у вас есть муж? — Он кивнул на обручальное кольцо.

Я не могла признаться, чья я жена, — это обострило бы все, да и Костя будет страшно недоволен. Он вообще был против того, чтобы я продолжала танцевать, и я чувствовала, что карьера танцовщицы вот-вот оборвется. Но не признаваться же в этом первому встречному?

— Зачем вам мнение моего мужа? — довольно резко сказала я и сделала глоток коньяка, которым внезапно и подавилась.

Закашлявшись, я выскочила из-за стола и опрометью понеслась в туалет. Отдышавшись, я посмотрела в зеркало, поправила прическу, вытерла выступившие от кашля в уголках глаз слезы и вышла в холл, едва не столкнувшись с высоким темноволосым мужчиной, одетым во все черное. Он буркнул что-то по-армянски — кажется, извинения, и повернул в мужской туалет, а я снова почувствовала какую-то тревогу.

Марк Наумович ждал меня за столиком, участливо поинтересовался, все ли в порядке, и я кивнула:

— Да, извините меня. Нельзя злиться, когда пьешь коньяк.

— К сожалению, мне пора, завтра рано вставать, — извинился он, вставая, — рад был познакомиться с вами, Мэри.

— Взаимно.

Он пошел к выходу, я тоже допила коньяк, расплатилась и направилась в номер, однако, проходя через небольшой зимний сад, вдруг услышала голос Марка Наумовича:

— Я тебе точно говорю, что он будет. Только что я сидел в баре с его женой.

Я замерла и стала лихорадочно соображать, куда бы здесь спрятаться и послушать, что будет дальше. Марк Наумович сидел на диване под большими пальмами, и подойти ближе у меня не было возможности. Пришлось встать за стойку с аквариумом и молиться, чтобы старик не обернулся и не увидел мой размытый силуэт в аквариумном стекле.

— Шота, послушай меня, — продолжал он. — Костя Кавалерьянц не упустит возможности сорвать куш, он, как я слышал, лыжи навострил из страны, ему бабки нужны. На этом мы его и словим. Нет, Шотик, это точно его жена, я видел их фотографии с Костей. Танцовщица, зовут Мэри, рыжая, худая, высокая. Курит, пьет коньяк. Нет, я понимаю, что сейчас многие пьют коньяк и курят, но ты когда в последний раз видел телку, заказывающую в баре армянский коньяк тридцатилетней выдержки? Чтобы это знать, надо в этом разбираться. Или общаться с тем, кто разбирается. Так что, Шотик, Костя приехал, и шанс нака-

138

зать его у нас есть. Если что — его девочка нам только в помощь будет. Говорят, Костя ее любит до пелены в глазах.

О черт... Вот это мы влипли — и я, и Костя... офигенный круиз, даже с подарками. И добрый волшебник — вон сидит, под пальмой, и вместо волшебной палочки мобильником размахивает.

Почти бегом я направилась в номер, по странной иронии вновь налетев на мужчину в черном и больно ударившись плечом о его локоть.

— Простите, — пробормотала я, не останавливаясь, только обернулась на секунду, и мне показалось, что я знаю его. Определенно, я уже видела это лицо раньше, но где? Нет, сейчас не до загадок.

Влетев в номер, я растолкала уже уснувшего Костю:

— Да проснись же ты!

— Что? В чем дело? — сонно и зло пробормотал он, садясь в постели.

— Имя Шота тебе говорит о чем-нибудь? — потребовала я, не отрывая взгляда от его лица. — Говори, Костя, иначе все может стать очень плохо.

— Хорошо. Шота — человек, с которым у меня назначена большая игра в ночь с тридцатого на первое. Все? С чего интерес?

— Нас пасут, Костя. Помнишь того дедка с женой? А-а, черт, ты же спал! — с досадой вспомнила я, но муж меня удивил:

— Отлично помню, я его видел, когда в самолет заходили.

— Да ты ж пьян был в стельку! Мы тебя чуть не волоком тащили!

— Это ты так думаешь. Ну, и что старикан?

— А то, что старикан этот едет туда же, куда и мы, и я сейчас слышала его разговор с этим Шотой. Хочу обрадовать — они настроены за что-то тебя наказать. И в случае, если ты выиграешь у Шоты, они готовы поставить на кон меня, дорогой. Как ты понимаешь, меня это не устраивает.

Я запрыгнула на подоконник, открыла окно и закурила, стараясь унять нервную дрожь. Костя ошарашенно молчал, и я видела, как он борется с собой, чтобы не дать понять мне, насколько ему страшно.

— Не дергайся раньше времени, Мария. Но одна никуда не выходи. Только с Ариком. Как знал — надо было Гошу брать, да поздно уже... — проговорил он наконец, и я заорала громким шепотом:

— Арик?! Да твой Арик, если хочешь знать, себя защитить не сможет, а обо мне нет и речи! Он же тряпка!

— Аккуратнее! — предостерег Костя. — Артур мой брат.

— И что?! Он от этого стал великим телохранителем?! Отправь меня домой, слышишь? Завтра же, первым же рейсом!

— Нет. — Удар ладонью по тумбочке прозвучал как выстрел, и я мгновенно умолкла, оборвав начинавшуюся истерику. — Ты останешься со мной. Тем более что мы тут ненадолго. Я не проиграю, это невозможно, и все будет в порядке. Я все сказал.

Меня не удивило, что Костя не сомневается в своем выигрыше, — за столько лет у него имелся приличный арсенал как шулерских трюков, так и специальных приспособлений, при помощи которых он и «раскатывал» потенциальных жертв.

Я мгновенно забыла о своем намерении попробовать самой поиграть — куда там, мне бы теперь живой-здоровой выскочить, уже не до денег, черт с ними. Голову бы унести...

Если бы не занесенный над моей головой топор, который я ощущала каждую секунду, то круиз мог бы быть вполне приятным. Огромный лайнер со всеми мыслимыми удобствами производил на меня угнетающее впечатление, хотя вокруг было полно веселого народа в нарядных одеждах, царило праздничное настроение и ощущалось приближение события, которое все ждут с нетерпением. Большая Игра. И только у меня не было никакого настроения веселиться. Мне казалось, что огромные часы в ресторане отсчитывают минуты моей жизни, и отсчет этот — обратный. До двенадцати оставалось совсем немного времени...

— Планы меняются, — инструктировал в каюте меня и Арика Костя, — Мария постоянно должна находиться рядом со мной или так, чтобы я ее видел. Артур, ты за это отвечаешь.

— Я понял, — кивнул деверь.

— А ты, — обернулся муж ко мне, — не пьешь ни капли, не выходишь покурить — словом, не делаешь того, о чем впоследствии можешь крепко пожалеть. Дошло?

— Вполне. — Я передернула плечами, полностью открытыми сильно декольтированным вечерним платьем.

— Отлично, — подытожил Костя, доставая из кейса контейнер с линзами. — Артур, ты с картами все сделал?

— Да, они уже в кейсе у Клёпы. Деньги мальчику я отдал.

«Вот идиоты — так рисковать, — подумала я, чувствуя, как по спине продирает морозом, — купить человека Клёпы, чтобы он подменил колоды в кейсе. Совсем берега потеряли».

Клёпа был смотрящим за игрой, он обеспечивал соблюдение правил и гарантировал, так сказать, честность поединка. Ну, судя по подмененным колодам, — честность в этой игре была стопроцентная...

— А вы не боитесь, что Шота мог поступить точно так же? — спросила я, и рука Кости дрогнула, линза свалилась с пальца прямо в длинный ворс ковра.

— ...мать! — опускаясь на колени, загремел муж. — Ищи давай!

Мы с Артуром тоже взялись за поиски, а попутно Арик успел объяснить мне, что я идиотка, а Клёпа — уважаемый человек и никогда не пошел бы на такую сделку.

— То есть он с Шотой не пошел бы на сделку, а с вами, значит, пошел? — не отлипала я, осторожно выковыривая линзу из ворсинок. — Я сейчас промою, погоди.

— Куда ты лезешь, а? — рявкнул Костя, поднимаясь с колен. — Сказано — Клёпа не в теме, а тот, кто карты подменил, мне давно бабки должен. Я ему простил и еще сверху загрузил немного.

Это объяснение меня совершенно не успокоило, но я молча ушла в ванную и промыла линзу под проточной водой. Костя вставил ее в глаз, поморгал, привыкая к ощущению инородного тела, промокнул слезы платком и застегнул пиджак:

— Ну что? Все готовы? Арик, иди первым.

Артур послушно вышел из номера, а Костя, задержав меня на пороге спальни, притянул к себе и обнял:

— Будь умницей, Мария. Я не хочу потерять тебя из-за твоей же глупости.

— А из-за своей жадности ты не боишься меня потерять?

— Все, закрой рот, и идем. Люди ждут, скоро игра.

Как я и думала, для Кости и Шоты отвели отдельный салон, куда никого из «простых» игроков, разумеется, не допускали. Только проверенные люди, ну и Клёпа с подручными. Ставки высокие, а такие деньги чужих глаз не любят.

При одном взгляде на Шоту меня заколотило — он был огромен, уродлив и при этом одет в безукоризненный смокинг и блестящие лаковые туфли. Вокруг него стояла свита — человек пять, в том числе и Марк Наумович, при виде меня сделавший отрешенное лицо. Ах ты крыса старая... И что-то еще меня смущало здесь, что-то, чего я пока не могла понять.

— Сядешь за моей спиной и со стула не двигайся, поняла? — процедил Костя в мою сторону. — Пить захочешь или еще чего — Арику скажи.

Я еле заметно кивнула, стараясь справиться с нервами. Сейчас бы коньячок не помешал, но Костя категорически запретил алкоголь.

После обмена приветствиями Клёпа сказал:

— Регламент такой. Сейчас с якоря снимемся — и за стол. А пока предлагаю выпить за собравшихся здесь удачливых людей, некоторые из которых удачливы особо, — при этом он искоса глянул в нашу с Костей сторону.

Муж мой и виду не подал, что понял намек на то, как не так давно в Питере он поднял весьма крупную сумму, «раскатав» какого-то московского чиновника, но я видела, что все это знали и явно не испытывали к Косте добрых чувств.

Пока официант разносил шампанское, я пыталась понять причину своего волнения, но глаз ни за что не цеплялся.

— Расслабься, у тебя такой вид, как будто ты в обморок упадешь, — процедил муж сквозь зубы, растянув рот в улыбке.

— Костя-джан, познакомил бы меня со своей очаровательной женой, — к нам приближался Шота, и Косте пришлось представить нас друг другу.

Шота взял мою руку и поднес к губам, при этом так выразительно глядя мне в глаза, что мне окончательно залило мозги. Самым логичным сейчас казалось убежать отсюда, прыгнуть за борт и уплыть к чертовой матери.

Наконец лайнер пришел в движение, раздались аплодисменты и смех. Под звон хрустальных бокалов собравшиеся поздравили друг друга с начавшимся круизом.

— Пожелай мне удачи, дорогая, — прошептал Костя, обнимая меня за талию и целуя в шею. — Люблю тебя.

«Провались ты со своей любовью и дай мне отсюда исчезнуть», — подумала я, но вслух благоразумно сказала:

— Удачи, дорогой. Я рядом.

Шота и Костя уселись за стол друг напротив друга, Клёпа вынул из кейса колоду и вскрыл упаковку, демонстрируя присутствующим, что она новая. У меня внутри похолодело — интересно, как именно нанесен крап на карты, вдруг кто-то захочет убедиться и окажется ловчее Кости? Нам отсюда не выйти.

К счастью, подобное никому в голову не пришло.

— Терц, — объявил Клёпа, и я подняла глаза, ища Марка Наумовича.

Когда же наши взгляды встретились, я укоризненно покачала головой — мол, старая ты крыса, а заливал, что не играешь. Он шутливо развел руками и мелкими шажками перебрался на нашу половину стола, сел прямо за мной, втиснувшись перед Ариком.

Склонившись к моему уху, он прошептал:

— Грешен, старик, ввел вас в заблуждение. Но и вы, милая девушка, не сказали, кто ваш спутник.

— Вы этого не спрашивали.

Я напряженно наблюдала за тем, что происходит на столе, и видела, что Костя выигрывает. Цифры, которые он записывал на листке, становились все больше, и до заветного «501» оставалось не так много. Шота явно нервничал, то и дело доставал платок и вытирал лоб.

В какой-то момент, переведя взгляд с Кости на Шоту, я вдруг поняла, что же так нервировало меня все время — за правым плечом Шоты я увидела того самого мужчину в черном, на которого дважды наткнулась вчера. Более того, я его узнала...

Алекс — бывший муж моей Марго, которого мы между собой называли Призраком, человек, в чье существование я почти не верила, так как наше общение происходило исключительно в аське и по СМС, а знакомы мы были лишь по фотографиям. Этот человек звал меня «Мэ-ри» и знал обо мне практически все — а я о нем только то, что рассказала Марго или случайно обронил он сам в не совсем трезвых беседах в скайпе. Но откуда он здесь? И если все, что я о нем знаю, правда, то моя жизнь именно в его руках... Значит, он сейчас работает на Шоту.

У меня закружилась голова, и стало тяжело дышать. Впервые в жизни я желала Косте проигрыша, потому что хотела одного — сойти с борта этого лайнера живой, пусть и без денег. Но Косте, как говорится, фартило — он выигрывал...

— Еще партию! — громыхнул Шота, и я поняла, что первую он проиграл.

— Мы вроде никуда не торопимся — разве нет? — отозвался Костя, отодвигая листок с расписанной партией на угол стола. — Можем играть.

— Можем. Только перекур требуется. — Шота вопросительно посмотрел на Клёпу, и тот объявил:

— Перекур пятнадцать минут.

Костя встал, взял меня за руку и отвел в сторону:

— Поперло...

— У тебя правый глаз покраснел.

— Линза трет, надо бы промыть, но не выпустят.

— Давай я ее сниму незаметно. С одним глазом справишься?

Выбора у Кости не было. Я вынула у него из кармана платок, незаметно макнула его краешек в чей-то забытый бокал с минералкой и осторожно провела по глазу мужа, стараясь подцепить линзу.

— Милуетесь, молодежь? — раздался за спиной голос Марка Наумовича, и моя рука дрогнула, а линза с платка упала на пол. Я не нашла ничего более разумного, как наступить на нее подошвой туфли. — У вас красивая жена, Костя-джан.

Костя крепко обнял меня за талию и широко улыбнулся:

— Сам себе завидую.

— Красивая, красивая... — протянул старик, задумчиво оглядывая меня с ног до головы, потом вдруг сделал шаг, приблизился вплотную к Косте и прошептал на ухо так, чтобы я тоже слышала: — Не боишься овдоветь, Костя-джан? — И с милой улыбкой Марк Наумович отошел к Шоте, курившему у раскрытого настежь салонного окна.

У меня подкосились ноги. Я подняла глаза на Костю и прошептала:

— Ты слышал? Ты все понял? Если ты выиграешь еще хоть партию — что-то случится.

— Успокойся, — процедил он, но по лицу я поняла — думает, как выкрутиться и сохранить и деньги, и меня. Хотя главное — наверняка деньги...

Вдруг Костя как-то напрягся, поднял голову вверх и весь задрожал.

— Падай на пол, — приказал он мне и сделал какой-то неуловимый знак Арику.

Я рухнула как подкошенная, Костя упал сверху, обхватив меня обеими руками, и откатился вместе со мной в сторону выхода. На стол же и всех, кто в тот момент стоял рядом, рухнул подвесной потолок.

Костя вскочил, схватил меня за руку и ногой вышиб дверь. Волоча меня за собой, он уверенно продвигался в нижний отсек лайнера. Сзади бежал Арик.

— Направо! Направо, Костя! — крикнул он, и мой муж резко сменил траекторию.

Мы оказались на нижней палубе, и у борта я увидела яхту — небольшую белую яхту, которая пришвартовалась бок о бок к лайнеру. Костя толкнул меня к трапу:

— Спускайся! Быстрее, ну!

Я зажмурилась и перебралась на ступеньки. Платье задралось, накрывая голову, сверху почти на пальцы наступал Костя. Но вот чьи-то руки подхватили меня и поставили на палубу.

— Ваше счастье, что только на рейд вышли, успеем как раз удрать, — говорил кто-то за моей спиной, пока я, подталкиваемая мужем, продвигалась в сторону каюты. — Бабки-то прихватили?

— А то, — гордо сказал Арик и продемонстрировал черный пакет, набитый пачками в банковской упаковке.

— Провалитесь вы пропадом со своими деньгами! — заорала я, даже не чувствуя, как сильно замерзла.

Костя снял пиджак и накинул мне на плечи:

— Все, детка, успокойся. Через три часа мы будем лететь домой. Надо же, как подфартило — потолок обвалился! Я когда эту трещину увидел — вспомнил все молитвы, даже те, которых не знал.

— Так... так это не ты устроил? — еле шевеля губами, спросила я.

Костя в ответ засмеялся:

— Небо меня любит, Мария. Этот потолок спас нам жизнь — и тебе, и мне, и Арику. Кто бы это ни сделал — я ему по гроб жизни должен. Сегодня у нас с тобой второй день рождения, жена!

...Через три часа, сидя в кресле самолета и ожидая вылета, я вдруг достала телефон и написала СМС: «Скажи, это ты сделал?»

Ответ не заставил себя ждать: «Счастливого полета, Мэ-ри» — и смеющийся смайлик в черных очках.

«Откуда ты узнал?» — не сдавалась я, но следующий его ответ был еще короче: «Марго» — и снова тот же смайлик.

Больше он ничего не скажет. Вывел меня из-под удара и скрылся в морской предутренней дымке.

Алекс в своем репертуаре...

МЕЖДУ ЧЕРТОМ
И АНГЕЛОМ

Я балансирую на тонком лезвии — каждый раз, каждую секунду. Я хорошо держу баланс — много лет этому училась, мое тело тренировано настолько, что уже давно живет по собственным законам, не подчиняясь импульсам мозга. Я чувствую себя средневековой девочкой-канатоходкой, что пытается преодолеть расстояние над городской площадью по натянутому канату. А ветер безжалостно раскачивает этот канат, стремясь столкнуть, сбить хрупкую фигурку, медленными шажками продвигающуюся вперед.

Я знаю имя моего ветра. Его зовут Алекс. Я не вполне уверена, что это человек, — но вполне уверена в том, что если вдруг мне понадобится помощь, он тут же возникнет, материализуется, подхватит на руки, предотвратив падение. Как будто не он секунду назад раскачал мой канат до предела...

Мой муж Костя — человек властный и жестокий. Правда, не в отношении меня. Со мной он нежен, внимателен и очень щедр. Любая другая была бы счастлива. Но я поняла, что совершила ошибку, выйдя за него замуж, уже через два месяца. Иногда так бывает — сгоряча сделаешь что-то, а потом расплачиваешься всю жизнь. Вот и я...

В определенный момент мне показалось, что брак с Костей будет самым лучшим решением всех моих проблем. Я понимала, за кого выхожу, знала, кто он, — но в запале думала, что примирюсь, смогу закрыть на это глаза. Как будто я себя не знала...

Жить с мужчиной и знать, что он карточный шулер, аферист и просто кошмарный человек, — это оказалось не по мне. Меня пугали его руки с длинными пальцами — казалось, что эти подушечки с тонкой кожей — он снимал ее бритвой для улучшения чувствительности — могут впитать мои мысли, понять то, что я думаю на самом деле.

Я страшилась моментов, когда он вдруг поворачивал мое лицо к свету, сжимая пальцами виски, — кошмарнее этого мне не доводилось испытывать ничего. Кроме шуток — я боялась думать о чем-то, чтобы ненароком не дать мужу уловить это. Костя не простил бы мне...

Он считал, что у нас все в порядке, что я счастлива и довольна жизнью, что у нас идеальный брак. Он любил появляться со мной в публичных местах — как настоящий кавказский мужчина, обожал выставляться и демонстрировать всем то, что имел. Я чувствовала себя вещью, которую все оценивают, одобрительно цокают языками и кидают завистливые взгляды. Однако никто не рисковал приблизиться ко мне хотя бы на шаг — Костя никогда не стал бы терпеть подобное. Его жена — только его, и никто не смеет даже помыслить о чем-то. Смотреть, восхищаться, завидовать — на здоровье. Но прикасаться — ни-ни.

И только Алекс, Господин Призрак, странный, почти мистический, основательно безумный Алекс, плевать хотел на все эти Костины резоны. Будучи одной крови с моим мужем, он прекрасно понимал его чувства, однако считаться с ними не собирался. Он играл со мной хитро — сперва виртуально, долгими разговорами в аське, короткими СМС-сообщениями, тонкой интригой и откровенно высказываемым желанием. Он терпеливо ждал момента, когда я сама созрею для того, чтобы просить его о чем-то.

Костя видел мое увлечение интернетом, однако это волновало его куда меньше увлечения кокаином. Мне пришлось сделать над собой усилие и завязать с порошком — ну, хоть что-то хорошее сделал мой муж для меня. Плохого было все-таки куда больше...

Костя всегда работал в паре со старшим братом Артуром. Арик в семье считался неудачником — вялый, склонный к пьянству и мелким аферам, он во всем слушался Костю и поступал только так, как велел брат. Но для своих карточных дел Костя предпочитал тем не менее исключительно братскую помощь и участие. Я подозревала, что как раз Арику принадлежала идея втянуть меня в их дела, несмотря на категорические отказы мужа. И только однажды Костя вдруг решил иначе.

Я хорошо запомнила этот день и потом много раз прокручивала его в памяти, удивляясь, как вообще осталась жива-здорова и не сошла с ума от страха.

Стоял жаркий, нестерпимый июль, мы никуда не уехали, так и торчали в своем Бильбао — я не особенно любила круизы и всякие путешествия, а у мужа были собственные планы на лето.

«Сенокос» — так он называл сезон отпусков, часто мотаясь в Россию и там — то в Адлер, то в Сочи, то еще куда-то на Черное море. Меня с собой не брал, и я понимала — «работает». Его делишки меня никогда не заботили и не интересовали — хватало своего.

Как раз в этот момент я обдумывала, каким бы образом мне оказаться в Москве, в квартире моей любимой подруги Марго, и провести с ней хотя бы пару недель. К несчастью, Костя категорически возражал против моих выездов к ней. Только однажды он позволил Марго приехать к нам, когда сам улетел на два месяца в Майами, а я не могла поехать с ним, переболев жуткой пневмонией.

Это было незабываемое время... Кроме Марго, у меня не было близких людей — ну не с женами же Костиных приятелей мне было откровенничать! А Марго... она была моей частью, моим отражением, моим всем. И нас связывала общая тайна. Алекс. Как-то вышло, что он был ее прошлым, а моим настоящим, но ему никогда не суждено было стать для кого-то из нас будущим. Потому что нельзя удержать на поводке ветер.

Тем жарким июльским днем, сидя на просторной террасе в плетеном кресле, я обдумывала повод, который гарантированно заставит Костю отпустить меня в Москву. Ничего, как назло, не шло в голову, я злилась, нервничала, много курила. Свободный белый сарафан казался тяжеленной кольчугой, а легкие сабо на невысоком каблуке — кандалами. Чертова жара, от которой плавится все вокруг... И это Бильбао, где вообще-то чуть прохладнее, чем в Мадриде, например. А надо как-то собраться и что-то все-таки изобрести, я просто не могу уже в этой испанской клетке, я схожу с ума от ежедневной сангрии в стеклянном кувшине, от запаха паэльи и чиабатты, от продолжительной сиесты, во время которой все словно вымирает. Мне просто необходимо сменить обстановку, побывать в суматошной Москве и увидеть единственного родного человека — мою Марго.

И вот тут-то удача свалилась на мою голову в образе собственного супруга, вернувшегося домой как раз к началу сиесты.

— Долорес приготовила обед, — не оборачиваясь, сообщила я.

— Жарко... попить бы только... есть не буду, — пробормотал он, склоняясь надо мной и оттибая поля огромной шляпы, с которой я не расставалась, не желая покрываться загаром и напоминать местную жительницу — моя белая кожа и рыжие волосы контрастировали с окружающими прокаленными солнцем брюнетками.

Я поморщилась, изо всех сил стараясь скрыть отвращение, охватывавшее меня в последнее время при одном только приближении Кости.

— Ты не хочешь прилечь, отдохнуть? — пробормотал он, целуя мое плечо и шею.

— Я только встала.

— Мария, ты испытываешь мое терпение. — Голос стал чуть суровее.

— Я действительно только что встала, можешь спросить у Долорес.

Опускаться до расспросов прислуги Костя не стал, но я физически ощутила недовольство своим поведением, а это означало только одно — ночью он будет груб, как животное. И пьян, как портовый грузчик. А я завтра, как следствие, вынуждена буду либо замазывать синяки на шее тональным кремом, либо надевать водолазку с высоким горлом, что в такую жару просто катастрофа. Но я ничего не могла поделать с собой — слишком уж много я про него знаю, чтобы спокойно относиться к притязаниям на мое тело. Вот уже долгое время я тщательно искала повода и момента для бегства и уже почти все устроила, почти... Но для того чтобы все удалось, мне нужно быть более мягкой и более сговорчивой — иначе у Кости возникнут ненужные подозрения и вопросы, а вот это мне и ни к чему.

Сделав над собой нечеловеческое усилие — в буквальном смысле, кстати, — я поднялась из кресла и подошла к мужу, курившему, облокотившись о перила террасы. Положила руки на плечи, прижалась, чувствуя знакомый, но теперь почему-то отталкивающий аромат туалетной воды:

— Костя... прости меня, я, видимо, перегрелась... такая жара... — Мои руки скользили в расстегнутый ворот белой рубашки, и я еле сдерживалась, чтобы не вцепиться ногтями ему в грудь.

Он перехватил меня за запястья, развернулся и привлек к себе:

— Почему ты всегда заставляешь меня злиться, Мария?

— А ты злишься? — Я смотрела ему в глаза и в них читала — убил бы.

— Я? — Он провел пальцем по моей щеке, спустился по шее в вырез сарафана. — Я тебя люблю. И хочу, чтобы ты не забывала, кому принадлежишь.

Как можно забыть об этом...

Потом мы лежали в прохладной спальне, Костя прикурил две сигареты, одну из них сунул мне и проговорил:

— Через неделю мы едем в Питер.

Это было сказано небрежным тоном, словно невзначай, случайно, но я-то чувствовала — он ждет от меня реакции, ждет, что я запрыгаю до потолка, брошусь ему на шею с благодарностями, но я молчала.

Молчала — хотя внутри все переворачивалось от счастья. Поездка в Питер — что могло быть лучше? Единственная помеха — Костя. Он мне в этом городе был абсолютно не нужен. Питер принадлежал нам с Марго, именно она впервые утащила меня туда, хотя и прежде мне доводилось бывать в Питере на различных конкурсах. Правда, это было давно, еще когда я танцевала и участвовала в соревнованиях разного ранга. Но такого Питера, как подарила мне Марго, я никогда не знала.

— Что ты молчишь?

— А что я должна сказать? Ну поедем.

— Ты какая-то странная, Мария. В последнее время мне все чаще кажется, что ты скрываешь от меня что-то. — О-па, а вот это лишнее... Потому что — да, скрываю.

Я перевернулась на живот и уперлась в грудь Кости подбородком:

— Ну что ты... Что мне скрывать? Прыщик на лбу? Глупости такие... Я нигде не бываю, ни с кем не общаюсь — ты ведь сам видишь, я даже из дома не выхожу почти, разве что с тобой.

Он внимательно изучал мое лицо, и я в душе благодарила бога за актерские способности, презентованные мне авансом. Я никогда не хотела реализовывать их на сцене, зато очень часто вынуждена была делать это в жизни — как сейчас.

— Я везу тебя туда не просто так... — выдержав многозначительную паузу, Костя продолжил, словно не замечая, что я сделалась каменной от этих слов. — Ты поможешь нам с Ариком.

— Мы договаривались... — начала было я с металлом в голосе, но это был явно не тот момент.

Костя накрыл мой рот рукой и продолжил:

— О чем мы договаривались, я помню. Но сейчас ситуация сложилась так, что мне нужны деньги — много и сразу. И взять их я могу только одним способом. И для этого мне нужна ты.

— Костя... — прогнусила я сквозь его пальцы, по-прежнему закрывавшие половину моего лица. — Ты обещал... Продай мою машину, мне все равно некуда ездить на ней...

— Помолчи. Тебе ничего не угрожает. Ты ведь понимаешь, надеюсь, что я не стану рисковать тобой — ты моя жена, я тебя люблю. Но сейчас ты должна помочь мне. Все. Мы больше не будем обсуждать эту тему. Через неделю улетаем, продумай свой гардероб. Ты должна быть яркой и броской, чтобы прохожие сворачивали шею и пускали слюну.

Он встал и ушел в душ, зашумел там водой, а я, как была, вышла на террасу и опустилась в кресло. Солнце неприятно жгло кожу, слепило глаза, они начали слезиться, но я словно не замечала этого.

Я курила, глубоко вбирая дым в легкие, и чувствовала, как мне хочется плакать. Костя собирался провернуть какую-то очередную аферу, используя при этом меня, но не потрудился даже объяснить, что и как, лишний раз подчеркнув, насколько я зависима от него, до какой степени принадлежу ему. Это внезапно разозлило меня и заставило проглотить слезы и встать из кресла.

Всю ночь я, запершись на чердаке, стучала по клавиатуре компьютера, сбрасывая написанные куски текста в свой интернет-дневник и тут же уничтожая файлы в компьютере. Осторожность никогда не мешала, особенно если ты вдруг решила вывести своего собственного мужа на чистую воду. И вдвойне — если твоего мужа звали Костя Кавалерьянц.

Всю неделю у нас провел Арик, специально прилетевший из Бордо, где обосновался, оставив жену и трех дочерей в Сибири. Мать их тоже осталась там, и никакие Костины уговоры не заставили пожилую женщину изменить решение.

Я не принимала участия в обсуждениях — я вообще не была для их матери невесткой, Аревик Вартановна не замечала меня на семейных праздниках, проходила мимо, столкнувшись случайно в городе. Я была русская, Костя женился на мне без ее одобрения и даже вопреки ее бурному несогласию.

Мне дела не было до ее отношения, тем более что продолжать род Кавалерьянцев я ну никак не планировала, чем, кстати, еще сильнее настраивала против себя свекровь.

Арик чувствовал себя в нашем доме почти хозяином, то и дело указывал Долорес на какие-то мелочи

162

вроде сдвинутого с места подсвечника или золы в камине.

Я злилась, но молчала, хотя ужасно хотела иной раз влепить деверю оплеуху — мне бы хватило характера для этого. Но приходилось терпеть, потому что я решила выдвинуть Косте встречное условие. Я сделаю то, что нужно ему, а он взамен разрешит мне поехать в Москву к Марго хотя бы на неделю.

Вечерами, когда они с Артуром запирались в кабинете, я приникала к двери и превращалась в слух, стараясь по крупицам, по обрывкам фраз сложить хоть какую-то картинку предстоящего. Но Костя, видимо, предусмотрел это, а потому говорили они исключительно по-армянски, и я не понимала ни слова, кроме не имевших аналога.

В такие моменты я очень жалела, что не могу записать хотя бы на диктофон, а потом спросить при случае у того же Алекса.

Мысль о Призраке стала посещать меня все чаще. Это забавно — я не видела человека вживую, но между нами установилась какая-то весьма прочная связь. А еще говорят, что так не бывает. Сама бы не переживала — не поверила бы.

— ...и она просто встанет и выйдет с пакетом, понимаешь? — вдруг ворвался в мои мысли голос Арика, и я вздрогнула — он заговорил по-русски.

— Ты думаешь, они вот так спокойно дадут ей уйти? — В голосе Кости я уловила нотки сомнения, но Арик горячо убеждал его:

— Костя, это верная схема! Просто чем глупее кажется план, тем легче его исполнить, понимаешь?

— Ты забываешь, что это не твоя жена будет сидеть в квартире с тремя чужими мужиками!

— Я тебе голову могу прозакладывать — они Машку не заподозрят!

— Не зови ее Машкой, она не кошка! — огрызнулся Костя, не терпевший никаких уменьшительных форм моего имени — собственно, как и я сама. — А если что-то не так пойдет? Они ж ее порвут там втрояка!

— Костя! Ты мне не веришь? — с обидой отозвался Арик, а у меня внутри заныло: «Костя, не верь ему, не верь, он меня во что-то втравливает, и ты сам понимаешь, что закончиться это может весьма плачевно».

В эту секунду я готова была на коленях умолять мужа не брать меня с собой — и гори он, этот Питер. Но мой муж, когда речь шла о Игре и Деньгах, мог прозакладывать маму родную, и что уж говорить обо мне...

— Хорошо. Но смотри, Артур...

— Ай, молодец! Говорю тебе — все будет идеально, Мария им так глаза зальет, что они не сразу поймут, что вообще произошло, а остальное — дело техники, брат!

В ту ночь я не могла уснуть, рядом кошмарно храпел Костя, выпивший за ужином довольно много. Мне же не помогало ни снотворное, ни коньяк — только в голове шумело, а сон не шел.

Я выбралась из постели и вышла на террасу. Ночь оказалась приятно-прохладной, свежей, как будто и не было душного зноя днем. Откинув крышку ноутбука, я устроилась в кресле, закинув ноги в длинных гетрах на край стола — привычка укутываться в шерстяные гетры осталась у меня со времен занятий танцами, неоднократно растянутые связки и суставы отчаянно болели и мерзли даже здесь, в Испании, — и взяла сигарету.

Автоматически включившаяся аська вдруг заморгала в углу желтым конвертиком. Наведя на него курсор, я едва не уронила сигарету — это был Алекс.

— Привет, как твои дела? — И традиционный смеющийся смайлик в конце сообщения.

Я не ответила, затаилась в ожидании.

— Мэ-ри! Ты ведь здесь, я это вижу.

Но я молчала по-прежнему, гадая, надолго ли хватит терпения у вспыльчивого Призрака.

— Мэ-ри. Ты игнорируешь меня? За что?

И я сдалась:

— Привет, Алекс. Я не игнорирую. У меня неприятности.

— Поделишься?

Соблазн вывалить на его голову то, что я услышала сегодня от мужа и его брата, был слишком велик, но я сдержалась. К чему сложности?

— Не думаю. Это семейное, знаешь ли.

— Ты одумалась и начала вникать в семейные ценности?

Мне показалось, что я даже слышу, как он ухмыляется, хотя никогда не видела его живьем — только на фотографиях, которые показала мне Марго. Но даже снимки ухитрялись передавать опасность, исходившую от Алекса волнами — совсем как от моего мужа.

— Нет. Просто семейные проблемы.

— Ты любишь своего мужа, Мэ-ри? — И эта его манера растягивать мое имя по слогам даже в аське, совсем так, как он делал это в телефонном разговоре, состоявшемся у нас как-то благодаря Марго.

— Какое это имеет значение?

— Для меня большое.

— Ну а для меня совсем никакого. — Нажав на «отправить», я закурила новую сигарету и почувствовала, как мне хочется коньяка. Однако вставать и идти за ним вниз, в полуподвальную кухню, было лень, так что я подавила в себе желание выпить. Иной раз уход по пути наименьших затрат давал ощутимые положительные результаты...

— Ты напоминаешь мне смесь коньяка, корицы и опасности, Мэ-ри, — вдруг написал Алекс, и я поперхнулась дымом от упоминания о коньяке.

Эта его манера угадывать какие-то вещи пугала меня. О коньяке я мечтала буквально секунду назад, гель для душа с ароматом корицы всегда был моим любимым, ну а опасность... Это как раз то, что преследует меня все то время, что я замужем за Костей. Так что Алекс угадал все.

— Ты выдумщик. — И я поставила какой-то совсем уж фривольный смайлик с высунутым языком.

— Я не понимаю этого слова.

О да, простите, снова забыла о вашем английском воспитании и языковом барьере, Господин Призрак! За время общения я как-то привыкла, что некоторые слова и понятия даются ему с трудом, и сам он иной раз подолгу выстраивает предложения.

— Выдумщик — это тот, кто придумывает, сочиняет.

— Выходит, я тебя тоже сочинил, Мэ-ри.

— Возможно.

— Мне пора. Береги себя, Мэ-ри, — снова хохочущий смайлик, который меня так бесит, снова он ушел вот так — не попрощавшись, просто исчез, прикрывшись красным цветком-статусом.

Меня почему-то всегда будоражили эти странные диалоги. Первое время я даже не была уверена, что по ту сторону монитора находится мужчина. Но потом Марго, которой я показала пару таких вот диалогов, совершенно безапелляционно заявила, что это может быть только Алекс — по манере строить фразы, по манере общаться, по некоторым словам. Не знаю, успокоило это меня или испугало, но все-таки осознание того, что человек, с которым я общаюсь, существует, давало какую-то опору.

Поддавшись порыву, я написала Марго длинное письмо, полное жалоб и сетований, но потом решительно вымарала из него все стенания, а следом и вовсе удалила из папки, так и не отправив. Во-первых, мы уже давно не общались — я так решила, мне нужно было довести себя до полного одиночества, потому что только в экстремальной ситуации я могла соображать и действовать решительно. А во-вторых, ни к чему впечатлительной и не слишком здоровой Марго читать мои сопливые жалобы. Я справлюсь и сама, справлюсь и смогу увидеть ее, погостить в ее доме, в котором прижилась, как кошка — на диване, в уютном уголке кухни между столом и батареей у окна. Я отдамся в ее умелые нежные руки, и она приведет меня в полный порядок — так, как она умеет, потому что никто не знает мое лицо лучше, чем она — профессиональный имиджмейкер-пиарщик. Сколько чудесных образов она придумала для меня, когда я еще не была замужем и танцевала, сколько эскизов платьев нарисовала, сколько рулонов тканей перевернула и отвергла в поиске именно «моих» цветов и фактур... Только Марго сделала из меня то, чем я являюсь сейчас.

С утра похмельный Костя занялся моим гардеробом для предстоящей поездки. Я и на трезвую-то голову терпеть не могла этих его командирских ноток и весьма вычурного и своеобразного вкуса, а все это, помноженное на похмелье, превратило процедуру в кошмар.

Лежа на боку поперек кровати, он командовал, что положить в чемодан, а что немедленно вынуть и вернуть обратно в шкаф.

Когда я опустила взгляд в разинутую пасть коричневого чемодана из крокодиловой кожи, меня передернуло от ужаса и отвращения — там пестрило и переливалось так, словно я спрятала парочку девок из бурлеска или дешевого стрип-бара.

— Костя, я не могу появиться в этом на улице, — жалобно сказала я, опускаясь на край кровати. — Невозможно ходить по городу во всех этих красных атласах и пайетках.

Но любимым дизайнером Кости был Версаче — причем в самый неудачный, на мой взгляд, период своего творчества, а потому споры ни к чему не приводили. От злости хотелось реветь и прихлопнуть Костину голову крышкой чемодана. Марго убила бы меня, появись я ей на глаза во всех этих перьях...

— Прекрати, Мария, — лениво отозвался муж, поглаживая меня по спине. — Ты просто слишком консервативна, вот и все. Мне нужно, чтобы на тебя оглядывались.

Ну, в этом можно было не сомневаться — рыжие волосы, ярко-красное атласное платье с коротким болеро, расшитым пайетками, — на меня не оглянется только слепой и страдающий дальтонизмом! Еще бы туфли сюда зеленые! Но спорить — означало навлечь на себя гнев мужа, а потому оставалось только надеяться, что мой чемодан потеряется при пересадке — или просто в аэропорту, например.

В самолете я забилась к иллюминатору и, укутавшись пледом, закрыла глаза. Стюардесса предложила бокал вина, но я отказалась, опасаясь головной боли. Я вообще пила исключительно крепкие напитки, отдавая предпочтение коньяку, в котором отлично разбирался Костя. Кроме того, вино не дарило хмель, а будило воспоминания, которых и на трезвую голову хватало.

Я истошно полюбила Питер с той самой поездки туда с Марго. Это была любовь с первого взгляда, с первого вдоха влажного сентябрьского воздуха, с первого шага по мокрому от дождя перрону Московского вокзала. Во второй приезд, зимой, он показался мне совершенно волшебным — тихим, уютным и таким моим...

Окно гостиницы, выходящее на Староневский, прямо на перекресток. Идет тихий снег, вечер, снежинки блестят в фонарном свете. Я сижу на низком широком подоконнике большого окна за шторой, курю и смотрю вниз. Там такая сказка... Даже шарканье метлы дворника не нарушает какой-то совсем уж первозданной тишины — и это на одном из самых оживленных перекрестков, просто удивительно. В Питере даже троллейбусы ходят на цыпочках...

Марго лежит на кровати, читает что-то. На мне — символический гарнитур, купленный буквально вчера, на ней — традиционно длинная трикотажная футболка со смешными медвежатами-аппликацией.

Мы молчим. Бывают такие моменты, когда совершенно не нужно говорить. Буквально полчаса назад мы были в любимом ресторанчике, сидели, как обычно, долго. Почему-то именно с ней я люблю сидеть в ресторанах, кафе и барах подолгу, говорить о чем-то, есть всякие вкусности. С другими — нет.

Мне уютно рядом с ней настолько, что я порой уже забываю, что мы, собственно, не так давно знакомы и не так часто видимся. Может, поэтому так хорошо — что это не превратилось в рутину, в бытовуху, не стало привычным, как домашний борщ, — вроде вкусно, но наизусть все знаешь. А так — каждый раз судорожное желание быть вместе как можно больше, не отвлекаться ни на кого, чтобы — не дай бог! — кому-то не досталось то драгоценное время, что предназначено только ей.

Марго прежде часто старалась вытащить меня куда-то и всякий раз обижалась, выслушивая очередной отказ. Но я не могла лишить себя удовольствия, не могла украсть у себя же самой такие редкие и такие мучительно-сладкие минуты и часы вдвоем...

Питер — совершенно наш. Всякий раз, вспоминая, мы обращаемся к нему — «а помнишь, в Питере? А вот в Питере...». Он — как квартира приятеля, который выдал ключи на вечер. Но с той лишь разницей, что мы не считаем этот город такой квартирой — мы считаем его своим домом. Потому что именно там нам всегда бывает невыразимо хорошо. Там не одолевают проблемы и возвращенцы из прошлой жизни, там нет ничего и никого, что могло бы нарушить наш уединенный покой и разрушить наш счастливый мир. И возможность вернуться в этот город, снова оказаться в плену его улиц, мостов и каких-то уже совершенно «твоих» мест всегда вызывает во мне исключительно приятные чувства. Мне там хорошо. Наверное, лучше, чем везде.

И теперь, вот сию минуту, как только я спущусь по трапу на асфальтовую дорожку Пулково, этот город перестанет быть моим домом. Он станет чем-то вроде вражеской крепости, в которую меня везут силой, против воли. Я не смогу больше чувствовать его очарование и его ошеломляющую красоту — здесь произойдет нечто, после чего я уже никогда не смогу вернуться. Даже с Марго.

Из аэропорта мы поехали в гостиницу, и по злой иронии она оказалась той самой, где мы останавливались с Марго. Весь мир ополчился против меня — из множества мини-отелей в городе Костя выбрал именно этот, уютный и почти домашний.

У меня было ощущение, что кто-то грязными лапищами схватил мою хрустальную мечту и оставил на безупречном стекле отвратительные разводы и потеки... В мой маленький мир, который я тщательно оберегала от посторонних, вторглось что-то чужое и громит теперь все налево и направо.

К счастью, номер, в котором предстояло жить нам с Костей, оказался совершенно в другом конце длинного коридора, и это хоть как-то примирило меня с несправедливостью жизни.

Рухнув на кровать, я проспала до вечера и не слышала, как уходил, а потом возвращался Костя, как звонил его мобильный телефон, как потом появился Арик. И только их голоса заставили меня открыть глаза и сесть, натягивая на грудь одеяло.

Костя сидел у меня в ногах на кровати, Арик примостился на стуле у небольшого столика под зеркалом, и они что-то оживленно обсуждали.

Заметив мое пробуждение, Арик чуть заметно кивнул, и Костя мгновенно повернулся ко мне, натянув на лицо счастливую улыбку, под которой — я слишком хорошо это знала — только что успел спрятать хищный оскал:

— Проснулась? Прости, что мы разбудили тебя...

— Ничего, я что-то совсем заспалась... — Черт, как надоели эти протокольные расшаркивания, как я устала создавать видимость отношений и играть роль покорной жены... — Пойду в душ.

— Да, поторопись, пора ужинать.

Я потянулась к халату, который Костя заботливо достал из чемодана и повесил на стул, и муж помог мне, загораживая спиной от жадного взгляда Артура.

Старший братец никак не терял надежды на то, что однажды я все-таки окажусь в его постели, как все Костины девки до этого. Но в отношении меня Костя был тверд и неумолим — как-никак я являлась его официальной женой. Повезло так повезло...

— ...квартиру снял, все там просмотрел. Осталось только связаться с человеком, — возбужденно рассказывал за ужином Артур.

Они уже не прятались от меня и не говорили по-армянски — к чему церемонии, когда я сижу тут же, с ними, и, значит, сделаю все так, как скажет Костя. Я же пока никак не могла уяснить свою роль в предстоящей афере, как ни силилась прислушаться.

Тонкости Костя объяснил мне ночью в отеле, прижавшись губами к уху, чтобы никто не мог слышать его слов, кроме меня. Сказать, что я испугалась, — значит не сказать ничего...

Назавтра, выпив кофе в ближайшей кофейне и кое-как затолкав в себя вишневый штрудель с мороженым, я покорно брела к такси вслед за Костей и Ариком. Мы долго ехали какими-то дворами и оказались перед новой высоткой очень далеко от центра, я даже затруднялась определить, в какой стороне теперь Московский вокзал и отель, где мы остановились.

— Шестой этаж, — сказал Арик, вызывая лифт.

Квартира, которую он снял, оказалась прекрасно отремонтирована и обжита — как будто не сдавалась в аренду. Две комнаты, одна из которых объединена с кухней, и символической границей служит лишь барная стойка.

Костя подвел меня к ней, открыл нижний шкаф и показал мусорное ведро:

— Видишь пакет?

— Ну.

— Его ты и должна будешь вынести отсюда, когда мы с Ариком исчезнем. Но перед этим у тебя будет пара секунд, чтобы бросить в него коробку с деньгами, а ту, в которой лежит «кукла», аккуратно поставить на прежнее место.

Он продемонстрировал мне две палехские шкатулки, в одной из которых лежала пачка бумаги, нарезанной по размеру денежной купюры.

— Смотри — я ставлю ее сюда. — Костя убрал шкатулку с бумагой на верхнюю полочку. — Аккуратно возьмешь и поставишь на стол, а эту, в которой будут деньги, смахнешь в ведро. Вот этот пакет, — он продемонстри-

174

ровал мне черный непрозрачный пакет, от которого шел неприятный рыбный запах, — сунешь сверху в ведро.

— Чем так воняет? — сморщилась я.

— Это шелуха от креветок, — усмехнулся Костя. — Отвлекающий маневр. Все, Мария, теперь твое дело — не удивляться ничему, что бы ни произошло, а стараться подыграть. Но главное — вынести деньги, кроме тебя, никто этого не сможет, роли расписаны.

Меня трясло. Я прекрасно понимала — сейчас сюда придут какие-то люди, готовые сыграть в покер с Костей и Ариком, и Арик, который, кстати, ушел куда-то, тоже появится и будет делать вид, что не знаком ни с Костей, ни со мной. Потом оба исчезнут, а я останусь в квартире с незнакомыми людьми и должна буду придумать повод, чтобы выйти отсюда с деньгами, которые перед этим сама же брошу в мусорное ведро вместе со шкатулкой.

Как, как?! Я никогда не делала этого! А если я не смогу, не справлюсь?! Они меня тут просто убьют, когда поймут, что их надули. Костя не собирался играть — он собирался просто снять деньги с каких-то незадачливых игроманов. К чему напрягаться и просчитывать ходы, когда все так просто? Ему просто. Но есть еще я...

Костя же, посчитав, видимо, что вполне достаточно меня проинструктировал, развалился по-хозяйски на диване и включил телевизор. Он как-то удивительно быстро вжился в роль хозяина этой квартиры, вел себя так, словно сто лет сидит на этом диване и щелкает кнопками пульта.

175

— Ты бы походила, освоилась чуток, — посоветовал он мне. — Чтобы потом, при людях, не искала выключатели или посудный шкаф.

В этом был свой резон, и я послушно двинулась по квартире, запоминая, что где находится.

Интересно, кому пришло в голову сдавать такую обустроенную и уютную квартиру? Тут же просто музей идеальной обстановки и отменного вкуса. Но каков все-таки Арик! Эта квартира стопроцентно подходила нам с Костей в качестве жилища, невозможно было заподозрить, что она не наша. Я даже как-то успокоилась, представив, что это на самом деле мой дом, потому что атмосферно тут все подходило мне.

— Костя. — Я присела на подлокотник дивана и решительно заговорила о том, что волновало меня до того, как я переступила порог этой квартиры. — Пообещай мне сейчас, вот прямо сейчас, что, когда все закончится, ты позволишь мне поехать к Марго. Я схожу с ума, Костя... Мне необходимо сменить обстановку и расслабиться. Прошу тебя...

Он молчал, хотя я чувствовала сомнения в этом молчании — было видно, что муж обдумывает мою просьбу и пытается понять, в чем подвох. Он уже давно никуда не выпускал меня, с тех самых пор, как я вернулась из Москвы с видом побитой собаки — побитой и мужем, и Марго. Тогда моя попытка обрести независимость закончилась тем, что Костя на моих глазах застрелил человека, пытавшегося помочь мне, проявившего каплю внимания и сочувствия, а Марго...

Она не постаралась понять — она просто сказала: «Да, вернись к нему, стань жертвенной овцой». Она не смогла понять, что возвращаюсь я только с единственной целью — отомстить Косте и освободиться от него. И если сейчас мне удастся вымолить у Кости поездку, я объясню Марго все.

Однако муж по-прежнему колебался.

— Я обещаю, что сегодня все пройдет так, как ты рассчитываешь, я тебя не подведу и все сделаю как нужно. Только, пожалуйста... разреши мне потом...

Плакать не хотелось, да и макияж было жалко, я изо всех сил старалась держаться.

— Посмотрим на твое поведение, — хмыкнул Костя, и тут раздался звонок.

Я вздрогнула всем телом и встала — начинается... Как же страшно...

— Соберись, Мария, у тебя лицо испуганное. Помни — ты тут хозяйка, а Арика видишь впервые, — процедил Костя и, поцеловав меня в щеку на ходу, пошел в прихожую.

Было странно, что он не проинструктировал меня насчет поведения более тщательно, словно понадеялся на мою природную артистичность и броскую внешность, умело подчеркнутую косметикой и ярким нарядом. Да, женщине с такими данными мозги вообще не нужны — можно молчать и призывно улыбаться, про остальное никто и не вспомнит.

Проблема в другом — именно внешность потом не позволит бесследно исчезнуть. Если я захочу ехать в Москву, мне придется либо стричь волосы, либо красить их — либо и то, и другое вместе. Хорошо, что у меня хватило ума подстраховаться и в чемодан я сунула парик — светлые кудри до плеч, сейчас быстро скроюсь в ванной и надену его. Да, у Кости отвиснет челюсть, да, Арик в первый момент вообще решит, что дверью ошибся, — но я не хочу быть когда-то опознанной на улице, а другая прическа и комплект линз застрахуют меня от этого хотя бы частично. Ну и плюс — моя привычка одеваться в обычной жизни неброско и очень просто.

Мне хватило пяти минут, и когда я появилась из ванной комнаты, в гостиной за большим столом уже сидели трое мужчин и мой муж. Арика не было.

— Дорогая, знакомься. — Костя встал и направился ко мне, и я отдала ему должное — он прекрасно собой владел, и даже мое неожиданное преображение не заставило его выразить какие-то эмоции. — Это Илья, Сергей и Михаил.

Я приветливо улыбнулась, хотя даже не потрудилась идентифицировать людей по именам, названным Костей:

— Добрый день. Может быть, чаю?

— Да, можно, если есть зеленый, — согласился кто-то из этой троицы, и мне пришлось напрячь память, чтобы определить, был ли среди пачек в шкафу зеленый чай.

К счастью, упаковка зеленого чая оказалась первой, вывалившейся мне в руки из открытого шкафчика. Чертыхнувшись вполголоса, я щелкнула кнопкой чайника и перешла к другому шкафу за чашками, чувствуя на себе пристальные взгляды сидевших мужчин.

В это время раздался звонок — это явно пришел Артур. Костя открыл дверь и представил его собравшимся:

— Вазген.

Я краем глаза наблюдала за тем, как Арик пожимает всем руки, а потом переводит взгляд на меня:

— Это твоя супруга, Ашот?

Костя-Ашот широко улыбнулся, подошел ко мне и взял чашку из моих рук:

— Да, знакомься, Лиза, это Вазген.

— Очень приятно, — пробормотала я, пытаясь уложить в голове все эти новые имена. Ужас мой только усиливался, казалось, что я вот-вот упаду в обморок, но нужно было держаться, потому что сейчас все начнется.

— Ну что, может, начнем? — предложил кто-то, и Костя кивнул:

— Да, пожалуй. Какие ставки?

Они начали обсуждать денежные суммы, но у меня даже не было сил вслушаться и прикинуть, что к чему. Но вот передо мной оказалась шкатулка, закрытая на ключ, и Артур проговорил:

— Пусть здесь постоит, да?

— Да, конечно, — как можно равнодушнее откликнулась я, села на высокий табурет и, закинув ногу на ногу, взяла журнал, лежавший на барной стойке.

Погружаться в чтение, однако, не стала, боясь пропустить момент, а потому просто листала страницы, разглядывая картинки. За столом шел оживленный разговор, Костя тасовал колоду, и это зрелище завораживало не только меня, но и всех присутствующих. Красивые Костины руки с длинными изящными пальцами легко вертели колоду, неуловимым движением деля ее напополам, раскидывая веером или перебрасывая из руки в руку длинной дорожкой. У меня это до сих пор, несмотря ни на что, вызывало неподдельное восхищение. Вдруг мое внимание привлек Артур, начавший расстегивать воротник рубашки. Лицо его пошло пятнами, руки стали суетливыми и чуть подрагивали.

— Что-то не так? — спросил один из игроков, заметив выражение лица Арика.

— Н-нет... все в порядке... — пробормотал Арик, откинувшись на спинку стула.

Костя невозмутимо тасовал колоду, словно не замечая того, что происходит с Артуром. Игроки же разволновались, один встал и открыл окно:

— Чем тут пахнет?

— Ничем вроде, — отозвался другой. — Может, просто душно?

Артур же на глазах делался все более красным, рубашку расстегнул уже до брючного ремня, вынул из кармана платок и вытирал лоб.

Костя наконец заметил это:

— Тебе плохо, что ли?

— С... сердце... — прохрипел Арик.

Игроки как по команде принялись давать советы, попытались даже перенести Артура на диван, и в тот момент, когда они подняли его, Костя выразительно глянул в мою сторону и чуть шевельнул губами, мгновенно приняв прежнее положение.

Я поняла — пора действовать. Быстро накрыв шкатулку журналом, я сунула руку в приоткрытую дверку барной стойки и вынула точно такую же, но с «куклой», смахнула первую на колени, а вторую вернула на ее место.

Сунуть же шкатулку с деньгами в ведро и туда же — пакет с креветочной шелухой оказалось еще проще.

Выпрямившись, я предложила громко:

— Может быть, «Скорую»?

— Н-нет... — хрипел Арик. — У меня лекарство... в машине...

— Я принесу, — предложил Костя, но Арик помотал головой:

— Ты... не найдешь...

— Может, ты его до машины проводишь? — предложил кто-то из гостей, которых я так и не различала от волнения.

— Да, пожалуй. Он тут недалеко живет, я довезу и вернусь. — Костя помог Арику встать и вывел его из квартиры.

Я осталась одна с тремя чужими мужиками. Они живо обсуждали случившееся, выражали сочувствие Артуру, а потом один посмотрел в мою сторону:

— А все-таки пахнет чем-то.

Я повела носом, встала с табуретки и прошлась по комнате, делая вид, что ищу источник запаха. Кожей я ощущала взгляды, сопровождавшие мои передвижения, и от этого становилось еще страшнее — а что, если вдруг, поняв, что их банально надули, эти трое решат компенсировать себе моральный ущерб? У меня вообще нет ни единого шанса убежать...

Нет, не думать об этом, не думать, не думать...

— Черт! Мы вчера креветки ели, может, они? — Я вернулась к барной стойке и открыла дверку, за которой стояло мусорное ведро. — Ну точно!

— Они, они, — подтвердили мою «догадку» игроки, и я виновато улыбнулась:

— Я выброшу мусор, хорошо? А то вдруг еще кому-то плохо станет.

— Да, конечно, а мы чайку еще пока. — И старший из мужчин потянулся к чайнику, приглашая остальных присоединиться.

Я же, аккуратно взяв черный мусорный пакет, вышла на площадку и на цыпочках стала спускаться по лестнице пешком — вызывать лифт, понятное дело, было нельзя.

Мне стоило огромных трудов не побежать, цокая каблуками, я заставляла себя идти медленно, но на втором этаже самообладание меня покинуло. Стянув с головы парик, я сунула его в пакет и побежала, понеслась к подъездной двери, перескакивая через две ступеньки. Одновременно нажав на кнопку домофона и ударив бедром в дверь, я вылетела во двор и побежала за угол.

Мне даже в голову не пришло, что мы не договорились с Костей, где именно они будут ждать меня. Я выбежала из двора на оживленную улицу и побежала по тротуару, сжимая в руках мусорный пакет. Представляю, как нелепо я выглядела при этом — в красном платье, обтягивающем меня как кожа, в блестящем болеро и с волосами, сколотыми на макушке в небрежную шишку. Шпильки вываливались, волосы выбивались из пучка...

Сигнал машины сзади заставил меня ускориться, но «Волга» догнала меня, и из нее наперерез выскочил Костя:

— Мария! Стой, куда ты?

Я запнулась и едва не упала, и только его сильная рука, поймавшая меня за болеро так, что оно затрещало, предотвратила падение на асфальт.

— Испугалась? Иди ко мне. — Он притянул меня к себе и крепко обнял, поглаживая по плечам. — Ну-ну, все, уже все.

Мне же совершенно не казалось, что «уже все», напротив — вот сейчас-то все и начнется. С водительского места заорал Арик, привлекая наше внимание:

— Хотите подождать, пока они сообразят, что их кинули, и побегут нас искать?

Костя увлек меня за собой в машину, и мы поехали в отель. Мусорный пакет так и остался у меня в руках, и муж даже не обратил на это внимания. Странное дело — Костя, для которого деньги были превыше всего, сейчас даже забыл о том, что вот они, в шкатулке, прикрытые всяким мусором. Он тормошил меня, целовал, прижимал к себе и все время бормотал что-то по-армянски. Со стороны, наверное, он выглядел любящим и заботливым. Но разве мужья заставляют своих жен, которыми дорожат, проделывать подобные трюки? Разве могут оставить в квартире с незнакомыми людьми и подвергнуть реальной опасности? Ради денег!

Я не отталкивала его, но понимала, что этот случай — еще одна зарубка на память, и за это он тоже будет рассчитываться со мной. Этого я ему не прощу тоже.

Неприятности начались поздно вечером, когда по местному каналу в «Новостях» показали фоторобот мошенницы, поразительно похожий на меня, только что с кудрявыми волосами.

«Ну вот и все», — с нежной жалостью к себе подумала я и зло посмотрела на лежащего в постели Костю. Он же и бровью не повел:

— Ну и что? Мало таких баб?

— Ты что — серьезно?!

— Вполне. Завтра утром в самолет — и поминай как звали.

— Да ты что — не понимаешь, что я могу до самолета не добраться?! — Я вскочила и начала выворачивать свою сумку в поисках сигарет. — Меня же первый встречный мент остановит!

— Да? А ты ж какого черта тогда так подстраховалась? Паричок нацепила! Умная слишком? — Он приподнялся на локтях и насмешливо наблюдал за мной. — Или догадалась, что по нашим с Артуром приметам менты будут нас искать сто лет — и не найдут, а ты слишком уж яркая?

Я остановилась и замерла. Смысл Костиных слов дошел до меня — так они планировали отвести подозрения от себя, сделав именно меня ярким пятном, за которое зацепится глаз у любого мужика... В самом деле — поди опиши внешность мужчины с Кавказа! Особенно если при этом у него нет никаких особых примет, как у Кости и Арика! Вот сволочи... И теперь я вынуждена слушать это и терпеть, потому что даже паспорт мой находится у мужа! Я уехать не смогу самостоятельно, из отеля выйти! Сволочь, ну какая же сволочь...

— Все, одумалась? — так же насмешливо произнес Костя, дотягиваясь до бутылки с коньяком на тумбочке и делая большой глоток прямо из горла. — Ты запомни, Мария, — без меня ты никто и ничто. Захочу — и поедешь в Мордовию по этапу, достаточно один звонок сделать.

Я совсем сникла, потому что отлично знала — если он захочет, то так и будет. И никто не поверит в то, что рядом со мной был еще кто-то — Костя и Арик к тому моменту будут уже на пути в Испанию.

— Все, Мария, поиграли — хватит, — примирительно заговорил муж, поднимаясь с постели и подходя ко мне. — Я пошутил. Да, согласен — неудачно, больше не буду. Иди сюда. — Он обнял меня, и я даже не попыталась вырваться, понимая — бесполезно.

185

Ночью я так и не смогла уснуть. Костя храпел вовсю, накачавшись коньяком, а мне не помогало даже это. Я прокручивала в голове возможные варианты развития событий и понимала — в Москву к Марго мне нельзя. Ни за что нельзя, как бы сильно ни хотелось. Да и паспорт... Конечно, в аэропорту Костя мне его отдаст, но сам будет находиться поблизости, и Арик тоже, а потому я вряд ли смогу исчезнуть из их поля зрения, особенно не зная ходов-выходов в питерском аэропорту.

Я выпила еще полстакана, но и это не принесло облегчения. Сидя на подоконнике, я наблюдала за тем, как дворник в оранжевом жилете метет тротуарную плитку, сгребая мусор в небольшие горки у бордюра.

Ни души на улице — только этот дворник и изредка проносящиеся мимо отеля автомобили. Небо затянуто тяжелыми серыми облаками, и рассвет почти не пробивается сквозь них. И во всем этом какая-то обреченность сродни той, что сейчас поселилась внутри меня.

— Идешь к стойке и спокойно регистрируешься, поняла? — Костя цедил слова, облокотившись на столик в маленьком аэропортовском кафе. Незаметным движением он толкнул в мою сторону паспорт вместе с вложенным в него билетом. — Все, иди. В самолете встретимся.

186

Я медленно взяла паспорт и сунула в сумку, висевшую на плече. Арик маячил в другом конце кафе, тянул кофе и исподтишка оглядывался.

Как же мне хотелось, чтобы их никогда не было в моей жизни, никогда... Как я могла подумать, что смогу спокойно ужиться с таким, как Костя? На что только не толкает людей страх одиночества. Когда меня оставил любимый мужчина, я с чего-то решила, что активно ухаживающий за мной Костя может стать достойной заменой и избавить меня от тоски и нестерпимой сердечной боли. Это же нужно так заблуждаться в моем-то далеко уже не юном возрасте!

Я обреченно шла к стойке регистрации, когда сзади меня окликнули:

— Девушка, задержитесь на минутку.

Повернувшись на голос, я обомлела — ко мне приближался полицейский. Сказать, что я испугалась, не значило в тот момент вообще ничего. Я перестала ощущать собственное тело, руки и ноги будто парализовало, как и разум, собственно. Даже не оглядываясь, я могла точно сказать, что Костю и Арика сдуло ветром.

— Позвольте ваши документы.

— Lo siento mucho, pero tengo que irme! Tengo prisa![1] — с перепугу я вдруг перешла на испанский, которым владела далеко не блестяще.

---

[1] Я должна уже идти, к моему большому сожалению! Я спешу!

К моему счастью, полицейский не владел оным вообще...

— Паспорт... паспорт, понимаете? — Он чертил пальцами в воздухе небольшие прямоугольники, но слово «паспорт» звучит практически одинаково во многих языках, так что притворяться идиоткой дальше было глупо.

Я протянула испанский паспорт, и парень начал изучать его, шевеля губами. И в этот момент кто-то взял меня за локоть и произнес:

— Que paso? Que quiere decir esto?[1]

Я вздрогнула и повернулась влево. За локоть меня держал высокий мужчина в черной рубашке и таких же джинсах, в солнцезащитных очках в пол-лица. Однако по характерным признакам его можно было принять за испанца либо за... кавказца. И он был мне совершенно незнаком. Единственным акцентом, за который я зацепилась взглядом, был черно-белый тонкий шарф, и это заставило шевельнуться какие-то воспоминания в моей голове, но погружаться в них было некогда. Мужчина явно старался избавить меня от полицейского досмотра.

— Mi pasaporte, por favor...[2] — пробормотала я, а незнакомец, двумя пальцами изъяв у сотрудника паспорт и вернув его мне, сказал по-русски:

---

[1] Что случилось? Что это значит?

[2] Мой паспорт, пожалуйста.

— Простите, господин лейтенант, моя спутница не говорит по-русски. У вас какие-то вопросы?

— Нет, что вы, — смутился почему-то полицейский. — Просто показалось... ориентировка... извините еще раз и приятного полета. — Он козырнул и удалился, а я повернулась к незнакомцу, чтобы поблагодарить, но тот уже уходил в противоположном направлении.

— Dios mio...[1] — пробормотала я и направилась к стойке регистрации.

И только в самолете меня вдруг укололо — а ведь Марго как-то рассказывала мне о привычке Алекса постоянно носить тонкий черно-белый шарф...

Неужели это был он?! Но как, откуда?! Неужели то, что говорила о его способностях Марго, правда? И он пришел на помощь как раз тогда, когда я в ней нуждалась? Странно, непонятно, но — вот было же. Я видела его собственными глазами, чувствовала прикосновение руки — не могло же это мне привидеться?

Телефон завибрировал — пришла эсэмэска от дорогого супруга Кости с пожеланиями приятного полета.

— Чтоб ты сдох! — пробормотала я, стирая ее.

Оказавшись дома в Бильбао, я первым делом метнулась к компьютеру и зашла в аську с вопросом, адресованным Алексу:

— Это был ты?

_____
[1] Боже мой.

Он долго не отвечал, и я повторила вопрос, на который через пару секунд получила смайлик в черных очках, и Алекс вышел из разговора.

Теперь я точно знала — да, это был он. И только он сможет помочь мне отомстить Косте, когда придет время. А оно придет — я умею быть терпеливой и дожидаться своего.

КОНЦЕРТ

Утро началось с неприятности. Даже не так... Утро началось с шантажа. Никогда телефоны не приносили в его жизнь ничего позитивного.

— Да, слушаю, — отрывисто бросил мужчина, садясь в постели и натягивая повыше одеяло — в комнате было прохладно.

Свободной рукой он дотянулся до пачки сигарет на тумбочке, поставил пепельницу на подушку рядом.

«Странная ситуация, — хмыкнул он про себя. — В доме две женщины, а сплю один».

— Алекс, тебе не кажется, что ты заигрался? Ты должен был убрать ее давно — еще тогда! И что я слышу теперь? Что она мало того, что жива, так еще и у тебя сейчас? — Чуть высоковатый мужской голос в трубке резал слух. Но не тембр голоса звонившего сейчас волновал Алекса, а его слова.

— Это мое дело, — сухо ответил он, выпуская дым в потолок.

— Нет, дружище. Это наше общее дело. Она знает, кто ты, следовательно, она опасна.

193

— Я не буду это обсуждать. И не звони мне какое-то время — я же сказал, что очень устал и хочу отдохнуть.

— Именно поэтому привез себе в дом двух телок? — ехидно поинтересовался собеседник, и голос его при этом стал совсем уж бабским, почти визгливым.

Алекс поморщился:

— Не пори чушь. Это другое.

— Да — если учесть, что одна из них — твоя бывшая жена. В общем, разберись с этим как-то, хорошо? Не вынуждай меня поручать это кому-то другому.

Алекс совершенно потерял самообладание. Нет, его не испугали угрозы звонившего — он знал, что сумеет в случае надобности противостоять кому угодно и защитить бывшую жену, которая сейчас безмятежно спит в своей комнате, не подозревая, что вновь стала источником его головной боли. Раздражало другое...

Он всегда ревностно относился к своей свободе, и любые попытки загнать его в какие-то рамки вызывали злость и неуправляемую ярость. В таком состоянии Алекс мог сделать все что угодно — недаром же имел репутацию лучшего исполнителя в «конюшне», как между собой называли нелегальную контору по прибыльному бизнесу на чужой крови его «собратья» по цеху.

Пробуждение всегда давалось Марго нелегко. Страдая бессонницей, она укладывалась часам к трем, а с утра не могла открыть глаза и заставить себя спустить ноги с кровати. Но желание провести завтрак втроем всегда подстегивало ее и заставляло пересиливать утреннюю лень и дремоту. Алекс уезжал из дома около десяти, и к завтраку они спускались в девять, а до этого нужно было еще и привести себя в порядок — не выплывать же в трикотажной ночной рубашке с изображением ослика Иа.

Марго накинула халат и на цыпочках вышла из спальни, подошла к запертой двери через одну от ее спальни и постучала в нее костяшкой согнутого пальца:

— Мэри, просыпайся.

— Я не сплю, — раздался голос подруги, и Марго вздохнула — ну еще бы!

Как можно было заподозрить Мэри в том, что она спит! Она вообще не спит в последнее время, почти ничего не ест и много пьет, вызывая у Алекса вспышки гнева. Удивительное дело, но даже он оказался не в состоянии что-то изменить в характере рыжей танцовщицы. Это даже ему было не по зубам.

Марго вернулась к себе и встала под душ. Копна каштановых чуть вьющихся волос требовала много усилий — как издевательски шутила Мэри, «у женщин две проблемы — выпрямить кудрявые волосы и завить бараном прямые».

Марго смеялась, но продолжала бороться с «мелким бесом», как сама это называла. Она чуть тронула лицо тональным кремом, подкрасила ресницы и брови, критически осмотрела себя и скорчила недовольную гримасу:

— Мисс Пигги...

Этот ритуал повторялся изо дня в день вот уже много лет. С самого детства мать внушала ей, что с такой внешностью, размерами и фигурой никто из мужчин никогда не посмотрит в ее сторону с интересом.

Парадокс, но крупная, яркая Марго с четырнадцати лет от кавалеров отмахивалась, как от комаров на болоте. Однако внутри все равно сидела маленькая обиженная девочка, ужасно неуверенная в себе и ищущая опровержения словам матери.

— Марго, ты скоро?

Она вздрогнула и вышла из ванной. На ее кровати, поджав под себя ногу в черном шерстяном гольфе, натянутом до бедра, сидела Мэри. Вот уж кто не утруждал себя заботой о внешнем виде... Рыжие волосы небрежно сколоты в пучок, отросшая челка почти закрывает глаза («Ты мой йоркширский терьерчик», — шутливо говорила Марго, скручивая челку подруги в хвостик и задирая ее наверх), длинный вязаный кардиган поверх трикотажной майки, напоминавшей скорее короткое платье.

Мэри постоянно мерзла и кутала травмированные ноги в шерстяные танцевальные гетры. И неизменная пачка сигарет в кармане. Закурят с Алексом после завтрака, он уткнется в газету, а она, отодвинув стул, упрется коленом в столешницу и будет смотреть в большое витражное окно за спиной Алекса. Каждое утро похоже на предыдущее и на последующее...

Мэри иногда говорила, что ее очень подмывает хлопнуть об пол дорогую чайную чашку из лиможского фарфора, чтобы изменилось хоть что-то. Хотя порой они с Алексом здорово цапались за завтраком, после чего он выскакивал из дома и так оглушительно хлопал дверью, что домработница Ингрид вскрикивала от испуга. Мэри же невозмутимо закуривала новую сигарету и констатировала:

— Бэтмен вылетел.

Марго никак не могла понять, зачем Мэри выводит и без того нервного Алекса из себя. Но подруга не объясняла, а Алекс только грозно сверкал глазами.

Именно сегодня за завтраком Марго уговорила их пойти на концерт — ни Алекс, ни — тем более — Мэри не рвались выходить из дома. Он занимался какими-то делами, она писала стихи в своей комнате, пила коньяк и беспрестанно плакала, думая, что Марго этого не слышит. Но та мучилась от бессонницы и потому довольно отчетливо различала за стенкой характерные звуки.

«Так нельзя, — думала Марго, лежа без сна в постели, — Мэри непременно нужно что-то делать, иначе она просто сойдет с ума. В идеале ей бы танцевать, но где, с кем?»

И вот пару дней назад Марго совершенно случайно обратила внимание на афишу, рекламировавшую довольно интересный дуэт — виолончелиста и баяниста. В программе значился Астор Пьяццола, которого Мэри обожала с истовостью религиозной фанатички.

Эта фамилия и решила все. Марго купила три билета и утром поставила Алекса и Мэри перед фактом, не дав им даже возразить.

Вечером Марго заставила подругу вынуть из шкафа привезенное из Москвы черное коктейльное платье — лаконичное, обтягивающее фигуру танцовщицы и подчеркивающее гибкое тело. Глубокий вырез на груди был замаскирован тонкой сетчатой тканью, что придавало платью вид одновременно сдержанный и сексуальный. Марго сама уложила рыжие волосы Мэри, сделала яркий, почти сценический макияж.

— Ты, Мэрька, перестала себя любить, а зря, — подталкивая подругу к зеркалу, констатировала она. — Посмотри — ну разве ты отказалась бы так выглядеть каждый день?

Мэри мельком бросила взгляд на свое отражение и равнодушно проговорила:

— Марго, так выглядеть каждый день могут только шлюхи на Sihlquai strasse[1].

— Очень смешно! — обиделась уязвленная Марго. — Я обычно красила тебя еще ярче и не помню, чтобы это вызывало какие-то возражения.

— Я не собираюсь танцевать, Марго. А в обычной жизни такой грим неуместен.

Марго кинулась было доказывать свою правоту, но тут со второго этажа в гостиную спустился Алекс.

---

[1] «Улица красных фонарей» в Цюрихе.

— Мэ-ри, ты решила подзаработать? — насмешливо поинтересовался он. — То есть на концерт мы едем вдвоем с Марго?

Мэри бросила красноречивый взгляд на вспыхнувшую Марго и абсолютно спокойно парировала:

— Теперь я буду так выглядеть каждый день. Буквально — возлюблю себя, как советует мне мой стилист.

Алекс только хмыкнул, словно не замечая, как почти до слез расстроилась Марго. Она и так постоянно чувствовала себя едва ли не буфером между этими двумя, сглаживала какие-то острые моменты, смягчала слова Мэри, порой граничившие с хамством, усмиряла гнев Алекса, все чаще выходившего из себя по пустякам.

Марго ясно видела — не будь ее, и в этом доме давно бы случилось убийство, причем даже она не могла бы точно предсказать, кто сыграет роль убийцы, а кто — жертвы, потому что оба с одинаковым успехом могли исполнить хоть первое, хоть второе. Марго жалела подругу, у которой в жизни все пошло кувырком — именно из-за преследования мужа она оказалась здесь, в Цюрихе, в доме Алекса. Да и сама Марго тоже вынуждена была уехать из России как раз благодаря Косте Кавалерьянцу, который в поисках жены явился в Москву к ее подруге. Но Алекс опередил, успел увезти Марго туда, куда перед этим увез и Мэри.

Они так и жили втроем в большом доме на самой окраине Цюриха, разбредаясь вечерами по разным комнатам и наматывая там каждый свои мысли.

Марго отчаянно хотела в Москву, сама удивляясь себе. Раньше, когда она жила там, этот город порой доводил до исступления, раздражал многолюдностью, суетой и постоянной гонкой за чем-то, будь то деньги, карьера или что-то иное. Но сейчас ей ужасно хотелось оказаться дома, в своем дворике, сесть на лавку поздним вечером и слушать, как в кустах заливается соловей. Окраина Цюриха раздражала своей размеренностью, тишиной и каким-то первозданным покоем. Раздражал Алекс — вечно нервный, взвинченный, что-то скрывающий, раздражала даже Мэри — своим молчанием, сигаретами и коньяком в одиночестве на подоконнике практически всегда открытого окна. Любые попытки разговорить ее заканчивались одинаково — длинным собственным монологом, от которого потом долго звенело в ушах. Мэри же молча слушала, прикуривая новую сигарету, или черкала что-то на листочках блокнота или просто на салфетках.

Эта манера писать на обрывках бесила Марго — она сама писала стихи и бережно относилась к ним, не понимая, почему подруга с такой небрежностью выбрасывает потом написанное. Если удавалось раньше домработницы Ингрид проверить утром мусорную корзину, Марго разглаживала эти скукоженные клочки и складывала в ящик стола. Но однажды она с удивлением обнаружила там то, чего сама в ящик не убирала, и поняла, что Алекс порой тоже добавляет в эту коллекцию кое-какие пропущенные ею листки.

От скуки Марго взялась за карандаш и начала рисовать. Мэри, застав ее как-то за этим занятием, поинтересовалась:

— Что это? Одинокий петух, как у Астрид Линдгрен в «Карлсоне»?

Марго не обиделась, отложила набросок и, сменив карандаш, быстро начала новый рисунок. На глазах у Мэри внизу листа появился синий петух с бойцовски задранной головой:

— Вот это — одинокий петух. А то был павлиний хвост, меня созвучие красок увлекло.

Но в тот же момент она заметила, что Мэри утратила интерес к разговору и к рисункам заодно. Опять смотрела в окно и о чем-то думала. Марго вздохнула — равнодушие подруги ко всему в принципе и к мелочам в частности порой ее очень раздражало.

Марго искренне не понимала, как можно с таким холодным лицом смотреть на экран, когда там идет увлекательнейший фильм, как можно с гримасой обреченности ковырять вилкой вкуснейший штрудель в кондитерской или с безразличием перебирать на прилавке россыпи совершенно изумительной бижутерии.

Но Мэри — это Мэри, и Марго многое прощала ей и любила даже за очевидные недостатки вроде несносного характера, привычки отвечать вопросом на вопрос и категорично декларировать какие-то вещи.

Зато эти черты страшно бесили Алекса — от него просто искры летели, если вдруг вечером за ужином он задавал Мэри какой-то вопрос и тут же получал в ответ ровно такой же, просто заданный в другой форме и высказанный в ироничном тоне. Марго все время ждала, что вот сейчас он взорвется и врежет Мэри по лицу, но Алекс, надо отдать ему должное, умел держать себя в руках.

— Зачем ты злишь его постоянно? — спрашивала она, оставшись наедине с подругой, и Мэри с тем же безразличным выражением лица произносила:

— Только затем, что ему это нравится. Только за этим, Марго. Скучно...

Однако сегодня вечером что-то вдруг изменилось. То ли атмосфера концертного зала так повлияла на Мэри, то ли звуки танго, но она вся подобралась и сидела на самом краешке кресла, словно готова была вот-вот вскочить и выбежать на сцену.

Алекс наблюдал за ней с усмешкой, которую маскировал поднесенной ко рту рукой, но Марго видела — ухмыляется. Ей самой же просто нравилась и музыка, и похожий на толстого хомяка виолончелист, и маленький, шустрый баянист в белой шляпе, которую он шутливо снимал после окончания очередного номера.

Внезапно виолончелист предложил:

— Господа, если в зале есть те, кто танцует танго, они могут подняться на сцену и продемонстрировать нам свое искусство. Астор Пьяццола, господа, король танго!

Марго увидела, как на сцену поднимаются совсем молодые парень и девушка в джинсах и водолазках, и толкнула в бок Мэри:

— Не хочешь?

— Танго — танец парный, — процедила та, явно недовольная тем, что подруга так грубо ворвалась в ее мир и отвлекла от прослушивания.

И тут поднялся Алекс и протянул Мэри руку:

— Думаю, я не разучился. Конечно, вам, привыкшим стоять на пьедестале, мой уровень покажется недостаточным, но попробовать стоит, а вдруг?

Мэри смерила его насмешливым взглядом:

— Цюрих смешить станем?

— Иди, Мэри, — шепнула Марго, поняв, что музыканты не начинают, ожидая их выхода на сцену.

И удивительное дело — но Мэри сдалась, встала и пошла вслед за Алексом.

Марго знала, что он хорошо танцует, обладая идеальным слухом — все-таки музыкант, но что они будут настолько гармонично выглядеть в танго с Мэри, она даже не подозревала. Вторая парочка танцевала аргентинское танго, это явно были какие-то ученики одной из многочисленных его школ, а Алекс с Мэри кружились по просторной сцене в классическом, что исполняется на конкурсах бального танца. Это настолько отличалось от того, что делали молодые люди, что у Марго перехватило дыхание. Мэри все-таки была профессионалом, она так умело направляла Алекса, что этого не было заметно.

Когда музыка закончилась, баянист, отставив инструмент на стул, подошел к Мэри и опустился на колено, сняв шляпу и свободной рукой беря ее руку и поднося к губам.

Он что-то спросил, и Мэри ответила, Алекс тоже что-то сказал, и баянист, поднявшись на ноги, взял микрофон:

— Мэри Кавалерьянц и Микхаил Боярски, — коверкая русское имя, провозгласил он.

Марго, едва не упавшая со стула от хохота, взглянула на Мэри и по губам прочитала слово «идиот», обращенное к Алексу. Тот шутливо поклонился и подал ей руку, чтобы помочь сойти со сцены.

Они вернулись на свои места, и Мэри прошипела, перегибаясь через Марго:

— А что так скромно? Чего не назвался каким-нибудь Дональдом Даком? Им это ближе.

Алекс улыбнулся невозмутимо:

— Меня мой псевдоним вполне устраивает. А ты в следующий раз, перед тем как кричать, кто ты, сто раз подумай — вдруг кто лишний это услышит. И не смей называть меня идиотом даже в шутку.

— Слушаюсь, господин мушкетер! — фыркнула Мэри.

После концерта в фойе к ним вдруг подошла молодая женщина в бордовом платье и заговорила по-немецки, обращаясь к Мэри.

Та перевела беспомощный взгляд на Марго, но она не говорила и не понимала этого языка, и Алекс, от души насладившись картиной поверженной Мэри, снисходительно перевел:

— Мадам спрашивает, не желала бы ты преподавать в ее школе танцев.

— Скажите мадам, что я не танцую аргентинское танго и прочие изыски. Я — чемпионка России по «десятке», господин переводчик. Это — десять танцев классической программы спортивного направления.

Алекс быстро заговорил по-немецки, а Марго, дернув Мэри за рукав, зашипела:

— Ну, и чего ломаешься, как мятный пряник? Тетка дело предлагает — будешь любимым делом заниматься, все развлечение!

— Не хочу, — отрезала Мэри и, вырвав руку, отошла в сторону, как будто разговор ее не касался.

Марго только рукой махнула, понимая, что спорить и убеждать бесполезно.

Алекс подошел к ней и спросил:

— И чем наша звезда недовольна на этот раз?

— Ой, отстань от нее! Она просто невыносимая сделалась, депрессия, что ли?

— Будет так пить — и это носит уже другое название, — хмыкнул он, — поехали домой, хватит с меня на сегодня выступлений.

То, что они увидели в доме, повергло всех троих в шок. Все оказалось перевернуто вверх дном, как будто в дом попал снаряд. Вещи во всех комнатах валялись на полу, ящики выдвинуты, шкафы открыты, а из цветочных горшков в кухне даже высыпана земля, покрывшая кафельную плитку ровным слоем.

— Это что еще? — выдохнула Марго, пришедшая в себя первой.

— Погром, — негромко отозвалась Мэри, присев на корточки и поднимая с пола в гостиной ноты, небрежно сброшенные кем-то на пол. — Знать бы еще, в чью честь...

— Вариантов немного, да, Мэ-ри?

Алекс забрал у нее ноты и аккуратной стопкой вернул на крышку рояля.

— Я не думаю... он не нашел бы... — пробормотала она, поежившись.

— Ну, значит, твоей вины нет, спи спокойно, — ровным тоном отозвался он, и от Марго не укрылось, что за этим спокойствием Алекс явно пытается что-то скрыть.

Ночью она не выдержала и пошла в комнату Алекса. Стучать не стала — знала, что не спит, все-таки они прожили вместе год, будучи женатыми, и она успела понять, что ситуации вроде сегодняшней лишают его сна.

Так и было — он полусидел в постели, сложив руки поверх одеяла, и смотрел в стену.

— Что ты хочешь, Марго? — спросил, не поворачивая головы, и она, заперев дверь, подошла к кровати и села на край.

— Поговорить.

— Ну поговори.

— У тебя неприятности?

— А у тебя их нет? — улыбнулся он, отвлекшись, наконец, от созерцания обоев.

— У меня — нет. Скажи, ты действительно не считаешь, что этот... погром мог быть связан с мужем Мэри?

— Действительно, не считаю. Сама посуди — откуда Косте знать, куда и с кем улизнула из Москвы его обожаемая супруга?

— Тогда я права, и это твои проблемы, — констатировала Марго со вздохом и осторожно взяла руку Алекса в свои.

Ей всегда нравились его руки с гибкими пальцами пианиста, и всякий раз делалось не по себе оттого, что эти самые музыкальные руки с легкостью сжимали приклад и нажимали на спусковой крючок снайперской винтовки.

Марго отлично знала, чем, помимо музыки и собственного бизнеса, занимается ее бывший муж. Собственно, именно это и стало во многом причиной их разрыва. Марго не смогла выносить его постоянные отлучки, его возвращения, во время которых от Алекса в буквальном смысле пахло смертью, его измены...

Она просто не смогла с этим жить, хотя очень его любила. Он был ее первым мужчиной, ее самым ярким пятном в жизни...

Их отношения тянулись уже много лет, сопровождаясь то вспышками нежности, то невыносимой ненависти друг к другу, однако Алекс всегда был готов прийти на помощь Марго, что нередко и делал. Вот как теперь — они с Мэри жили в его доме как раз потому, что обеим в России грозила серьезная опасность.

Марго поглаживала пальцы Алекса и ждала, скажет ли он еще что-то, кроме того, что уже сказал.

— Марго, мы ведь договаривались, что ты никогда больше не станешь лезть туда, куда тебе не нужно. Именно из-за этого у нас с тобой вышла первая размолвка — да? Ты ведь помнишь?

Еще бы ей не помнить! Она нашла в тайнике несколько паспортов с его фотографией, но разными именами и национальностями. Как до этого нашла и упакованную в футляр снайперскую винтовку...

Он так разозлился тогда, что запер ее в подвале дома на долгий срок, но, именно сидя там, Марго вдруг с новой силой потянулась к мужу. Наверное, это было самое романтичное время в их совместной жизни.

Но почему Алекс вспомнил об этом сейчас? Неужели...

Догадка испугала Марго. Неужели кто-то из его посредников знает, что она жива и в его доме? Это очень плохо... Алекс ослушался приказа убрать ее, не смог убить женщину, которую любил. Он исчез сам, бросив Марго одну в Лондоне. Как она выжила тогда, Марго даже вспоминать не хотела. А потом Алекс снова возник — как ни в чем не бывало — и стал делать это с регулярностью, появляясь в самое неожиданное время и в абсолютно любых местах. Ангел-хранитель...

— Алекс, — Марго прижалась щекой к его руке и посмотрела в глаза так, как умела только она — открытым детским взглядом, который совершенно обезоруживал

208

любого собеседника, — скажи — причина... в том, что ты тогда... ну, помнишь?

Алекс не убрал руку, наоборот — погладил Марго по щеке и спросил:

— Скажи, детка, ты по-прежнему не хочешь быть со мной?

— Перестань... — Она чувствовала, что колеблется, и это удивляло.

Давно решив для себя, что между ней и Алексом все закончилось, Марго все-таки иногда фантазировала на тему «а что, если...», и сейчас ей показалось, что Алекс залез в ее мысли и прочел их.

— Ты ставишь какой-то барьер между нами, Марго... зачем ты делаешь это, милая? Разве нам вместе было плохо? — Его голос обволакивал, парализовал ее и совершенно лишил вдруг воли.

Марго вся подалась вперед, к нему, и Алекс уложил ее рядом с собой, укрыл одеялом:

— Видишь, детка, ты и сама не против... и я так долго ждал тебя, Марго... моя Марго...

Его руки будили в ней воспоминания о давно ушедшем времени, о тех часах, что они провели вместе, о тех днях и месяцах, когда они любили друг друга.

Марго давно не испытывала такого счастья от принадлежности мужчине, она успела забыть, каково это — быть с таким мужчиной, как Алекс. Она понимала всех этих многочисленных женщин, что готовы были на все за минутное внимание. Как, как можно отказать, когда он хочет?

Совершенно утратив над собой контроль, Марго с криком выгнулась в его руках и почти потеряла сознание. Она так и осталась в его постели до утра.

Завтрак вышел чудовищным... Разумеется, Мэри со своей бессонницей не пропустила ни секунды из того, что происходило за стеной — комнаты были соседними, и теперь искренне наслаждалась и виноватым лицом Марго, и тщательно сдерживаемым гневом Алекса, который пытался корректно отбиваться от ее колких замечаний.

Разумеется, долго это не продлилось — Алекс вскочил и дал Мэри оглушительную пощечину. Та только фыркнула, встала и пошла к себе, не забыв, однако, оставить победу за собой — окурок ее сигареты точным броском отправился в чашку кофе, стоявшую перед Алексом.

— Стерва! — прошипел он, отодвигая чашку. — Марго, скажи — зачем она делает это?

— Она такая, — пожала плечами Марго.

— Я думаю, что она ревнует.

— Мэри?! Тебя ко мне?! Это абсурд. Ты никогда не добьешься от нее таких эмоций.

— А хотел бы, — вдруг сказал он и, быстро поднявшись, ушел из гостиной.

Хлопнула входная дверь. Марго посидела еще какое-то время и решила подняться к Мэри. Хотела объясниться и попросить прощения за отвешенную Алексом пощечину.

— Входи, не заперто, — раздалось из-за двери, когда Марго постучала.

Мэри сидела на подоконнике и курила, открыв форточку. Правой щекой, на которую пришелся удар, она прижималась к стеклу.

— Больно?

— Нет.

— Я не понимаю, что вы все время делите! Ну скажи — что? Это же элементарно — если тянет вас друг к другу, ну так не противьтесь, будьте вместе! Я отойду в сторону, это вообще не проблема, Мэрик! Я просто поддалась слабости...

Мэри посмотрела на нее каким-то странным, совершенно несвойственным ей взглядом, закурила новую сигарету и произнесла:

— Он хочет, чтобы я в нем видела Бога, Марго. Как ты. Все просто и очевидно. Но я, к сожалению, уже в стольких мужчинах видела Дьявола, что теперь не могу — понимаешь? Не могу ни в ком увидеть этого самого Бога — и Алекс не исключение. И вообще, Марго, — займись своими отношениями, а? — попросила Мэри серьезно. — У тебя появился шанс все вернуть — так используй его. А меня оставь в покое.

Марго на секунду показалось, что Мэри плачет, отвернувшись к стеклу, и она подошла вплотную, сразу заметив, что подруга сжимает в правой руке небольшую плоскую бутылку.

— Ты опять?!

— Слезами горю не поможешь — нужно пить. — Подмигнув, Мэри сделала большой глоток прямо из бутылки, чем вывела Марго из себя окончательно.

Она выхватила бутылку и швырнула в форточку:

— Прекрати это! Слышишь — прекрати! Скажи, что не хочешь, чтобы я с ним была, и я больше порога его спальни не переступлю!

— Дура ты, Марго, — с сожалением проговорила Мэри, спрыгнула с подоконника и ушла из дома.

Марго видела, как она удаляется по улице — с прямой спиной, развернутыми плечами и высоко задранной головой, идет, выворотно ставя ноги в замшевых сапогах на скошенном каблуке. Решительная, неприступная, несчастная...

«Привет!..»
Мэри пишет Алексу письма
неразборчивым бисерным
почерком,
вместо адреса ставятся
прочерки,
вместо имени — черный большой
пистолет.
«..Линии жизни пунктирными точками –
каждая значит «был сложный момент...»
Мэри ручкой выводит истины,
хочется много сказать.
«Думаешь, я не сумею,
не выстою?
Я не люблю!»

Мэри учится лгать.
«...Разве любовь сильней одиночества?
Ведь и она заставляет страдать...»
Втроем — здесь каждый несчастлив
по-своему.
Знаешь, Алекс, нужно что-то менять.
Мэри пишет грустные письма
и прячет их под кровать.
«Однажды все переменится...»
Мэри учится верить и ждать...[1]

Поставив точку, Марго перечитала и осталась довольна. Сегодняшний побег Мэри вызвал у нее желание залезть в стол и перечитать все, что там хранилось, и именно после этого вдруг родились строчки, отражавшие всю странность отношений между Алексом и Мэри.

Убрав блокнот в ящик тумбочки, Марго потянулась и решила, что пришло время выйти на улицу, прогуляться до супермаркета и купить что-нибудь запрещенное ее строгой диетой, а потому особенно желанное.

Она собралась довольно быстро, хотя обычно подобные мероприятия занимали у медлительной Марго довольно большой отрезок времени. Зажав в руке ключи, она закинула на плечо ремень сумки и вышла.

Острый запах от накинутого на лицо платка застал ее врасплох — Марго вставила ключ в скважину, и буквально тут же словно свет выключили. Резкий запах, ударивший в нос, падение — и ничего больше.

---

[1] Стихи Гузель Магдеевой.

— Почему ты сидишь тут вот так... как изваяние, и не делаешь ничего?!

Мэри металась по гостиной туда-сюда, от окна к двери, и бросала гневные взгляды на курившего в кресле перед камином Алекса. Он невозмутимо стряхивал пепел с сигареты и, казалось, не замечал нервного состояния девушки.

— Алекс! Я с тобой, по-моему, разговариваю! — Она остановилась рядом с ним и с укоризной посмотрела в глаза.

— Чего ты хочешь, Мэ-ри?

— Чтобы ты понял, наконец, — Марго пропала! Ее нет весь день, понимаешь? Куда она могла пойти, почему не сказала ничего?

— Это не повод для беспокойства, — спокойно парировал он, — Марго взрослая, к тому же — прекрасно знает Цюрих и в отличие от некоторых в совершенстве владеет несколькими языками. Так что вряд ли с ней что-то случилось. Кроме того, я почти уверен, что она у этого своего Лео.

— Ну да, а как же! — ядовито фыркнула Мэри, вынимая сигареты из кармана. — Вряд ли после бурной ночи с тобой Марго решила сравнить...

— Осторожнее, Мэ-ри! — с угрозой перебил он. — Ты снова заходишь за грань.

— А ты нарисуй ее почетче, эту грань, — язвительно отозвалась Мэри, — а то я что-то стала плохо ее видеть. Неужели ты не понимаешь, что с Марго что-то случилось, а?! Неужели для тебя сейчас тон моих слов важнее,

214

чем информация о том, где находится она?! Я не понимаю!

«Я сам не понимаю, — ответил бы Алекс, если бы мог. — И скорее всего, ты права — Марго куда-то влипла. И я даже подозреваю, кто может быть причастен к ее исчезновению. Мне было бы куда легче знать, что она у Лео».

Но вслух он этого не произнес, только головой покачал, а сказал совсем другое:

— Иди к себе, Мэ-ри, от твоего голоса у меня болит голова.

Она только фыркнула, пошла к двери, пнула попавшееся на пути кресло, и оно с грохотом откатилось в сторону.

«Вот и иди, красавица, мне и без тебя достаточно проблем. Нужно как-то действовать, но как? Я не могу с уверенностью думать о причастности моего шефа к исчезновению Марго — но ведь это вполне вероятно? Ведь он звонил мне зачем-то... А этот человек ничего не делает просто так и не бросает слов на ветер».

Алекс поднялся из кресла и точно так же, как недавно Мэри, заходил по траектории от окна к двери. Только наедине он мог позволить себе беспокойство, нервозность и раздражение, потому что демонстрировать это Мэри совершенно не собирался. Но внутри у Алекса все переворачивалось от тревоги за Марго — ведь неизвестно, где и у кого сейчас его девочка, что с ней происходит. Он опасался за довольно слабое здоровье Марго и ее неустойчивую психику, подобная ситуация могла очень негативно на них отразиться.

— Почему никто не звонит? — пробормотал он. — Почему никто ничего не требует? Если это дело рук Большого Босса, то он непременно должен поставить меня в известность.

Но телефон молчал, и в этом молчании Алексу чудилось нечто совсем ужасное. Наверху в своей комнате что-то уронила на пол Мэри, и Алекс вздрогнул от неожиданного резкого звука.

— Чертова девка, — пробормотал он раздраженно.

Мэри мелькнула в дверях гостиной, и Алекс насторожился — она была в куртке и джинсах, и это ему совсем не понравилось. Не хватало еще, чтобы и с ней что-то случилось!

Он выскочил в прихожую вовремя — Мэри как раз застегнула молнии на сапогах и распрямилась.

— Куда собралась? — сдерживая гнев, поинтересовался Алекс.

— К Лео, — с вызовом ответила Мэри, накидывая на плечо ремень сумки.

— Зачем?

— Проверю, не у него ли Марго. Я понимаю, что тебе это не совсем удобно... — Она отвела взгляд, но он успел уловить издевку и рассвирепел окончательно.

— Никуда не поедешь! — рявкнул он, схватив ее за капюшон куртки. — Будешь сидеть в комнате и избавишь меня от лишней головной боли, понятно тебе?

Он изо всех сил встряхнул Мэри, которая была значительно меньше и легче его, и она нелепо взмахнула руками, как марионетка в руках кукловода.

По-прежнему держа Мэри за капюшон куртки, Алекс почти волоком утащил ее в комнату, толкнул на кровать и, выйдя, запер за собой дверь на ключ и сунул его в карман.

Мэри колотила в дубовые доски каблуками сапог, но выбраться из комнаты все равно не смогла бы.

— Ничего, постучишь, выплеснешь злость, — пробормотал Алекс, спускаясь по лестнице.

Захотелось чашку чая, и он направился в кухню, где Ингрид готовила ужин.

Белый конверт без надписей, лежащий на столе в кухне, привлек его внимание.

— Что это? — спросил Алекс у хлопотавшей возле плиты Ингрид, и та пояснила:

— Только что принесли.

— Кто?

— Молодая девушка.

— Что сказала?

— Попросила передать вам. Больше ничего.

— Как она выглядела? — предчувствуя недоброе, спросил Алекс.

— Высокая, в свободном плаще синего цвета. И по-моему, она беременна.

Алекс уже не слушал. Он выбежал в прихожую, схватил с вешалки пальто и, на ходу стараясь попасть в рукава, выскочил из дома.

Понять, куда направилась девушка, труда не составило — их улица оканчивалась тупиком, следовательно, существовал только один вариант.

Алекс бежал вперед, пытаясь найти взглядом незнакомку в синем плаще. И нашел ее — она как раз собиралась сесть в припаркованный у кофейни ярко-желтый «Фольксваген Жук».

Алекс успел подскочить к ней и ухватить за руку:

— Постойте, леди, у меня есть пара вопросов.

Внезапно девица развернулась и с такой силой ударила его свободной рукой под ложечку, что Алекс от неожиданности согнулся пополам, хватая ртом воздух. Однако мгновенно собрался и вцепился в полу ее плаща:

— Так не пойдет! Я еще ничего не спросил. — Но девица продолжала отбиваться, а ударить в ответ беременную он не мог.

И вдруг он перевел взгляд и увидел, что рука, которой пытается отбиваться незнакомка, совсем не женская. Это открытие слегка облегчило процесс общения, и Алекс, не раздумывая больше, ударил «девушку» в челюсть.

Удар оказался сокрушительным, и парень — а это действительно был молодой человек в женском плаще и с привязанным «животом» — рухнул на асфальт, неловко раскидав ноги в узких джинсах и высоких кроссовках. Идущая мимо пожилая супружеская пара в ужасе шарахнулась в сторону, но Алекс уже не обращал ни на кого внимания — он заталкивал потерявшего сознание противника в его же машину.

— Прошу прощения, у меня не было выхода, — проговорил он громко, обращаясь к пожилым супругам. — Этот ряженый украл у меня кошелек, — это было первое, что пришло в голову, и супруги сочувственно закивали:

— Да, такая неприятность... вы отвезете его в полицию?

— Да, несомненно, — кивнул Алекс, садясь за руль.

Он сделал небольшой крюк и подъехал к своему дому с другой стороны, там, где была небольшая калитка, через которую можно было попасть на задний двор.

Заглушив двигатель, Алекс посмотрел на обмякшего на сиденье рядом худого парня в женском плаще, который распахнулся, обнажив приставной живот.

— Что-то я перестарался, — пробормотал Призрак, выходя из машины.

Он вытащил парня и волоком потянул к калитке.

«Лишь бы Ингрид не пошла выбрасывать отходы в бак, — думал он, отпирая ворота гаража. — Не хватало еще объясняться».

Алекс втащил парня в гараж и ловко пристегнул его руки к длинной цепи в дальнем углу. Проделал он эту манипуляцию за считаные секунды — опыт был...

Парень начал приходить в себя, заворочался на холодном полу, забормотал что-то по-испански, и Алекс насторожился. В Испании жил муж Мэри, Костя. Неужели все-таки этот шулер ухитрился выследить, куда именно Алекс увез его жену?

Нет, этого просто не могло быть. Марго говорила, что Костя после их отъезда звонил ей и угрожал, но ни словом не обмолвился о том, что знает о местонахождении Мэри. Наоборот — старался выведать это у Марго. Значит, вариант с Костей отпадал.

Алекс присел на корточки и похлопал парня по щеке.

— Эй, приятель, очнулся? — заговорил он по-испански.

— Д-да, — с запинкой выговорил тот, моргая большими карими глазами. — Где я?

— Как ты понимаешь, там, куда недавно принес письмо. Кстати, я его так и не прочел, что в нем?

— Я не знаю, — облизывая губы, пробормотал парень, — меня просили только передать...

— А маскарад к чему?

— Я решил, что так легче скрыться...

«То есть ты в курсе того, чем я занимаюсь, — договорил про себя Алекс, — и потому решил сменить внешность, да еще так кардинально. Что ж, умно».

— Кто дал тебе этот конверт и кто рассказал, где и как меня искать?

Парень покачал головой:

— Я забрал этот конверт в ячейке на вокзале, мне позвонили и сказали код. Что в письме — я не знаю. Конверт запечатан. Я просто хотел немного заработать.

«Что-то не похож ты на любителя легких заработков. Очень уж профессионально маскировался, дилетанту это бы и в голову не пришло».

— Ладно, придется тебе пока тут посидеть, — вздохнул Алекс, направляясь к двери, — а я прочитаю письмо и решу, что с тобой делать.

Он запер гараж и пошел в дом. Белый конверт по-прежнему лежал на кухонном столе — Ингрид не решилась прикоснуться к нему.

Алекс забрал письмо и сел с ним в гостиной. Казалось бы, чего проще — разорвать конверт и вынуть его содержимое, но он почему-то медлил, словно оттягивал неприятный момент. Но пальцы сами потянулись к ножу для бумаги, ловко вскрыли конверт, и на колени выпал небольшой листок. Алекс взял его и внимательно прочел несколько строк, написанных острым и очень знакомым почерком, и в какой-то момент перестал понимать, что происходит.

В письме не было ни строчки о Марго. Ни единой буквы. Зато упоминалась Мэри. Да что там — упоминалась... Это был вполне четкий и конкретный «заказ» на ликвидацию. И приметы Мэри. А почерк принадлежал Маленькому Боссу — второму человеку в их «конторе», занимавшейся устранением людей за деньги. Все запуталось еще сильнее...

Алекс сунул листок в карман, конверт бросил в камин и задумался. Если с письмом все было более-менее понятно, то вот с исчезновением Марго вообще никакой ясности так и не последовало. И этого парня придется отпустить — это простой курьер, он и в самом деле мог только догадываться, к кому идет, а не знать наверняка. Кроме того, он ничего не мог знать о Марго.

Она медленно приходила в себя, в голове гудело, веки сделались тяжелыми и никак не желали открываться. Марго с усилием открыла глаза и огляделась. Интерьер показался ей смутно знакомым, но боль в голове никак не давала сосредоточиться. Несомненно, она уже бывала здесь раньше — иначе почему ей так знакомы эти рисунки на потолке? И этот огромный шкаф в углу комнаты, и массивная кровать с балдахином?

Дверь открылась, и в комнату вошел мужчина.

— Ну что, очнулась, малышка?

И сразу все встало на свои места — голос принадлежал Лео...

— Ты... как ты... зачем?! — с трудом проговорила Марго, еле ворочая непослушным языком.

— Ты перестала отвечать на звонки, перестала приезжать ко мне — что еще я мог сделать?

Лео сел на кровать и положил руку на колено Марго. Она дернулась:

— Не трогай меня!

— В чем дело? Ты не рада видеть меня? — удивился он, но руку убрал.

Марго подобрала под себя ноги, обхватила руками плечи и враждебно спросила:

— А ты думаешь, что я должна быть рада?

— Извини, если испугал тебя, я не хотел...

— Ты говоришь так, словно на ногу в метро кому-то наступил! Подкрался сзади, какой-то дрянью брызнул в лицо... я ведь могла задохнуться и умереть, не подумал?

— Марго, малышка, успокойся. Я ведь извинился...

— Да пошел ты! — взвизгнула она, представив, что Мэри и Алекс сейчас уже хватились ее — за окном было темно, значит, она отсутствует уже довольно долго, и это не могло не насторожить их. — Ты хоть понимаешь, что сделал?

Лео вдруг злобно сверкнул глазами, и она по-настоящему испугалась — а что, если он сейчас ударит ее? Такой ручищей запросто можно снести голову...

— Боишься, что твой бывший расстроится?

— Это не твое дело.

— Это — мое дело! Я больше не намерен делить тебя с ним! — зарычал Лео, став похожим на огромного рассерженного великана из сказки. — Если хочет — пусть приезжает, устроим честный бой!

«Господи, какой же он примитивный, — вдруг подумала Марго, глядя на любовника с жалостью. — Как я вообще могла что-то с ним иметь? Кошмар... как будто пелена с глаз упала...»

Мэри в бессильной злобе металась по комнате от окна к двери. Она слышала, как Алекс вышел из дома, слышала, как спустя какое-то время на заднем дворе припарковалась машина. Слышала и то, как Ингрид бродит по дому с пылесосом, напевая что-то по-французски.

Мэри осторожно постучала в дверь, привлекая внимание домработницы, и, когда та подошла к двери, попыталась заговорить с ней. Но Ингрид не говорила по-русски, а сама Мэри не могла ни слова сказать ни на каком другом языке, понятном ей. Попытка освободиться из заключения при помощи домработницы потерпела крах.

Опустившись на кровать, Мэри едва не разрыдалась. Она интуитивно чувствовала, что Марго у Лео — ну негде ей больше быть, других знакомых в Цюрихе у нее не было, но как объяснить это Алексу, раз тот совершенно не хочет слушать? И где он сам?

Алекс тоже думал о Лео. Теперь, когда он прочел письмо и убедился, что Большой Босс не имеет отношения к исчезновению Марго, он утвердился в мысли, что Мэри была права. И это означало только одно — нужно ехать к этому Лео. Только вот как это все будет выглядеть? Меньше всего ему хотелось предстать в роли ревнивого мужа, заставшего жену с любовником — в конце концов, Марго свободная женщина и имеет право на что угодно. Но ведь ночь, которую они провели накануне, не могла не дать ей понять, что он настроен серьезно и вполне готов начать все заново.

И Алекс решился.

Адрес Лео он знал, как, впрочем, привык знать все, что касалось Марго.

Сев в машину, он подумал, что еще нужно решить что-то с пленником в гараже, но это сейчас не имело

224

первостепенного значения. Посидит, подумает — может, еще что расскажет. Хотя ничего больше Алекс знать не хотел, все и так было слишком уж очевидно — этот человек просто передал ему «заказ». На Мэри. Но думать об этом сейчас он не хотел. Сперва нужно найти Марго.

Оставив машину на соседней улице, Алекс двинулся к дому Лео. Попасть внутрь труда не составило, и он остановился в просторной прихожей, прикидывая, где именно искать Марго.

В доме было тихо, и Алекс, стараясь не шуметь, двинулся к лестнице, ведущей на второй этаж. Ему вдруг показалось, что он слышит голос Марго — она что-то говорила, почти кричала.

Да, точно — вот за этой дверью, напротив которой он остановился, явно происходило что-то.

Алекс взялся за массивную ручку и осторожно нажал — дверь поддалась. Он сразу же увидел сидящую на кровати Марго с поджатыми ногами, а около нее — Лео. Тот обернулся и с растерянным видом посмотрел на незваного гостя. Воспользовавшись этой растерянностью, Алекс одним прыжком оказался рядом и изо всех сил ударил Лео в челюсть. Необходимо было мгновенно обездвижить его, лишить возможности подняться, потому что по физическим кондициям соперник явно превосходил Алекса.

Эффект неожиданности сработал — Лео не успел отреагировать, пропустив удар, и оказался на полу, и уже здесь Алекс нанес еще один удар по шее, ребром ладони по сонной артерии. Грузное тело Лео обмякло, глаза закатились.

Марго, неподвижно сидевшая на кровати, словно очнулась, вскрикнула и кинулась за спину Алекса, уцепилась за его руку:

— Как ты меня нашел?

— Большая тайна... — бросил он. — Пошли отсюда.

Он вытолкнул Марго из комнаты, и в тот же момент пришедший в себя Лео обрушился на него сзади. Они сцепились и покатились по полу, сшибая по пути кадку с огромным фикусом, зеркало в кованой оправе, собирая ковер...

Лео был сильнее, но полученный перед этим рауш давал себя знать, и его удары не всякий раз достигали цели. Алекс, более верткий и худой, старался уклониться от кулаков разозленного противника и одновременно дотянуться до его горла. Когда же ему это удалось, тонкие пальцы стали сжиматься в кольцо, и Лео захрипел.

Марго зажмурилась в дверях, не в силах сдвинуться с места. Она боялась, что Алекс задушит Лео и ко всем остальным сложностям добавятся еще и проблемы с полицией.

— Отпусти его! — негромко вскрикнула она, когда увидела, что Лео уже не оказывает сопротивления, а изо рта у него появилась кровавая пена.

Алекс услышал ее голос и обернулся — на правом виске кровоточила длинная ссадина, из разбитого носа тоже текла кровь, и вид у него был просто ужасный. Таких бешеных глаз Марго давно не видела...

— Хватит, Алекс, прошу тебя, — взмолилась она, приближаясь и опускаясь рядом на колени, — пойдем отсюда...

Алекс вытер кровь тыльной стороной кисти, убедился, что Лео дышит, но подняться явно не сможет, встал, рывком поднял на ноги Марго и потянул за собой к двери:

— Зачем? Скажи, зачем ты сделала это?

— Ты не смеешь обвинять меня! — задыхаясь от быстрой ходьбы, выдавила Марго.

— Я не обвиняю... — Алекс закрыл входную дверь и, не выпуская руки Марго, устремился на соседнюю улицу к припаркованной машине.

К счастью, на город уже опустилась ночь, и даже редкие случайные прохожие не могли различить следы крови на его лице. Марго с испугом озиралась по сторонам, словно ожидая, что в любой момент Лео может возникнуть откуда-то и Алексу вновь придется отбиваться. Но вот уже показалась машина, и Марго почувствовала, как напряжение спадает. Только забравшись на заднее сиденье, она позволила себе расслабиться и заплакать.

— Что ты ревешь? — почти с неприязнью спросил Алекс, заводя машину. — Жалеешь, что я ему морду разбил?

— Глупости... не говори глупости, как ты можешь... — всхлипнула она. — Ты что же думаешь — я сама к нему пошла? Да он меня прямо с крыльца уволок, отравил какой-то дрянью, я сознание потеряла...

— Хорошо, что он такой здоровый, а то мог и не дотащить, — совсем уже зло бросил Алекс.

— Что?!

— Что слышала! Надоели вы мне обе — убил бы! Постоянно то одно, то другое! Ты что думаешь — у меня других дел нет, как всякий раз вытаскивать из неприятностей то тебя, то твою подружку, а? Не удивлюсь, если сейчас приедем, а она по простыням из окна спустилась, тебя искать побежала! Спасательница! А сама даже дорогу нормально спросить не сможет, опять в двух улицах запутается, ищи ее потом! — Он повел машину с такой скоростью, что у Марго перехватило дыхание.

Правда, узкая улица не дала Алексу возможности долго продолжать свое ралли, и он вынужден был успокоиться и вести машину медленнее.

Марго выдохнула и вдруг тоже подумала о Мэри. Выходило, что Алекс запер ее — раз упомянул про окно и простыни.

«А что — с нее станется... Она вполне способна вытворить такое, я-то знаю».

Марго охватило беспокойство. Перед глазами замелькали картины одна ужаснее другой. Мэри могла сорваться с подоконника, могла действительно заблудиться, страдая топографическим кретинизмом, — даже в Москве Марго иной раз боялась выпустить ее куда-то одну. А уж здесь, в чужой стране, без знания языка, Мэри могла забрести куда угодно.

Машина остановилась у дома, и Алекс, выдернув ключи из замка зажигания, сразу пошел к крыльцу, даже не повернувшись посмотреть, вышла ли Марго. Она тоже поспешила следом.

Не сговариваясь, они поднялись по лестнице на второй этаж, и Алекс полез в карман за ключом:

— Будем надеяться, что эта чокнутая по-прежнему курит на подоконнике, а не валяется в кустах.

— Алекс! — взмолилась Марго и, едва дверь открылась, оттолкнула его и ринулась в комнату.

Мэри лежала на кровати в свитере, джинсах и сапогах и смотрела в потолок.

— Мэри! Ты... здесь... — выдохнула Марго, бросаясь к ней.

Мэри мгновенно села и обхватила подругу за плечи, притянула к себе:

— С тобой все в порядке? Где ты была? Я чуть не рехнулась от ужаса!

— Надеюсь, на ближайшие пару часов у вас есть тема для разговора и вы наконец позволите мне остаться в одиночестве и заняться своими делами, — раздался у них за спиной ехидный голос Алекса, остановившегося в дверях и теперь с усмешкой наблюдавшего за происходившим в комнате.

Мэри вздрогнула и выпрямилась, прищурила глаза и уже готова была выдать какую-нибудь очередную колкость в его адрес, но Марго мягко взяла подругу за руку:

— Не нужно, Мэрик, пусть... — И Мэри промолчала.

«Один-ноль», — констатировал про себя Алекс и ушел к себе.

Но спустя несколько минут в дверь постучали. Это оказалась Мэри с флаконом перекиси и упаковкой ваты в руках.

— У тебя кровь, — спокойно сказала она, входя в комнату.

Алекс чуть посторонился, пропуская ее. Мэри деловито распаковала вату, откупорила флакон и, плеснув из него жидкость, повернулась к Алексу:

— Сядь, будь так любезен. Мне не дотянуться.

Он хмыкнул и послушно опустился на кровать. Прикосновений ватного тампона к брови он почти не почувствовал, наблюдая лишь за выражением лица Мэри. Та была сосредоточенна и серьезна, но в движениях чувствовалась уверенность.

— Что — не впервой?

— Нет, — подтвердила она, убирая тампон и осматривая бровь. — Я же тренером работала, а с детьми чего только не приключается на тренировках. И не такое видела.

— Не припомню, чтобы бальные танцы были сродни боксу, — едко ввернул он, но Мэри не приняла колкость:

— Все, теперь порядок.

Прихватив со стола флакон, она направилась к двери.

— Мэри...

— Не надо, Алекс. Я все понимаю. — И, даже не обернувшись больше, девушка вышла.

Ужинали они поздно ночью, в молчании и при зажженных свечах. Так почему-то вдруг решила Марго, больше всего на свете боявшаяся прикасаться к огромным канделябрам. Но сегодня ей вдруг захотелось запаха горящих свечей, маленьких язычков пламени, подрагивающих от любого движения воздуха, и она собственноручно зажгла их — все двадцать четыре. Мэри только ухмыльнулась, но промолчала, а Алекс, догадавшись о причине, только сжал руку Марго под столом, показывая, что все понял.

Глядя на сидящих за столом женщин, он в который раз поймал себя на мысли о том, что уже не представляет своей жизни без них. Пусть и проблем от их присутствия прибавилось, и головной боли стало в разы больше. Но они нужны были ему — обе. И только белый листок бумаги, надежно запертый в сейфе, никак не давал покоя. Муж Мэри не остановится, пока не убедится в том, что она мертва. И он, Алекс, должен сделать все, чтобы этого не произошло. И он обязательно найдет выход, должен найти — иначе какой он ангел-хранитель?..

ТАНЦЫ
С ВРАГАМИ

Испания, Бильбао

— У меня такое чувство, что кто-то водит нас за нос.

Рука с перстнем на мизинце потянулась к рюмке, наполненной коньяком. Сделав глоток, мужчина уставился тяжелым взглядом на своего собеседника. Тот — довольно высокий, но какой-то вялый, со скучающим лицом, — стоял у большого зашторенного окна и покручивал свою рюмку в руке.

— Костя, мне рекомендовали этого человека как хорошего профессионала, — отозвался он.

— Никому нельзя верить, Артур. Запомни — никому! У меня ощущение, что твой исполнитель меня крепко поимел и Мария жива.

— Ты видел снимки.

— Снимки... да, снимки...

Костя встал из глубокого кресла, подошел к письменному столу и вынул из ящика пачку фотографий. Они с Артуром долго перебирали и пересматривали снимки, на которых была изображена лежащая лицом

235

вниз женщина в темно-синих узких джинсах и белой, выпачканной кровью водолазке. Рыжие волосы на затылке спутались и тоже были в крови.

— Ну, ты не видишь, что ли, — Мария это, — изрек Артур, бросив снимки на стол.

Костя медленно вынул из плотного бумажного конверта кольцо. На квадратно ограненном бриллианте запеклась кровь, а за золотые лапки, державшие камень, запуталась длинная прядь рыжих волос. Костя отцепил ее и намотал на палец, поднес к лицу и втянул ноздрями запах.

Артур наблюдал за братом едва ли не с ужасом — никогда прежде он не видел его в таком странном состоянии. Вот что смогла натворить эта чертова русская стерва, на которой Костя женился вопреки воле матери.

— Арик, я могу тебе кровью поклясться — что-то в этом деле нечисто, — изрек брат, задумчиво перебирая пальцами рыжую прядь. — У меня покоя нет в душе, понимаешь? И сейчас я думаю, что, может, и лучше, если она осталась жива. Я ее найду и верну. Пара месяцев — и станет такой, как я захочу. Воспитаю так, как мне нужно.

— Костя, это плохая идея. Во-первых, Машка твоя мертва — тут с гарантией, во-вторых... оглянись вокруг, брат, — мир кишит красивыми женщинами. Кому, как не тебе, просто щелкнуть пальцами и получить сразу все, без надрыва этого, без мучений, без нервов?

Костя оторвался от созерцания волос жены и перевел на Артура тяжелый взгляд:

— Это ты способен жить со своей курицей в пятикомнатном курятнике. А я не хочу. Мне нужна особенная женщина — та, у которой есть характер. И я этот характер под себя переломаю.

Он поднялся и вышел из кабинета, а Артур пробормотал по-армянски ругательство, призванное объяснить брату, как он неправ и как зря снова пытается втащить в их жизнь Марию. И даже хорошо, что она наконец мертва, хоть Костя в это и не верит.

Москва
Мэри

Я не знаю, зачем я сделала это, зачем осталась здесь, а не полетела домой сразу. Честное слово, знала бы — как-то удержала бы свои порывы. Но нет! Меня несет — московский воздух и ощущение полной свободы от всех пьянят и наполняют организм адреналином.

Нет Кости, нет ставшего уже привычным соглядатая Гоши, фиксирующего каждый мой взгляд, вздох, шаг, наконец, нет Алекса с его вечной издевательской полуулыбкой и едкими замечаниями, плавно переходящими в угрозы, даже Марго нет. Я одна, я в Москве — меня никто и ничто не держит и не сковывает. И этот парень, Сергей, подсевший ко мне на трибуне во время турнира.

Я сперва недовольно скосила глаза, но потом совершенно забыла о соседе, погрузившись в любимый и единственный существующий для меня из всех мир —

мир бального танца. Я следила за скользившими по паркету парами, сравнивала их мысленно с собой трех-пятилетней давности и с грустью понимала, что даже сейчас, после такого перерыва, вполне могла быть на уровне. Уж конкуренцию-то кое-кому точно бы составила.

Мы с Иваном, моим бессменным партнером с семилетнего возраста, имели приличный уровень даже на европейской танцевальной арене, так что и здесь, на первенстве страны, вполне могли войти уж в десятку — точно, а то и выше. Но жизнь распорядилась иначе...

Хотя — что кивать на жизнь, когда это я, я сама все разрушила. К чему мне был этот брак с ослепительным проходимцем-картежником Костей Кавалерьянцем? От отчаяния, от обиды на то, что меня бросил любимый человек? Воистину, как любила пошутить моя классная руководительница, не обладавшая памятью на народную мудрость, «назло кондуктору куплю билет и не поеду». Правда, я и билет не купила, и поехала — а толку?

«Кондуктор», он же врач-травматолог Максим Нестеров, первое время даже не замечал произошедших в моей жизни изменений, а мне так хотелось, чтобы он страдал. Дурацкая женская привычка мстить таким образом, чтобы потом себе, любимой, было больно и отвратительно.

Не хочу быть несправедливой — мой муж в самом начале семейной жизни был нежен, заботлив, внимателен, исполнял все мои прихоти и какие-то мелкие просьбы, потому что на крупные я была просто не способна — такой уж характер, мне никогда не нужно было лишнего. Но потом я вдруг открыла глаза и поняла — куда ж я, дура неумная, влезла? Буквально — «девушка, за кем вы замужем?».

Нет, я знала, за кого выхожу, знала о темных Костиных делишках, о картежной игре, о шулерстве и даже о том, что мой супруг далеко не последний человек в криминальной иерархии нашего города, но мне почему-то казалось, что меня это никак не коснется. Коснулось. Коснулось в тот момент, когда я не ждала и даже помыслить себе не могла. И только страх за собственную жизнь заставил меня согласиться и уехать с Костей в Испанию — потому что лучше бесцельно слоняться по огромному пустому особняку жарким летним днем, чем гнить в холодной могиле на сибирском кладбище. А убитый на моих глазах Костин охранник оказался самым лучшим для принятия решения аргументом. Потому что в следующий раз на месте Овика могла быть я — запросто. Костя очень борзо взялся и перешел дорогу крупному чиновнику, а это уже не с командировочным в гостинице на его премию играть.

Так и вышло. И танцы мои кончились в один день — Костя прямо с паркета меня утащил, опозорил на весь город, сломал карьеру. И никакие слезы, мольбы и уговоры на него не подействовали.

— Моя жена не будет крутиться полуголой в руках постороннего мужика! — сказал, как отрезал, попутно разодрав в лоскуты эксклюзивное платье для латины, расшитое кристаллами Сваровски.

Вот так — из успешной танцовщицы с международным классом я превратилась в заложницу армянского карточного шулера, в украшение дома, в птицу в клетке, которую кормят отборным зерном, но при этом моментально накидывают на клетку покрывало, едва в комнату входит посторонний. Даже к единственной подруге мне невозможно было поехать, остался только интернет, в котором особенно не пообщаешься и не пооткровенничаешь — я опасалась, что Костины охранники могут вскрыть почтовый ящик или аську.

И все же я сумела вырваться, сумела сбежать, предварительно успев сделать мужу прощальный подарок — книгу о его похождениях, в которой подробно и в черных оттенках расписала все, что смогла узнать о нем и его подельниках. А что еще оставалось, когда муж в московском кафе застрелил человека, попытавшегося протянуть мне руку, попытавшегося помочь и избавить от ставшего опасным Кости? Что еще я могла сделать — одна, в чужой стране, без денег и паспорта? Только это — отомстить словом. Отомстила. Но кому в итоге? Только себе, потому что теперь вынуждена скрываться и принимать помощь Алекса, бывшего мужа моей Марго, зависимость от которого казалась мне еще более опасной.

Вот так одна ошибка в жизни тянет за собой целую цепь неприятностей, а ты сидишь, брякаешь звеньями и напряженно мечтаешь о том, что рано или поздно какое-то из них перетрется, и тогда ты окажешься свободна — хотя бы на короткий срок.

Я перемалывала все это в голове даже сейчас, во время турнира, следя с завистью за танцующими парами. Есть мысли, которые не покидают нас даже в минуты счастья...

— Девушка, — вдруг раздался справа тихий голос, и я вздрогнула, — простите, что отвлекаю, но мне кажется, что вы разбираетесь в этом...

— В чем? — недовольно спросила я, чувствуя себя вырванной из любимого мирка.

— В танцах.

— Если вы не разбираетесь, то зачем пришли? — Ответ прозвучал не совсем вежливо, да что там — откровенно по-хамски, и мне стало неловко. — Извините, я просто...

— Ничего, — улыбнулся мой сосед, — я понимаю — вы так увлеченно следите за происходящим, а тут я... это вы меня извините.

Чувство неловкости усилилось — собственно, ничего крамольного человек не сделал, он же не мог знать, о чем я сейчас думаю.

— Не страшно. Если хотите, я могу ответить на вопросы.

— Было бы кстати, — оживился он, — я, знаете ли, журналист, мне статью заказали о турнире, а я совершенный профан в танцах.

— Зачем же согласились? — улыбнулась я, исподтишка рассматривая собеседника.

Внешность его моим вкусам вполне соответствовала, я даже удивилась, что все еще способна думать с интересом о представителях противоположного пола — мне почему-то казалось, что муж начисто отбил у меня всякую охоту к знакомствам и разговорам.

Явно высокий, с развитой мускулатурой — тонкий серый свитер с полосками натянулся на широкой груди и обтянул довольно приличные бицепсы. Светлые волосы коротко стрижены, а глаза — зеленые. Я давно не встречала мужчин с таким пронзительным цветом глаз. И смотрел он заинтересованно, но не с тем оценивающим выражением, с которым обычно мужчины рассматривают женщин, если хотят предложить выпить кофе, например.

— Меня Сергеем зовут.

— Мэри.

— Мэри? — удивился он.

— Да, а что тут странного?

Собственно, это для меня ничего странного не было в этом имени — я уже давно перестала откликаться на Марию, свыкнувшись с тем, как меня называл Алекс.

— Ничего, — пожал плечами Сергей, — просто не приходилось сталкиваться. Считал, что оно нерусское.

— Нерусское и есть, — улыбнулась я. — И фамилия у меня тоже нерусская. Кавалерьянц.

— А на армянку вы не похожи.

— Ну, что делать, — неопределенно отозвалась я, не желая углубляться в пересказ автобиографии.

— Да, бывает. А я вот чистокровный русак, если так можно сказать. Новиковы мы, — комично пригорюнился мой собеседник, и я невольно фыркнула:

— А горюете так, словно хотите быть Новикяном.

Теперь прыснул в кулак Сергей:

— А что? По-моему, прекрасный вышел бы псевдоним — Серго Новикян.

Мы рассмеялись, и только сейчас я заметила, что на паркете давно никого нет — объявили перерыв в отделениях.

— Мы увлеклись знакомством и прозевали квикстеп, — сообщила я, — но если вы не уходите, то есть шанс наверстать в финалах.

— Совершенно никуда не тороплюсь — мне же нужно выполнить работу, а я так пока ничего и не узнал. *Может, пока в буфете время скоротаем? Вы курите?* — спросил Сергей, вставая.

— Курю.

— Тогда — идем?

Он протянул руку, помогая мне пробраться по узкому проходу между кресел и сойти с трибуны. Даже на огромных каблуках я оказалась ему по плечо и почему-то вдруг почувствовала, что хотела бы опираться на эту руку хотя бы какое-то время — настолько она показалась мне надежной. *Может, это от моего постоянного одиночества?*

Алекс

Он сидел на самом верху, там, где потемнее, и напряженно вглядывался в противоположную трибуну, на которой сидела Мэри. Даже издалека ее огненно-рыжая

243

голова привлекала внимание — ну как эта дурочка не поймет, что с такими волосами она — самая заметная в любой толпе?

Просто удивительно, как эти гориллы, что прилетели из Испании, до сих пор ее нигде не выловили. Хорошо, что Москва большая...

Сам он нашел ее легко — постоянство привычек погубило не одного человека, и это всегда нужно учитывать, находясь в бегах, как Мэри. Она останавливалась в этой гостинице каждый свой приезд в Москву, еще будучи танцовщицей, — эту информацию Алекс с легкостью добыл у Марго, та, кажется, даже не заметила.

Узнать, есть ли такая постоялица, тоже не составило труда, и он снял номер по соседству, чтобы иметь возможность слышать все, что происходит у Мэри за стенкой. Гостиница была не из дорогих, и привыкший к комфорту Призрак не испытывал положительных эмоций, но выбора сейчас не было — за Мэри необходимо присматривать, чтобы не натворила глупостей, а уж на это она большая мастерица.

Сегодня ее понесло в Крылатское — не нашла места для прогулок ближе! Погода совершенно не располагала к таким поездкам, да и расстояние оказалось весьма приличное, пришлось трястись в метро, а потом еще и ловить частника, попросив его следовать за машиной, которую несколькими минутами раньше остановила Мэри. Мелкий не то снег, не то дождь бился в стекло, беспрестанно ерзали «дворники», вызывая головную боль мельканием, Алекс злился и отчаянно хотел курить.

Когда Мэри выпорхнула из машины и понеслась под моросящей с неба мерзостью к Дворцу спорта, он сфокусировал взгляд на большой афише, украшавшей фасад, и все понял. Первенство России по бальным танцам, ну еще бы! Ностальгия замучила...

Спрятавшись под козырек крыши, Алекс закурил и почувствовал, как ему становится чуть лучше. Теперь осталось не потерять Мэри в огромном здании — и все. Он еще не знал, как поступит, обозначит ли свое присутствие, покажется ли на глаза или так и будет ходить за ней тенью, нагоняя почти мистический ужас звонками и эсэмэсками.

Последнее, конечно, лично ему нравилось больше — слушать и наблюдать, как бесится от бессилия Мэри, было не то чтобы приятно, но приносило все же некое удовольствие. Он успел неплохо понять ее натуру — взбалмошную, вздорную и себялюбивую. Мэри не выносила контроля, давления или приказного тона в голосе, но при этом в какие-то моменты умела быть мягкой и какой-то по-детски трогательной. Хотя тщательно скрывала это умение от всех, а от него — особенно.

Алекс прекрасно знал, что нравится ей, и никак не мог понять, что же останавливает Мэри от последнего шага — ведь он столько раз предлагал ей это и намеками, и открытым текстом.

Он бы давно прекратил весь этот «цирк с конями», как про себя называл происходящее между ним и Мэри, но останавливала Марго. Именно из-за нее он и ввязался в эту авантюру с рыжей танцовщицей и ее шулером-мужем. Если бы Марго не попросила помощи, то никакой Мэри в его жизни бы не было. Да — была бы фотография на экране монитора, были бы глаза и какой-то завораживающий взгляд, но и все.

Мэри не была красавицей — в ней просто присутствовало нечто такое, что делало ее притягательной настолько, что оторваться потом было сложно. Алекс любил других женщин и недостатка в них не испытывал, но Мэри чем-то зацепила, вызвала азарт — неужели он не сможет заставить ее делать то, что хочет он? До сих пор ему всегда удавались такие вещи, а вот с ней что-то пошло не так. И, злясь, он все-таки не мог оставить своих попыток, не мог бросить ее один на один с Костей и его гориллами.

Когда Мэри решила уехать из Цюриха, чтобы «не мешать» их вновь вспыхнувшему роману с Марго, Алекс разозлился — эту идиотку ищут по всей Европе, а уж в России-то, где у нее, кроме сильно пьющего отца в далекой Сибири, нет вообще никого, найти ее труда не составит. Но спорить не стал — просто помог купить билет да вручил кредитную карту, на которую перевел деньги, заплаченные ему Костей Кавалерьянцем за убийство жены. Марго помогала инсценировать смерть подруги, хотя — Алекс это видел — искренне считала, что рано или поздно он все-таки выполнит заказ по-настоящему, без резиновой куклы в парике и одежде Мэри. Он не стал переубеждать ни одну, ни другую — вздорные девки иной раз надоедали ему хуже гриппа. Но кто бы знал, что Мэри не сразу поедет домой, а останется в Москве!

И — что еще хуже — в это же время в Москву зачем-то явятся двое подручных Кости.

Эту новость Алекс получил от своего информатора и забеспокоился — он должен сделать так, чтобы с Мэри ничего не случилось хотя бы пока. Ничего не объяснив Марго, он улетел в Россию и теперь вот сидел во Дворце спорта, наблюдая за тем, как на противоположной трибуне к Мэри клеится какой-то хлыщ в сером свитере.

«Ну, и в таких обстоятельствах она не может удержаться и не поводить за нос парня! — с какой-то непонятной досадой подумал Алекс, глядя, как Мэри с собеседником спускаются с трибуны и уходят из зала. — В буфет, наверное, пошли — перерыв скоротать. Кто же это такой, интересно? Надо позвонить Джефу, пусть подъедет — мне же не разорваться на двоих-то».

С Джефом они были напарниками, долгое время работали вместе, страховали друг друга, а теперь Джеф помогал ему иногда, выполняя какие-то поручения здесь, в России, где временно задержался. Это обстоятельство делало Джефа незаменимым в некоторых ситуациях — как сегодня, например.

Поручив ему слежку за парнем, заговорившим с Мэри, Алекс надеялся к утру иметь полную картину — кто, откуда, что надо.

Мэри

Я давно не говорила о танцах с кем-то, кроме Марго, и это оказалось так увлекательно и легко, что мы едва не прозевали начало финальных соревнований. Сергей то и дело черкал ручкой в небольшом блокноте, задавал вопросы и внимательно выслушивал мои ответы. Я же вошла в раж — говорила без умолку, как будто до этого несколько месяцев страдала отсутствием голоса, а теперь стремилась наверстать.

Уже сидя снова на трибуне, я вдруг почувствовала легкий холодок, пробежавший по спине вдоль позвоночника, — такое чувство частенько сопровождало у меня ощущение внезапно появившейся опасности. Но что могло случиться со мной здесь, во Дворце спорта, где полно народа и охраны? А противное ощущение не оставляло, и даже ладони вдруг стали влажными. Черт, что же это со мной такое?

Я обвела взглядом трибуны, но, разумеется, в такой толпе, даже если что-то и есть подозрительное, я вряд ли это разгляжу. Но ощущение чужого взгляда, напряженно следующего за мной, не проходило. Это паранойя, не иначе.

— Ты кого-то ищешь? — моментально отреагировал на мои ерзания по сиденью Сергей, и я встрепенулась:

— Н-нет... просто... показалось, что увидела знакомую.

Он, кажется, удовлетворился этим ответом и продолжил шепотом задавать вопросы, а я так и не могла отделаться от ощущения, что меня кто-то разглядывает, как муху в микроскоп.

— А ты сама давно не танцуешь? — Мы успели между сигаретами и кофе перейти на «ты», и это сильно облегчило общение и мне, и ему.

— Давно. Если считать по турнирным меркам, так вообще вечность.

— Жалеешь? — В его голосе мне вдруг послышалось сочувствие.

— Сейчас уже почти нет.

Ну, вранье всегда было моей сильной стороной. Да и к чему этому журналисту знать все обо мне, а уж тем более — о моих душевных страданиях? Разве я могу рассказать ему о том, какую душевную боль испытываю, глядя на паркет, на котором сейчас разворачивается настоящее — в хорошем смысле — «рубилово»? Разве могу объяснить, что чувствую, наблюдая со стороны, а не принимая участие? Ведь не так давно я сама находилась среди этих пар — ну, пусть не конкретно этих, они в то время еще танцевали в «детях» и «юниорах» — и вместе с партнером Иваном боролась только за высокие места, только вот за эти три тумбочки с номерами.

Мы всегда серьезно относились к турнирам, даже самым обычным, межклубным, и никогда не позволяли себе работать вполноги — только выкладываясь на все сто, так, что пот хлестал градом, а дыхание потом долго не выравнивалось. И вон та худая невысокая девушка в черно-золотом платье, с короткой летящей стрижкой, очень напоминает мне меня саму — в последнее время я тоже коротко стригла волосы, делая очень четкое, графичное каре, только волосы у меня были рыжими, а не черными, как у нее.

Я любила лаконичные платья без всяких излишних украшений, перьев, бахромы и изобильной россыпи камней — «слишком много красоты» называла такие вещи Марго, помогавшая мне в последние несколько лет с пошивом костюмов и их моделированием. Никогда она не позволила бы мне выйти на паркет в чем-то, не подходящем мне по стилю. Не будучи специалистом в бальных танцах, умница Марго очень быстро ухватила суть и научилась выстраивать мой паркетный образ в соответствии с той концепцией танца, что мы разрабатывали с Иваном и тренерами. Для этого я отправляла ей записи с тренировок и семинаров, и Марго, потратив несколько вечеров на тщательное изучение программы, безошибочно подбирала даже в мое отсутствие материалы, камни, отделку и рисовала фасон. Мне же оставалось только прилететь и съездить в ателье, чтобы снять мерки и сделать заказ. Ни разу Марго не просчиталась, и это сделало меня за короткий срок едва ли не самой стильной танцовщицей в регионе, и даже на крупных российских и международных турнирах наша с Иваном пара всегда привлекала внимание.

Мы придерживались романтического стиля, мягких линий, изящной пластики в движениях и старались избегать излишних акробатических элементов. Наша румба всегда была единственной, ломавшей общепринятый стереотип — мол, танец любви и страсти. Мы же всегда танцевали разрыв, разлуку, конец отношений, и в хореографии номера не было места прыжкам и резким движениям. Точно так же, как джайв я всегда «отдавала» партнеру, потому что для меня это истинно мужской танец, и Ванька, никак не умевший взять надо мной верх, именно в джайве раскрывался и зажигал так, что паркет под его ногами ходил ходуном. Таких высоких прыжков и таких идеальных пируэтов не делал, пожалуй, в нашем-то городе никто.

Мне было жаль, что после моего ухода Ванька так и не нашел себе партнершу. Он пробовался с какой-то девочкой, но та, видимо, не отвечала его запросам, и партнерства не случилось. В душе я ненавидела мужа за то, что он сломал карьеру не только мне, но и Ивану — парный вид спорта не прощает измен.

Я так погрузилась в свои воспоминания, что даже не заметила, как Сергей вдруг начал что-то быстро черкать в блокноте, переводя взгляд с одной пары на другую и временами, украдкой, — на меня. Смотреть стало вдруг скучно — я для себя уже расставила весь финал по местам, но прекрасно знала, что мое мнение вряд ли точно совпадет с судейским — так всегда бывает.

У Сергея зазвонил мобильный, он ответил, и мне вдруг почудилось на секунду, что из динамика льется армянская речь.

«Паранойя», — передернула я плечами, когда Сергей ответил по-русски и, извинившись, спустился в подтрибунное помещение, чтобы без помех продолжить разговор.

Алекс

Он напряженно наблюдал за спутником Мэри — чем-то этот парень ему не нравился. Когда тот, вынув мобильник, спустился с трибуны, Алекс быстро покинул свой наблюдательный пункт, почти бегом обогнул довольно большую арену и сумел оказаться очень близко к говорившему по телефону парню.

Это было несложно — как раз рядом располагался столик фотографов, где можно было на нескольких ноутбуках отсмотреть сделанные за день снимки, и Алекс, пробравшись к самому крайнему, сделал вид, что ищет в файлах нужную пару.

— ...я познакомился тут с профессиональной танцовщицей, она много интересного рассказала. Да, материал будет готов в срок, вы же знаете. Конечно, не подведу. Да, я спрошу. Если согласится — будет интересное интервью.

«Не согласится, — про себя вздохнул Алекс, поняв, что ошибся насчет парня и зря дернул Джефа, — ни за что не согласится — ей не с руки огласка. Так что забудь, дружище».

Он почувствовал некое облегчение — ну хоть с этим парнем не придется разбираться, обычный журналист, нашел человека, способного помочь выдать хороший материал, и, кстати, тут Мэри — подарок, все-таки профессиональная танцовщица, международный класс. Пусть радуется.

Вдруг взгляд его зацепился за что-то странное и совершенно нелогичное для этого места.

Алекс повернулся и понял, что не зря внутри шевелилось неприятное предчувствие — за пластиковыми столиками кафе сидели те самые громилы, что прилетели из Испании буквально через сутки после приезда

Мэри. Он успел хорошо рассмотреть их фотографии, добытые Джефом, потому узнать оригиналы особого труда не составило.

«Ну, дело плохо. Если они приехали в Крылатское, то вряд ли сделали это по наитию, — подумал он, стараясь быстро придумать способ вывести Мэри из-под наблюдения. — Хотя... сидят ведь здесь, а не в зале, рыскают глазами по сторонам, непохоже, что точно уверены, что нашли. Скорее всего, знают, что она танцовщица, вот и подумали, что такое мероприятие не пропустит. Черт тебя подери, Мэри, зачем ты сюда приехала? Почему не полетела домой?»

Мэри

Ну, это в моем репертуаре... Сначала согласиться, а потом устроить истерику. Сергей — молодец просто, если так пойдет дальше, то его шансы значительно повысятся, ибо мало кто способен выдержать мои издевательства. Пригласила выпить кофе, позволила подняться в номер — и в последний момент поняла — не могу. Нет, не могу, ни за что не могу. Желая как-то оправдать отказ, закатила истерику с демонстративными эсэмэсками Алексу — тоже, конечно, совершенно зря. Так глупо... И бедолага Сергей, сидящий в кресле с удрученным лицом...

— Мэри, это все не смешно.

— Я не пыталась тебя рассмешить.

— Вот я и говорю — не смешно. Ты думаешь, я тебя не вижу, не понимаю? Думаешь, я не видел, с каким

253

отчаянным лицом ты писала эти эсэмэски? Ждала, что тебя остановят? Если хотела, чтобы остановили, так зачем продолжала? У тебя, как у самоубийцы-демонстратора, — вроде бы вены режешь, но дверь ванны оставляешь открытой, чтобы успели войти и спасти — да?

«Ох, проницательный ты мой... Везет же на мужчин с развитой интуицией».

Свирепею отчего-то:

— А ну-ка, собирайся и вали отсюда! Вали так далеко, чтобы я при всем желании тебя не нашла!

— Что сделаешь, если не уйду? — Сергей смотрит насмешливо, и это злит еще сильнее.

— Что-нибудь сделаю, даже не сомневайся! — хватаю сигарету, за три затяжки высаживаю до фильтра.

Он смотрит, чуть улыбаясь:

— Ох, Мэри ты моя, Мэри...

— Я не твоя Мэри! И не смей говорить этого.

— Хорошо. Говорить не буду.

— И думать тоже не смей.

— Ну, этого ты мне запретить не сможешь.

— Мне повторить? Отваливай.

— Мэри, прекрати. Я могу уйти, это не проблема, ты ведь понимаешь. Но ты о себе подумай. Через час ты начнешь звонить мне.

Насмешил... Я своим любовникам никогда не звонила — а уж тебе-то... На это у меня характера хватит. Черт с тобой, оставайся.

Ухожу в спальню и там замыкаюсь.

Как апофеоз идиотизма, в семь утра звонит Алекс. Я, покидая Цюрих, обещала ему отвечать на звонки — к чему нервировать и без того вечно взвинченного в моем присутствии Призрака? Ну, я не то чтобы боюсь — но зачем обострять? Тем более что несколько отчаянного содержания эсэмэсок я ему отправила перед этим...

— Ну, что у тебя там опять? — Голос усталый, типа «звоню тут, время теряю».

— Тебе-то что надо? Ты знаешь, сколько у нас времени? Я, если ты забыл, в Москве.

— Знаю. Ничего, отоспишься. Что происходит?

— Ты о чем?

— О тебе.

— А я в порядке.

— Да? Не смешно, Мэ-ри.

— А я не клоун, чтобы тебе смешно было. — Что ж вам всем от меня юмора-то хочется? Я абсолютно лишена дара шутить.

— В общем, так, девочка. Уж поскольку мы с тобой не чужие люди, я тебе скажу. Никаких отношений с этим парнем у тебя не будет. И не потому, что я не дам, а потому, что ты не сможешь.

«Ты смотри — вошел во вкус! Не даст он! А кто тебя спросит, интересно? Я — не Марго, мне твои указки не нужны, а уж разрешения — тем более».

— Если захочу — смогу.

Щелчок зажигалки, слышно, как он выпускает дым и долго молчит. Так многозначительно молчит, что мне хочется взвыть.

— Не сможешь, Мэ-ри, не обманывай себя. Уже с вечера не смогла, хотя и пригласила в номер. Ты просто поломаешь парня и все. Ты мужа своего поломала — может, хватит уже? Так он-то мужик. А вынужден теперь носиться по миру и искать тебя. И вовсе не для того, чтобы как-то отомстить, нет — он просто хочет тебя вернуть. Ну, и немного прогнуть под себя, конечно.

Краска бросилась в лицо — ну почему, зачем он вечно злит меня? Зачем ему мои негативные эмоции? Для подпитки?! Вампир он, что ли, в самом деле?! А самое ужасное, что все, о чем он говорит, я сама прекрасно знаю и примерно так же и думаю. И вот это раздражает сильнее всего.

— Я сказала — если сама захочу, то так прогнусь — ахнешь. И, в принципе, даже с Костей могу.

— Мэ-ри, Мэ-ри, не смеши ты меня — прогнется она! Ты по сути своей не гибкая, иначе множества проблем бы избежала. Серьезно говорю — не пробуй даже.

— Это еще почему? — Вот сейчас, в эту самую минуту, мне больше всего на свете захотелось доказать ему обратное — пусть даже с Костей, во вред себе, но доказать, только чтобы не слышать этого менторского тона с издевательскими нотками.

— А потому — не желаю потом собирать тебя по кускам. Не желаю выслушивать твои жалобы, вытирать тебе слезы и пресекать попытки членовредительства.

— Ох, какой ты умный. А вот стесняюсь спросить — ты с чего взял-то это, а? Вот это — про то, что я хочу с ним каких-то отношений? Какое тебе дело вообще, а?!

В трубке — издевательский смех, потом кашель — ну да, чтоб ты захлебнулся своим хохотом, чертов Призрак! Но нет — выжил, заговорил совершенно спокойно и ровно, как будто пару секунд назад ничего не произошло:

— Ну, Мэ-ри, ты меня удивляешь. Твой кавалер спросил совета — что мне оставалось? Всю ночь думал, чем парню помочь.

Господи, ну вот же урод... Совета он захотел! Телефон мой проверил, а там единственное мужское имя в книжке — Алекс, и куча эсэмэсок — ему же. И из них явно следует, что это не просто какой-то приятель, а человек, способный хоть как-то на меня влиять. Не постеснялся, значит, позвонил — проконсультироваться.

Бросаю трубку, иду во вторую комнату люкса — Сергея нет. Спасся.

Ложусь в зашторенной спальне в надежде уснуть и хотя бы до обеда подремать. Но спать совершенно не могу, не берут таблетки, а со спиртным я теперь боюсь экспериментировать — ооочень расширяет сознание.

Сегодня мой кошмар неожиданно разнообразился мужской рукой, обхватившей меня за шею, и мужским же голосом, сообщившим, что все равно будет так, как он скажет.

Очнулась от реального удушья, кашляла так, что чуть не выплюнула легкие. Жалела, что не смогла сказать то, что обычно говорю в таких случаях, но это неважно, наверное, — ибо не будет так, как не хочу я. Так никогда не бывает.

Это странно, но избавляться от этих кошмаров я не хочу и, более того, боюсь почему-то. Такое ощущение, что тогда из жизни уйдет что-то значимое.

Задремала снова в надежде увидеть что-то более приятное, даже загадала — если приснится именно такое, все будет хорошо.

Снился Цюрих. Реальный эпизод из жизни, еще до того, как Алекс привез Марго. Мы тогда с ним очень повздорили, даже не помню, по какому поводу, но я взбрыкнула и убежала из дома.

У меня с самого детства географический кретинизм — кроме шуток, я могу передвигаться только по хорошо известному маршруту, и малейшее отклонение от него ведет к панике. Я была в состоянии заблудиться даже в родном городе, где прожила с рождения почти всю жизнь. А тут — незнакомое место, я не знаю языка — ни немецкого, ни французского, а на моем английском если и объяснишься, то исключительно самую малость. Да еще есть в арсенале несколько испанских общеупотребительных фраз, среди которых не числятся нужные в ситуации, когда ты заблудилась.

В общем, побег из дома — было самое умное, что я могла совершить. Как следствие — заблудилась. Бродила по узким улочкам, пытаясь понять, где нахожусь, и никак не могла. На улице темнело, в кармане оказалась только мелочь, годная для поездки в метро, но оно пугало меня еще сильнее. Я и в московском-то ухитрялась оказаться совершенно на другой линии вместо нужной, а уж здесь...

В общем, надвигалась ночь, а я даже не могла толком вспомнить название улицы, на которой находился дом Алекса. Плюс ко всему, я вдруг услышала за спиной шаги — размеренные, спокойные шаги, и от этого меня охватил настоящий ужас.

В голове сразу всплыли угрозы Кости о том, что он меня найдет, где бы я ни была, а с моим мужем шутки на эту тему были весьма опасны. Черт меня дернул уйти из дома!

Шаги не стихали и не становились громче, было впечатление, что человек просто следует за мной, не сокращая расстояния. Обернуться я не могла — страх сковал и заставлял тупо продвигаться вперед, как будто там что-то могло меня уберечь от неприятностей.

Я запнулась о выбоину в брусчатке тротуара, едва устояла на ногах, а мой преследователь не успел отреагировать и сделал несколько лишних шагов, и тут я уловила знакомый аромат туалетной воды.

Выпрямившись, я, не оборачиваясь, проговорила по-русски:

— Что будешь делать, когда догонишь, Алекс?

— Возьму за руку и отведу домой. Ты уже пару часов кружишь по соседней с нашей улице, — усмехнулся

Призрак у меня за спиной, и мне даже показалось, что я знаю, какое у него при этом выражение лица.

Стало вдруг невыносимо стыдно — ну к чему эти нелепые демонстрации, эти детские выходки? Что я пытаюсь доказать и кому? Он и так все обо мне знает...

— Так и будем стоять? — поинтересовался Алекс, потому что я не оборачивалась и не двигалась, стояла как соляной столб посреди тротуара, метрах в пяти от большого мутного фонаря, свет от которого пятном лежал на неровных камнях брусчатки. — Я прекрасно знаю, что слово «извини» тебе незнакомо вообще, потому не настаиваю, чтобы ты пыталась вспомнить его значение. Давай просто пойдем домой.

Он крепко взял меня за руку, развернул и повел за собой. Я покорно брела следом и понимала, что сейчас, вот в этот самый момент, мне хорошо, как никогда. Меня ведут, мной управляют, за меня *отвечают* — что еще нужно?

...Проснулась с улыбкой и почему-то мокрыми от слез глазами. Настроение было минорным, но таким... приятно минорным, как ощущение от свежего кофе с теплой выпечкой в уютном кафе.

«Все будет хорошо, — подумала я, спуская ноги на пол и поднимаясь с постели. — Все непременно будет хорошо».

В пабе на первом этаже отеля было малолюдно. Иностранцы предпочитали «русский» ресторан, а здешние цены, мягко говоря, изумляли своей неоправданной высотой. Но мне хотелось одиночества, чашки кофе и бутерброда с какой-нибудь рыбой, поэтому я, не особенно задумываясь, зашла именно сюда, а не села в небольшом открытом кафе прямо в холле.

Официант материализовался, как джинн из бутылки, принял заказ и ушел, а я закурила и принялась думать, чем заняться дальше. Можно было, в принципе, прогуляться по ВДНХ, но судя по тому, что открылось мне на улице за окном, погодка стояла не прогулочная — дул ветер, шел мелкий мокрый снег, мгновенно превращавшийся в мерзкую серую кашу.

Перспектива проваляться весь день в номере тоже как-то не прельщала. И я не придумала ничего лучше, как позвонить Володе — главному тренеру клуба «Фокстрот», на чьи сборы мы с Иваном ездили много лет.

Он обрадовался, услышав меня, и попенял, что мы потерялись.

— Я больше не танцую, ты ведь знаешь, — со вздохом сообщила я, понимая, что для него это вряд ли новость — известие о нашем с Иваном расставании облетело в свое время всю танцевальную тусовку.

— Знаю. Но ведь существуют и просто дружеские отношения, Мария. Приехать не хочешь? У меня пары одна за одной, помогла бы чуть-чуть. И тебе развлечение, и ребятам в радость с чемпионкой поработать.

Предложение меня заинтересовало, но для этого придется сперва совершить забег в танцевальный магазин за туфлями — не могу же я работать босиком.

Принятое решение взбодрило меня, а чашка кофе и бутерброд, принесенные в этот момент официантом, довершили начатое. С аппетитом позавтракав, я вынула деньги и уже начала закладывать их в папку со счетом, когда взгляд мой уперся в нечто знакомое и почему-то опасное. За самым дальним столом сидел мужчина, смутно напоминавший мне кого-то.

Не очень хорошее зрение не давало возможности четко разглядеть лицо, но одно я могла сказать с уверенностью — мужчина был армянской национальности, уж что-что, а это я чуяла за версту.

И вот это меня испугало. Я не могла объяснить, почему, но руки вдруг задрожали, а неприятный холодок побежал от макушки до пяток.

Из паба я рванула со скоростью почтового экспресса, кое-как дождалась лифт и бегом направилась по коридору в номер. Наскоро натянув сапоги и шубу, повесила на плечо сумку и стала продумывать, как мне исчезнуть из гостиницы незаметно. К счастью, лифт спускался до парковки на подземном этаже, и вот через эту-то парковку я и покинула помещение.

Такси поймала быстро, назвала адрес танцевального магазина и погрузилась в свои мысли, уютно устроившись на заднем сиденье. Водитель оказался невменяемым мужиком, всю дорогу пытавшимся рассказать мне о транспортных проблемах столицы. Это я знала и без него — с Марго мы часто пользовались то такси, то ее машиной и в пробках настоялись вдоволь.

— Вы не могли бы умолкнуть и смотреть на дорогу? — не совсем вежливо поинтересовалась я. — Потому что, если мы попадем по вашей вине в аварию, пробки станут еще длиннее, вам так не кажется?

Водитель обиделся и замолчал. У магазина я рассчиталась с ним, пожелала счастливого пути и с облегчением покинула салон машины.

Всегда обожала этот маленький танцевальный рай на одной из центральных улиц, где, кстати, жила Марго. Приветливые продавцы, огромные телевизоры, на которых постоянно крутились записи с разных турниров, километры тканей всех цветов и фактур, стойки с обувью и вешалки с тренировочной одеждой, разные необходимые танцорам мелочи, камни, перья, блестки, накладные ресницы и флаконы с автозагаром... Как я любила это все, как много лет жила в этом прекрасном мире... Ненавижу Костю за то, что он лишил меня радости и смысла в жизни, ненавижу! Чтоб ему в аду гореть за то, что он сделал...

Ко мне сразу подошла девушка в бордовом форменном костюме и, приветливо улыбаясь, предложила помощь.

— Мне нужны две пары туфель — стандарт и латина, каблук девятка, если есть, то я предпочитаю... — я назвала фирму, туфли которой покупала, танцуя, — они всегда идеально садились по ноге, их не приходилось растанцовывать и разбивать для удобства.

Девушка кивнула и предложила присаживаться на пуфик. Я сбросила шубу и расстегнула сапоги — примерка и подбор обуви для танцора дело не быстрое, нужно учесть все нюансы, походить в туфлях, попробовать какие-то движения. Продавец явилась с горой коробок, и я поняла, что без покупки не уйду. Перемерив все, я остановила выбор на лодочках без ремешка для стандарта и на босоножках с мелким плетением на носке — для латины.

Оплатив покупку, я с двумя пакетами вышла на улицу и поежилась, накидывая капюшон, — поднялась настоящая метель, снег лепил в лицо, размазывая тушь и заставляя жмуриться. А мне нужно было еще добраться до метро, довольно, кстати, не близко расположенного. К счастью, клуб располагался как раз по той ветке, около которой я находилась, и недалеко от станции метро, так что шансов плутать сперва в подземке, а затем еще и в незнакомом районе у меня не было.

Внезапно чьи-то сильные руки подхватили меня и поволокли куда-то, не давая опомниться. Я отбивалась, по-идиотски болтая в воздухе каблуками сапог — нападавший оказался значительно выше ростом и просто нес меня над асфальтом.

Очнулась я на диване в каком-то баре. Кругом пахло пирогами, не было посетителей, а бармен лениво вытирал салфеткой бокал. Я вскочила, но та же рука вернула меня на диван. Рядом со мной сидел огромный рыжеватый мужчина с каменным выражением лица.

— Вы кто?! — завизжала я, стараясь привлечь внимание бармена, но тот почему-то совершенно спокойно удалился в подсобку. Я осталась один на один с незнакомцем.

— Успокойтесь, Мэри, я не причиню вам зла, — с каким-то странным акцентом произнес мой похититель. — Сейчас мы побудем здесь, попьем чай с пирогом, а потом я вас провожу, куда скажете.

— Да кто вы, в конце концов?!

— Сядьте, Мэри, — негромко, но властно приказал он, и я неожиданно для себя шлепнулась на диван. — Я от Алекса.

«Ну, мать твою, чертов Призрак! Я чуть ума не лишилась от ужаса».

— Как вас зовут?

— Это не имеет значения.

— Зачем вы здесь?

— Чтобы защитить вас.

— От кого?

— От тех, кто хочет вам навредить.

Я начала злиться — новый знакомец напоминал терминатора: отвечает заученными фразами, не говорит ничего конкретного, зато испугал меня так, что я слышу, как дрожит мой голос.

— За вами следят, Мэри. Двое мужчин на синем «Фольксвагене». Они ехали за вами от гостиницы, потом припарковались напротив магазина. Если бы я не оказался рядом, вы уже лежали бы к багажнике этого «фолькса», — невозмутимо и без эмоций сообщил «терминатор».

Сказать, что мне стало дурно, значило вообще ничего не сказать. Потолок бара вдруг пошел кругом, и я почувствовала, что вот-вот потеряю сознание.

Перед лицом возник какой-то пузырек с резко пахнущей жидкостью, чей запах так ударил в нос, что я закашлялась.

— Enjoy, Mary, — сказал мой спаситель, и в его голосе я вдруг уловила нотки Алекса — тот тоже мог вот так отдать приказ и вернуть в сознание.

— Спасибо, — пробормотала я, — мне уже лучше... я просто сильно испугалась...

— Не бойтесь, Мэри, с вами ничего не случится. Я провожу вас туда, куда вы скажете, а потом провожу назад в отель.

— Я не знаю, сколько времени займет моя поездка...

— Это не важно. Я буду рядом. Но очень советую сменить планы и никуда не ехать.

Это почему-то показалось мне разумным. Вполне вероятно, что Костя, не поверив фотографии и перстню с моей кровью на камне, решил, что я жива, и эти двое могут оказаться его людьми. И вот тогда мне точно не поздоровится.

В этот момент мне позвонил Сергей, и я отвлеклась, но краем глаза успела заметить, как «терминатор» поправил гарнитуру телефона на ухе и сунул руку в карман.

Сергей предложил встретиться, но я отказалась. Он проявил удивительную настойчивость, это насторожило — после того, что я устроила ему ночью, как-то странно звучало предложение посидеть в кафе. Да и «терминатор» почему-то отрицательно кивал головой, и я поняла, что он прослушивает мой телефон при помощи сканера — сама проделывала такие фокусы с Костей, когда собирала компромат на него для своей книги. Сергей обиделся, но мне это было безразлично — кто он мне?

— Давайте я провожу вас в отель, — предложил «терминатор», когда я бросила телефон в сумку. — А еще лучше будет, если вы сегодня же улетите домой, Мэри. Поверьте, так будет совсем хорошо. С билетом я помогу.

Это было разумное предложение, на которое я, в отличие от первого поступившего, согласилась.

Алекс

Джеф позвонил и сказал, что везет Мэри в отель, и Алекс наскоро натянул парик и приклеил усы. Такая конспирация показалась ему достаточной, если вдруг придется столкнуться с ней здесь, на этаже. Он не успокоится, пока не заставит ее уехать. В Москве стало слишком опасно. Теперь нужно было дождаться ее приезда, проследить, чтобы собралась и уехала. Джеф сказал, что она вроде согласилась.

Он, стоя у большого окна в торце коридора, видел, как Мэри вышла из лифта и направилась к своему номеру. Ничего не предвещало беды, когда он услышал звук открывающихся дверей второго лифта и оттуда появились двое.

Мэри никак не отреагировала, шла по коридору, а амбалы, переговариваясь, двигались за ней. Алекс мучительно соображал, что делать в одиночку против двоих в узком коридоре, и в этот момент появился Джеф. Алекс испытал облегчение — ему не придется раскрывать свое присутствие, он очень не хотел, чтобы Мэри видела его.

Амбалы ускорили шаг, а до номера оставалось еще приличное расстояние. Джеф среагировал мгновенно. Едва один из амбалов приблизился к Мэри, он, подобравшись, совершил резкий прыжок и ногой в развороте ударил того в голову. Мужик рухнул на пол как куль, а его приятель, вырывая из-под полы пиджака пистолет, рванулся к Джефу, но тот уже успел развернуться и встретил его прямым ударом в челюсть. Клацнув зубами, амбал выронил оружие и упал на спину, но подняться уже не успел — Джеф коротко ударил его по шее, и он затих. Схватив онемевшую от ужаса Мэри в охапку и развернув так, чтобы она не увидела Алекса, он быстро открыл номер и впихнул девушку туда:

— Быстро собирай вещи, слышишь? Быстро! У нас мало времени!

Они с Алексом вдвоем перетащили обездвиженных преследователей в номер.

— А ведь я чувствовал, что не все ладно с этим журналистом, очень уж вовремя он около Мэри возник, — тяжело дыша, проговорил Алекс, когда они вместе с Джефом упаковали Костиных амбалов в ванную его номера.

— Я прослушал его телефон, он как раз созванивался с одним из этих, — кивнул в сторону запертой двери напарник. — Назвал гостиницу, номер. Хорошо, что я решил ночь здесь скоротать, утром как раз они и появились, пасли ее до магазина, а потом и до отеля добрались. Он звонил Мэри, пытался ее на свидание вытащить, вот там бы ее и взяли, скорее всего, но она умно поступила — отказалась, и им пришлось ехать сюда.

— Знаешь, что самое забавное? — спросил Алекс, вставая из кресла. — Этот Новиков звонил мне с мобильного Мэри вчера ночью и спрашивал совета. Решил, что я ее близкий друг, ха-ха.

— И что ты?

— А что я? Я в тот момент считал, что все чисто — обычный журналист, решивший провести ночь с красивой девочкой, тем более что и она вроде как не против была.

— Совет-то дал? — ухмыльнулся Джеф, прекрасно знавший об отношении Алекса к этой странной девице.

— Сказал — уноси ноги, пока цел, утром она тебя ужалит — и ты умрешь, — захохотал Алекс, настроение у которого совсем наладилось — Мэри была в безопасности, собирала вещи в соседнем номере, и ему не придется теперь остаток жизни оправдываться перед Марго.

— Хорошо, что все так удачно сложилось. Легкое дельце, — заметил Джеф.

— Да... вовремя успели. Лететь бы сейчас девчонке в Бильбао к любимому супругу. А уж на что тот способен, я представляю — раз не погнушался киллера ей нанять, — фыркнул Алекс, отдирая усы и снимая парик. — Все, Джеф, увози ее отсюда, с этими я сам решу.

Напарник вышел, закрыл за собой дверь, и Алекс услышал, как в соседнем номере он что-то говорит Мэри, как щелкает замок, а по коридору раздаются нервные шаги Мэри, вбивающей каблуки сапог в ковровое покрытие.

Все, она в безопасности, Джеф проводит ее и проследит, чтобы улетела. Можно немного расслабиться.

Когда шаги стихли, он вышел в коридор, убедился, что никого нет, и подошел к номеру Мэри.

Алекс вынул из кармана карточку, ловко уведенную перед этим со стойки ресепшен, открыл номер и вошел. В прихожей все еще чувствовался аромат духов Мэри — он помнил этот холодный запах «Кензо», она не признавала других. На полу под ногами валялась заколка — видимо, впопыхах сборов Мэри уронила ее и не заметила.

Алекс подобрал ее, пощелкал зачем-то замком, покрутил в руках и убрал в карман. Смятая постель, пустой бокал с остатками коньяка — ну еще бы, девочка пережила довольно сильный стресс, когда на ее глазах Джеф двумя ударами уложил Костиных церберов, которые сейчас мирно отдыхали в номере Алекса, лежа друг на друге в ванне.

Сейчас Джеф уже должен был ехать к аэропорту — билет на имя Мэри лежал у него, Алекс позаботился об этом заранее. Ничего, у нее теперь появился шанс — мизерный, конечно, потому что Костя не остановится, будет искать и, скорее всего, найдет. Хотя возможно, что Мэри сумеет ускользнуть, ведь она на удивление везучая. Зря она все-таки не осталась в Цюрихе, как он хотел. Но это ее выбор. Никто не может прожить чужую жизнь, и даже Алексу не по силам заставить Мэри сделать это.

Его внимание привлек валявшийся у кресла скомканный лист бумаги. Горничная еще не успела убрать номер после отъезда Мэри.

Алекс поднял его, развернул и увидел знакомый неровный почерк:

> Не уходи, побудь со мной немного.
> Мне сложно без тебя, ты это знаешь.
> Не нужно лишних слов. Побойся Бога.
> Но ты, как прежде, просто исчезаешь.
> И нет пути назад, и нет возврата.
> Ты где-то далеко. Ты счастлив, может.
> Теряла рай, когда дала отказ от ада,
> Признаюсь: да, меня это тревожит.
> Меняя жизнь, меняем старые уклады.
> И все обиды навсегда прощаем.
> Я, как и прежде, откажусь от ада,
> В существование поверив рая...[1]

Алекс усмехнулся, аккуратно сложил мятый листок и сунул в карман.

«Мэ-ри — Мэ-ри, ты неисправима, — подумал он, выходя из номера. — Ты никогда не изменишься. Ты всегда

---

[1] Стихи Надежды Цветковой.

делаешь не тот выбор. И ты всегда выбираешь гибель там, где можно выбрать жизнь и любовь. Но в этом вся ты. Наверное, мне ты была бы и неинтересна — другая».

Этот листок уже дома, в Цюрихе, он убрал в ящик стола в комнате, где жила Мэри, — там было много таких вот случайных листков с ее стихами. Алексу казалось, что она вернется за ними. Непременно вернется. Когда-нибудь. Не теперь.

Когда будет готова...

ЛЕДЯНАЯ
НОЧЬ

«Книга. Казалось бы — ну что такого может быть в пачке скрепленных вместе листков в черно-белой обложке? Негатив-позитив... Кто есть кто — не разберешь даже, а столько проблем, столько грязи, столько трупов. И опять, опять эта чертова страна, из которой я выдирался с кровью столько лет!»

Черноволосый мужчина в дорогом костюме и черной рубашке с раздражением бросил на откинутый столик книгу и закрыл глаза, удобнее устроившись в самолетном кресле.

Сидевший впереди него помощник осторожно выглянул из-за высокой спинки, убедился, что шеф задремал, и двумя пальцами забрал так раздражавшую того книгу. С виду обычная детективная мура — а вот поди ж ты, натворила дел.

— Черт бы тебя побрал, ну почему именно в мое дежурство?

Максим Нестеров, высоченный тридцативосьмилетний врач-травматолог больницы «Скорой помощи», спускался по лестнице в приемное отделение. Пять минут назад он получил вызов — «Скорая» привезла кого-то из ДТП, «дорожки», как здесь это называли.

Дежурство тридцать первого декабря само по себе не подарок, а уж операция в такой день — и вовсе. Но Нестерова дома никто не ждал — жена Светлана вот уже два года как перешла в разряд «бывшей» и уехала в столицу, прихватив с собой трехлетнего сына Тимофея. Красавец и умница Нестеров был завидным женихом, однако всех потенциальных больничных невест держал на расстоянии вытянутой руки, боясь снова обжечься, как со Светкой.

— Максим Дмитриевич, в женский пропускник идите! — крикнула регистратор, и Нестеров, вздохнув, повернул налево.

На каталке лежала молодая рыжеволосая женщина. Обе ноги плотно упакованы в проволочные шины от бедер до стоп, прямо поверх узких темно-синих джинсов. Рядом на полу валялись высокие лаковые сапоги-ботфорты на низком каблуке, там же — короткая белая норковая курточка с капюшоном, вся в буро-коричневых пятнах. Голову пострадавшей украшала повязка, уже пропитавшаяся на лбу кровью. Веки плотно сомкнуты, аккуратный носик вымазан кровью, над правой бровью длинная ссадина.

— Сознания нет, пульс шестьдесят, давление сто на семьдесят. Открытая черепно-мозговая травма, множественные переломы нижних конечностей, — забубнил рядом фельдшер со «Скорой». — Введено... — Но Нестеров уже не слушал, отдавал распоряжения сестре и двум санитарочкам.

Переломы оказались сложными, больше трех часов он буквально по осколкам собирал голени женщины и совершенно забыл о том, что праздник, что Новый год...

После обеда Нестеров сидел в ординаторской и курил, задумчиво глядя на экран телевизора, где уже вовсю пили шампанское и поздравляли друг друга известные юмористы.

Максиму было не до смеха. Женщина, которую он оперировал, была ему хорошо известна...

— Максим Дмитриевич, можно я сумочку этой поступившей в сейф к вам уберу, а то там ценностей много, а впереди десять дней праздников, — в дверях показалась кудрявая головка медсестры Арины.

— Что? — очнулся от своих мыслей Нестеров. — Сумочку? Да, конечно, давай, я сам уберу.

Арина плюхнула на стол перед травматологом не дамскую сумочку, как тот ожидал, а скорее подобие рюкзака с логотипом Prada и ушла.

«Да уж... всегда Машка любила такие сумки», — печально улыбнулся Максим, машинально заглядывая внутрь.

Так и есть — в сумке нельзя было найти разве что пару малышей, а так имелось все — от кошелька до небольшой фляжки в кожаной оплетке.

— Ты смотри-ка... Мария пить не бросила, похоже. Неужели пьяная за руль уселась? — вслух пробормотал Нестеров, отвинтив крышку и учуяв запах коньяка, и набрал номер лаборатории.

Однако пациентка оказалась трезвой, и Нестерову почему-то стало легче. Много лет назад он безумно любил эту женщину, любил так, что готов был на любые глупости, но потерял.

Максим до сих пор чувствовал свою вину за произошедшее. Вздохнув, он начал застегивать сумку, чтобы убрать в сейф, и тут его внимание привлек потрепанный блокнот в светло-бежевой обложке.

Повинуясь какому-то внезапному порыву, Нестеров вытащил блокнот и наугад раскрыл его. Клетчатые листки оказались исписаны крупным, неровным почерком — она всегда писала небрежно, но понятно.

Максим опустился на диван и погрузился в чтение.

«Каждое утро вместо зарядки я вскидываю вверх средний палец. Да, вот такая странная привычка образовалась совсем недавно.

Я думаю о том, что происходит сейчас в моей жизни, и злорадно ухмыляюсь, демонстрируя неприличный жест в пространство. Я всех сделала. Всех сде-ла-ла. И горжусь этим, хотя, наверное, не стоило бы. Я знаю, что там, наверху, никого нет, но этот победный жест дает мне иллюзию диалога. Я смогла, снова смогла — и от этого я чувствую вырастающие за спиной крылья.

Мне очень трудно быть мной — меня слишком много, разной, так непохожей одна на другую. Но и выбрать какой-то один образ я уже тоже не могу. Некоторые вещи в жизни происходят как раз из-за вот этого многообразия. Человек видит меня с одной стороны — а потом — бац! — и получите совершенно другое.

Очень маленькому числу людей удается поймать меня внутренне обнаженной, открытой и готовой на все. Я редко демонстрирую эту грань своей натуры — просто знаю, как бывает больно, когда в эту распахнутую сердцевину вгоняют раскаленную иголку. Причинять себе боль с некоторых пор стало неинтересно, более того — невыносимо. Поэтому я предпочитаю не раскрываться. А попробуй загони иголку в твердый панцирь — ага, не вышло? Ну, вот так-то.

Бывают моменты, когда мне очень сложно не «включать мэрика», как называют это те, кто знает меня достаточно близко.

Мэрик — это такой зверек, типа маленькой собачки. Он с виду такой весь испуганный, трясущийся и таращащий глаза из-под хозяйской руки — но попробуйте прикоснуться к нему пальцем — и укус с выбросом яда вам гарантирован, ибо мэрики не выносят, когда их трогают против их желания.

Я — мэрик. Мэрик, искусавший уже добрую половину своих знакомых. Правда, некоторым из них мой яд слаще любых десертов, но меня это волнует мало. Укушенный человек перестает меня интересовать, потому что я знаю — все, он уже никогда не будет прежним. Измененные люди меня не забавляют — их просто нет.

Иногда мэрики влюбляются. О, это они делают сильно, выключая мозг и отдаваясь всем существом объекту своей любви. Хорошо, когда объект понимает это и отвечает взаимностью. Если же по какой-то причине этого не происходит... Мэрики сперва забиваются в темный угол, скулят пару дней, стонут и зализывают свои ранки в сердце, а потом расправляют спину и выжидают момент. Следующий за этим укус смертелен — отравленный ядом человек понимает, что вот этого самого мэрика он ждал всю свою жизнь, но поздно. Мэрик, укусив и отомстив, гордо удалился в свою темную норку. И уже ничем его оттуда не выманить, не вымолить прощения, не заставить вернуться.

Иногда мэриков убивают. Нет, не физически, хотя мэрики смертны, как все живое.

Самое страшное для мэрика — недоверие и обман. Мэрики могут жить в одиночестве, но когда им не верят, они умирают. Все просто. В любви мэрики не врут, они держат свои обещания, кои не раздают налево и направо, но когда им не верят или обманывают — мэрики ложатся в свою норку, закрывают лапками лицо и медленно, мучительно медленно умирают.

Я — такой мэрик. Вот уже какое-то время я страшно, просто нереально влюблена. Влюблена нехарактерно для меня — но лучше этого ничего не могу вспомнить за все годы своей жизни.

До этого у меня тоже была любовь. Почти любовь. И случилось именно то, от чего умирают маленькие зверьки мэрики. Мне не поверили. Я пыталась оправдаться и рассказать, как было, но нет, объект моей любви не пожелал слушать.

Я уползла было в норку умирать — но тут появилась моя любовь. Именно она вытащила меня из темного угла, поменяла мне окраску и смысл в жизни, перетряхнула все в моей голове и разложила по полочкам, подарив мне новую жизнь и новую цель. Именно из-за этой моей любви я теперь выполняю странную утреннюю процедуру с вызовом к небесам. Потому что я смогла, почти совсем смогла. Осталось чуть-чуть — но и это я преодолею, потому что мало кто знает, насколько железные мэрики внутри. Этого нельзя заподозрить по внешности, нельзя понять по взгляду, но стоит только столкнуться интересами — и мэрик вас сломает, растерзает морально и физически, покроет тело и душу незаживающими ранами.

Я знаю, о чем говорю — на небольшой веревочке, висящей в самом углу моей норки, полно завязанных узелков. Это — трупы. Да, трупы тех, кого я успела искусать в этой жизни, своего рода иконостас...

Всякий раз, завязывая новый узелок, я испытываю легкое злорадство. И только последний дался мне с трудом. Я так и не затянула его до конца, потому что... Потому что — и все. Как только я пойму, что пришло время, что уже невозможно изменить что-то, вот тогда я затяну его намертво и попрощаюсь. Пока не могу. У мэриков тоже есть душа, которая болит ночами».

— Максим Дмитриевич, зайдите в послеоперационную палату, там у пациентки давление очень подскочило, — оторвал его от чтения голос Арины, и Нестеров недовольно поморщился, вырванный из очаровавшего его мира.

Он убрал блокнот под историю болезни и поспешил в дальний конец коридора, туда, где у поста дежурной медсестры находилась послеоперационная палата.

Мария лежала у окна, глаза по-прежнему плотно закрыты, лицо бледное, и эту бледность еще усиливала повязка и марлевая заклейка на брови.

Давление на самом деле поднялось, Нестеров сам открыл шкафчик и достал пару ампул и шприц.

— Ариша, вы почаще заходите, не нравится мне, что давление такое высокое, — бросил он сестре, и та закивала:

— Конечно, Максим Дмитриевич. Когда от наркоза проснется — вам позвонить?

— Да, обязательно.

Он снова ушел в ординаторскую, сделал запись в истории болезни и взялся за блокнот.

«Я люблю музыку. Не всю, конечно, не всякую — вполне определенную. Бальную — ту, под которую жила и работала с семи лет. От этого у меня по спине бегут мурашки. Я больше не танцую. Но слушать музыку я себе запретить не могу, как запретила прикасаться к валяющимся в шкафу танцевальным туфлям со стоптанными накаблучниками. Моя страсть к танцу стерлась точно так же, как эти кусочки пластика. Есть вещи, которые перерастаешь — и все, уже никакая сила в мире не заставит тебя вновь вернуться к ним. Я больше не танцую. Все. Точка».

Память услужливо подсунула Нестерову картинку — Мария в черно-красном платье на сцене городского Дворца культуры танцует постановочное танго с молодым парнем.

Сколько лет назад это было? Лет десять, кажется... Нет, меньше — восемь лет назад, как раз до того, как он предал ее, толкнул в руки этого ублюдка Кости. Через три месяца после этого концерта Мария оказалась женой карточного шулера Кости Кавалерьянца, увивавшегося за яркой своенравной девушкой около двух лет. Мария обращала на него ровно столько же внимания, как на трещину на потолке своей двухкомнатной квартиры, но Костя не отступал. Мария возвращала ему подарки,

283

выбрасывала с балкона огромнейшие букеты и все свободное время проводила в обществе травматолога Нестерова — но Кавалерьянц был упорен. Кто знает, как надолго еще хватило бы его терпения, если бы не та нелепая ссора, не та обида, которую Максим нанес своей любимой женщине.

«Что-то внутри меня заставляет постоянно хвататься за ноутбук или за блокнот и карандаш, если нет возможности сразу писать в файл. Что-то толкает под руку и сладострастно шепчет на ухо, щекотно обдавая дыханием: «Ну, что же ты, ведь обещала, хотела... давай, Мэри, пиши... ты ведь можешь, ты сама хочешь... пиши — станет легче...»

И я послушно хватаюсь за то, что под рукой — и пытаюсь писать. Если честно, выходит не очень и совсем не то, что хотелось. Сама не понимаю, как так — обычно я легко излагаю на бумаге все, что чувствую, а тут... Просто напасть — слова не мои, фразы не мои, мысли — и те чужие. Что происходит, я не могу понять. Но это не я — это кто-то другой. Это бесит, раздражает, я швыряю блокнот в стену, ломаю в пальцах карандаш и визжу: «Выпусти меня!!! Выпусти меня, черт тебя подери!!! Я не могу так, слышишь — это же не я!!!»

Ответа, разумеется, нет... Хорошо, что в такие моменты меня никто не видит и не слышит, иначе уже давно определили бы в одно хорошо и печаль-

но известное заведение. Я ругаюсь сама с собой... Хотя...»

Он не поверил ей. Не поверил именно в тот момент, когда Мария не обманывала его. Но Нестеров почти физически ощущал измену, и его самолюбие было уязвлено настолько, что никакие доводы не доходили.

Мария уехала на сборы в Москву, а когда вернулась, Максим заподозрил неладное. Она стала другой — задумчивой, печальной, часто замирала у окна и смотрела куда-то далеко, словно видела что-то через многие километры. Попытки поговорить начистоту натыкались на невидимую стену, Нестеров злился, Мария замыкалась в себе все сильнее, все чаще закрывалась в ванной с телефоном и бесконечно строчила эсэмэски.

— С кем ты переписываешься?! Что происходит?! — не выдержал однажды Максим, выбив дверь в ванную.

— Что ты позволяешь себе? — спокойно поинтересовалась Мария.

— Дай телефон!

— А еще что тебе дать? — по-прежнему спокойно отпарировала она.

— Тогда скажи мне, кому ты пишешь!

— Не бойся, не любовнику.

Что накатило на Нестерова, он потом так и не смог себе объяснить, но слова Марии настолько вывели его из себя, что он развернулся и ударил ее наотмашь по щеке. Голова девушки мотнулась туда-сюда, в глазах плеснулось удивление.

Она помолчала секунду, а потом тихо, но властно сказала:

— Вон отсюда.

— Маша...

— Я сказала — вон.

Нестеров потоптался еще пару минут, а потом, разозлившись, ушел.

«Ничего, прибежит, куда денется!» — думал он, просыпаясь каждое утро в одиночестве и с надеждой глядя на пустой экран мобильного.

Но Мария не звонила и не возвращалась, а через три месяца вышла замуж за Костю.

Сначала Нестеров часто видел ее — вернее, проносящийся мимо серебристый джип, за рулем которого сидела Мария. Костя баловал жену как мог и в конце концов увез в Испанию, где купил дом. Нестеров вздохнул свободнее, женился, потом развелся — и вот под самый Новый год Мария вновь возникла в его жизни.

«Люблю смотреть фильмы. Разные. Мои пристрастия повергают в шок всех, кто видит, какие диски валяются у меня рядом с DVD-проигрывателем. Тут все — от Куросавы до Питера Гринуэя и от «Крестного отца» до «Цвета ночи». Я всеядна — и мне не бывает за это стыдно.

Пересматриваю «Интимный дневник» и вспоминаю... Один из моих любимых некогда мужчин страстно любил каллиграфию. Именно каллиграфию, искусство выписывать чернилами иерогли-

фы. Нетрудно догадаться, что очень часто вместо свитка рисовой бумаги он использовал мое тело. Признаюсь — это не раздражало меня. Напротив — я терпеливо лежала или стояла, ощущая на себе прикосновения мокрой холодной кисти с тушью.

Я училась подчиняться, учила себя не перечить, не возражать — и сорвалась. Изначально не склонная к подчинению, даже с ним я не могла стать иной. Хотя очень старалась...»

Эта запись была посвящена ему, Максиму Нестерову, и он даже покраснел, вспомнив. Он действительно увлекался каллиграфией, часто использовал гибкое тело Марии в качестве листа бумаги. Ее узкая спина, высокая грудь и длинные стройные ноги вдохновляли его на целые поэмы. Было странно и приятно, что она до сих пор это помнит.

— Максим Дмитриевич, пациентка из «тройки» в себя пришла, — сообщила Арина, заглянув в ординаторскую. — Вы просили сказать...

— Да, спасибо, Аришка, сейчас посмотрю.

Нестеров тяжело поднялся из-за стола и побрел в палату, где очнулась от наркоза Мария.

Как она поведет себя, узнает ли его? И как быть ему самому, что говорить, что делать?

Она лежала, уставившись в потолок, и не сразу отреагировала на вошедшего в палату врача. Нестеров получил возможность перевести дух и собраться с мыслями.

— Что... что... со мной... случилось? — с трудом выговорила она хриплым от наркоза голосом и повернула голову на звук шагов. — Ты?! — В голосе было столько удивления, словно она уже давно считала Максима мертвым.

Хотя, скорее всего, для нее это так и было — Мария предпочитала вычеркивать из своей жизни тех людей, с которыми разошлась не миром.

— Тс-с-с, тихо, не шевелись, Маша... Ты в больнице, попала в серьезную аварию, у тебя сложные переломы и ушиб мозга.

— Ты... Максим, не надо было... я сама... сама хотела... он меня убьет все равно... — прохрипела Мария, закрыв глаза, и Нестеров заметил катящуюся по щеке слезу.

— Ну что ты, Машенька... Все будет хорошо...

— Нет. Ничего уже не будет хорошо. Никогда, — неожиданно четко выговорила она. — Такое не прощают. И Костя не простит.

У нее началась истерика, и Нестеров, испугавшись последствий, ввел ей снотворное.

Дождавшись, пока Мария уснет и задышит ровнее, он ушел в ординаторскую и снова погрузился в чтение.

«Голос, который так часто будит меня среди ночи, заставляя покрываться холодным потом... Я часто слышу его, хотя сейчас уже не пугаюсь так, как в первое время. Сейчас уже нет...

*Он беспокоит меня только по важным пово-
дам — когда в голову пришла какая-то мысль и ее
нужно записать, чтобы не ускользнула, например.*

*Тогда я и слышу это: «Мэри... вставай, Мэри» —
и меня сносит с нагретой постели.*

*Полусонная, я включаю ноутбук, неслушающими-
ся пальцами набираю несколько строк, пару фраз,
а иной раз и просто два-три слова.*

*Все. Можно идти — завтра доделаю. Такое по-
вторяется периодически. Уже совсем не страшно.*

*Лечь, забиться в самый угол, укрывшись с головой
одеялом, — и скулить, как побитая собака. Мэрик
во мне голоден и сердит, ему плохо и больно, всю его
душу истыкали иголками — но у мэрика всегда есть
силы укусить в ответ. Укусить так, что обидчик
задохнется от боли.*

*Мэриков нельзя трогать, их можно только лю-
бить. Тому, кто владеет этим секретом, мэрики от-
даются целиком — и тогда с ними можно делать
все, что взбредет в голову. Остается только одно
табу. Никакого давления — будь то физическое или
моральное — мэрики не выносят. Они замыкаются
в себе, становятся высокомерными, злыми и холод-
ными. И сделают так, как хотят сами, — и никто
не заставит передумать.*

*Мэрик внутри меня оступился только одна-
жды — когда показал невольно свое слабое место.
Но даже это не помогло изменить во мне ни мил-*

лиметра, ни грамма. Мой мэрик выползает в самый нужный и серьезный момент. И защищает меня зачастую от меня же самой.

Полюбила стоять на открытом окне. Или сидеть — как вариант, если окно стандартное. Свежий воздух, ночь, огни города. Кайф... Это меня что-то внутри толкает так бороться со страхом высоты. Иногда я спускаю ногу за окно и замираю. Боюсь в душе только одного — что кто-нибудь войдет и спугнет шорохом. И тогда... вот тогда останется только расправить крылья и лететь. Будет хуже, если окажется, что их нет...»

У нее оказался интересный, хоть и рваный, слог, Максим даже не подозревал о таком таланте бывшей любовницы. И что-то смутно-знакомое мелькало в этих записях, что-то мучительно-памятное... И про окно — она всегда любила сидеть на подоконниках, опустив ногу на улицу, и не важно, какой этаж. Могла курить, пить кофе и мотать ногой над пропастью. Сколько раз Нестеров заставал ее в такой позе, и холодок ужаса пробегал у него по спине — жила Мария на шестнадцатом этаже.

Но что же случилось, что она имела в виду, говоря, что такое не прощают? Что могла натворить профессиональная танцовщица, чтобы кто-то захотел убить ее? За что? На ногу партнеру наступила? Хотя вряд ли после замужества Мария продолжала выступать...

«Эти сны мучительны, но от них никуда не спрячешься. Я ненавижу их — не могу избавиться, боюсь засыпать — и потом боюсь проснуться, так и не поняв, что же происходит. Я боюсь собственных реакций там, во сне, — потому что внутри прекрасно знаю, что и наяву повела бы себя именно так, и от этого мое отвращение к себе только растет.

Мой организм устроен странно — он научился отсекать психотравмирующие ситуации, и я впадаю в некое подобие ступора — вроде как здесь, все вижу, все слышу — но отсутствую, не реагирую. Это иной раз помогает мне избежать неприятных разговоров. Правда, те, кто не знают об этой моей особенности, часто не понимают и обижаются на мое поведение. Но это их проблемы — я не посвящаю в свою жизнь тех, кто мне не нужен и не дорог.

Во сне, к сожалению, я не могу отключиться, и мне приходится терпеть все, что происходит. А это иной раз невыносимо даже для меня...

Я не могу, когда меня бьют в слабое место, когда пытаются с помощью таких методов что-то вынуть из меня — это только ожесточает и превращает меня в мэрика, который моментально начинает выпускать зубки и когти. Пусть это всего только сны — но я-то знаю, что при случае и наяву могло быть так. А я в силу своих особенностей не сломаюсь — и потеряю то, с чем никак не могу расстаться, потеряю из-за своего эгоизма и принципов.

Я жутко влюбилась, так влюбилась, что приобрела-таки это самое уязвимое место — и теперь стараюсь прятать его как можно дальше, словно собака косточку. Но мне уже давно не было так хорошо и легко с человеком, ни к кому я не испытывала такой привязанности и такой тяги.

Ну, бывает, что мэрики так влюбляются... Как будто они люди...

Мой четко выписанный и размеренный сценарий жизни дал трещину. Огромную, расширяющуюся с каждым днем трещину. И туда все чаще падают люди, которые были рядом со мной. Изменения в сценарии меня не радуют — более того, пугают. Сделать ничего не могу — не получается, как бы ни старалась. Подчиняться не хочу — не приучена. Как жить с этим — не знаю. Огрызаюсь, как могу, но поздно.

Обрывки мыслей, обрывки фраз — сплошные узлы в мозгу, никогда прежде со мной такого не было. Я всегда была логичной и знающей все о себе на пару шагов вперед. Да, иной раз меня заносило — я могла позволить себе расслабиться, порефлексировать, поплакать и пожалеть себя. Но это совершенно не означало, что я и внутри так думаю и делаю. Никто не знал, что у меня там, под шкуркой мэрика и панцирем. Я не позволяла никому влезть туда, привыкла не верить и опасаться. И вдруг... я этого не хотела, не давала повода — просто так случилось. Какое-то время я даже получала удовольствие от процесса —

но недолго. Мэрик быстро понял, что надо вылезать и спасать меня, иначе будет поздно. Мне больших трудов стоило прислушаться к его отчаянному визгу и понять, о чем он меня предупреждает. Еще больших усилий стоило начать сопротивляться — я не хотела этого. Но настырный мэрик, который всегда знает, как лучше, упрямо визжал и царапал меня коготком, и я поняла — должна, иначе сломаюсь. Смогла. Мэрик сыто облизнулся и вернулся в свою норку, довольно урча. Но я... я уже все равно успела измениться, измениться так, как мне не нравится, как мне больно и совершенно некомфортно. Отмотать назад не могу — поздно. Мэрик оступился, оказывается, дважды...»

Что она хотела сказать этой записью? О чем речь?

Нестеров, оказывается, хорошо помнил манеру Марии мистифицировать какие-то события в жизни. Она умела видеть знаки даже там, где их, в принципе, быть не могло, и это смешило реалиста Нестерова. Мария злилась, доказывала, обижалась. Потом перестала.

Стоп. А ведь перестала это делать она как раз после той поездки на сборы в Москву. Да, точно! Она начала рассказывать ему что-то о новой знакомой, опять завела песню о судьбе, карме и предначертанных событиях, и он оборвал ее тогда — грубо, резко. Так и сказал:

— Машка, ты вечно придумываешь всякую ересь. Ну познакомилась с девицей, ну подружились и все такое — но при чем тут судьба?

— Ты не понимаешь, Макс! — горячилась Мария. — У нас в жизни столько совпадений, что нормальному человеку просто невозможно в них поверить!

— Ну вот я и не верю — потому что нормальный.

Больше она не заговаривала на эту тему. Но общаться со своей странной Марго не перестала.

«Вскидываюсь на диване под влажной простыней, сажусь и с трудом перевожу дыхание. Темно, еще далеко до утра, из приоткрытой балконной двери тянет холодом, занавеска вздувается и опадает. На душе мерзкое ощущение, во рту противный привкус измены. Или это шампанское? Не знаю, не разбираю...

Но даже не сон меня так испугал, не то, что я увидела, а оставшееся ощущение чужого холодного взгляда. Я ненавижу, когда на меня смотрят в упор, когда стараются разглядеть что-то в моих глазах. Но на этот раз я чувствовала, что нужна моя реакция на то, что было во сне, что нужны мои эмоции. Но нет! То, что мое, — оно только мое, и делиться я не собираюсь. МОЕ. Я никому не отдам то, что сейчас происходит со мной, то, что творится в моей душе и в голове.

Это заставляет меня вставать по утрам с постели и начинать делать что-то, потому что появилась цель. И никому, ни за что я это не то что не отдам — даже не покажу. Это как тайная связь, которую страшно хочешь, но боишься обна-

родовать. Это что-то настолько личное и родное, что даже мысль о публичности вызывает ужас — как, это ведь невозможно, чтобы кроме меня еще кто-то коснулся! Мое — и все тут. Мое — такое родное, теплое и нежное, все распахнутое и такое... впервые отказал словарный запас, надо же... И не сметь к нему руками прикасаться, вот так вот.

Тут бессилен даже мой мэрик. Он не протестует, сидит себе в норке и хлопает глазками, наблюдая за тем, как я счастлива. Иногда он урчит довольно, чувствуя, насколько мне хорошо — или поскуливает, если вдруг я плачу. Но в целом он доволен — я никогда прежде не была такой, ни с кем. И только единственный человек сумел извлечь откуда-то изнутри меня такую, как я сейчас, сумел внушить мне что-то такое особенное, что заставило меня раскрыться и пойти навстречу.

Я даже стала получать удовольствие от таких перемен в себе. Хотя, возможно, дело в другом. Я просто влюбилась. И есть еще некое нечто... не хочу об этом, не могу.

«Ты будешь очень счастливая, Мэ-ри».

Да, знаю — я уже дико счастлива, нереально... И тот подарок, что я получила, для меня всего дороже. За него я буду благодарна до тех пор, пока дышу. Что бы ни было дальше, как бы ни повернулась моя жизнь — я всегда буду благодарна за то, что получила. Это самое ценное, что только могло

быть. Я буду очень беречь его, потому что... Да про-
сто потому что — и все. Мое.

Я всегда соревновалась с мужчинами в силе ха-
рактера — и всегда оказывалась сверху, каким бы
брутальным ни был противник. Я использовала весь
свой арсенал — от хитрости до дикого, порой осли-
ного упрямства, но в конечном итоге всегда доби-
валась своего. И мгновенно становилась свободной.
Просто понимала — все, его нет больше, — а вот
я есть зато. И я свободна — от его власти, от его
прихотей, от него самого. Это плохо, наверное. Но
ничего поделать с собой я не могу — да и не хочу,
если честно. Меня никогда не интересовали слабые
мужчины — или равные мне. Нет, интереснее сло-
мать того, кто сильнее, кто говорит об этом во
весь голос. Во мне не осталось ничего человеческого,
кажется».

Откуда она взяла это дурацкое слово «мэрик» и почему стала звать себя «Мэри» — или это не она так себя
звала? Раньше собственное имя ей нравилось, только
на Машу она отзывалась с неохотой, а вот на Марию —
всегда.

Нестеров снова побрел в палату, в душе радуясь, что
вызовов больше нет, а в отделении почти нет народа —
только несколько совсем уж неходячих.

Мария уже не спала, снова смотрела в потолок и ше-
велила губами, как будто молилась. Не знай Нестеров
ее столько лет — решил бы, что на самом деле молится.

Но Мария не признавала религий — никаких, золотой крестик, подаренный бабушкой, однажды разломился пополам прямо на цепочке, оставив при этом след на бледной коже девушки — как ожог, и больше уже она не делала попыток носить что-то, имеющее отношение к церкви.

— Ну, как ты? Болит что-то? — Он коснулся рукой ее пальцев, они оказались ледяными — как всегда. Это была ее особенность — даже в самую жару мерзли руки. Он и это помнил...

— Болит... Макс, как ты думаешь, я смогу теперь... танцевать? Снова смогу?

Он отвел глаза. Врать не хотелось, а правда была такова, что танцевать в ближайшие годы Мария сможет вряд ли — ходить бы смогла без костылей...

— Понятно, — констатировала она спокойным тоном и перевела взгляд на окно. — Снег... такой снег бывает только здесь... я так скучала по нему в Испании... А танцы — ну что ж... Значит, все будет так, как я хотела. Если выживу.

Это послесловие совершенно не понравилось Нестерову. Он решительно подвинул к постели стул, уселся и потребовал:

— Рассказывай. Я не уйду, пока не узнаю всю правду.

— Какую правду ты все требуешь от меня, Макс? — устало спросила Мария, облизывая пересохшие губы. — Ты так и не отделался от мысли, что я обманула тебя, изменила?

— Нет, я не об этом... мне важно понять, что происходит сейчас. Ты прости, я нашел твой блокнот, зачитался... оказывается, ты совершенно шикарно пишешь.

Она усмехнулась вымученно:

— Вот то-то и оно... именно это шикарное письмо укатало меня сюда под Новый год. Люди мандарины-елки покупают, а я лежу в гипсе в отделении бывшего любовника и жду, что вот-вот явятся головорезы моего супруга, чтобы довершить то, что начал этот чертов грузовик...

— Погоди, Маша. Что все это значит?

— А то и значит, Максим. Именно мой открывшийся вдруг талант к письму толкнул меня туда, где я сейчас. Я писала заметки — так, типа дневника в интернете, под вымышленным именем. А это увидел один известный журналист и предложил мне напечататься. Напечаталась... Костя узнал...

У Нестерова голова пошла кругом — так вот почему ему показался знакомым ее слог... Мэри Кавалье, «Жена каталы» — эту книжку в черно-белой обложке по очереди читали все медсестры в отделении, передавая друг другу и строго отсчитывая дни на прочтение.

Сам Максим тоже прочел, его заинтересовало то, что предисловие было написано человеком с весьма громким именем. Книга оказалась захватывающей. Значит, это Мария... Если все, что там написано, правда, то все шансы бояться Костю у нее были...

— Маша, здесь он тебя не достанет, — решительно пообещал Нестеров, сжав холодные пальцы женщины. — Если нужно, я позвоню в отделение полиции, они пришлют сюда охрану.

— Ты такой забавный, Максим, — печально улыбнулась Мария. — Костиных людей не остановит отряд ОМОНа, если им это будет зачем-либо нужно. Я скрывалась почти полгода, сбежала из Испании, жила у Марго — помнишь, я тебе пыталась рассказать о ней, когда мы еще были вместе? Ну вот, она меня приютила. Дело в том, что я влюбилась, Макс. Влюбилась так, что потеряла голову, осторожность и всякий страх. Я видела его всего один раз. Только один раз — а мне показалось, что мы знакомы всю жизнь... — Она закрыла глаза и замолчала.

Нестеров не торопил, ждал, когда Мария, очнувшись от своих воспоминаний, сама продолжит рассказывать.

— Костя узнал. Этого человека больше нет, Макс. И меня теперь тоже не будет. Не будет — потому что моя месть Косте за смерть Германа оказалась намного сильнее, чем я могла себе представить. Если бы не тот выстрел, то я ни за что не рискнула бы согласиться на предложение издать мои записки. Ни за что — потому что там все правда, до последней буквы, — она снова закрыла глаза, помолчала несколько минут.

Нестеров боялся даже дышать, чтобы не нарушить ее состояние.

— И вот теперь Костя меня нашел. Я осталась единственной, кто может ему навредить, потому что журналист мертв, редактор мертв — и только я... Но он это исправит. Грузовик неспроста врезался в мою машину.

299

Водитель выпрыгнул из кабины буквально за минуту... Может, оно и к лучшему... Ты сейчас иди, я посплю. Мне нужны будут силы, Макс...

— Хочешь умереть, глядя смерти в лицо? — неловко пошутил Нестеров и сам устыдился своей глупости и бестактности.

«А потом просто усмехаешься и советуешь — мол, смените ручку, господин сценарист. А то в старой чернила закончились, если вы этого не заметили вдруг. Текст пошел невидимый и бредовый.

Мэрик не в состоянии возвращаться туда, где его щелкнули по носу и прищемили лапу. Не лапу — душу прищемили. Никогда, камбэки — это не мое. Я начну жить заново, с чистого листа, с ровного места, с новым человеком. Прошу заметить — с любимым человеком. И мне совершенно наплевать, что об этом думаете вы — и кто там еще об этом думает. А потому — всех на фиг. Я устала оглядываться на мнение окружающих, устала делать так, «как принято». Я хочу прожить то, что мне осталось, так, как я этого хочу сама. И я из шкурки вон вылезу — а проживу.

Конечно, я не мечтала никогда, что буду сидеть в кресле, обернув ноги пледом, с ноутбуком на коленях и писать что-то, а вокруг меня будет суетиться любимый человек — нет, это пошло, вульгарно — и вообще дурновкусие, если что. Но быть рядом с любимыми людьми я имею полное право, я думаю. И я буду».

Эта запись оказалась последней, дальше странички в блокноте остались чистыми.

Нестеров закрыл потрепанную книжечку и задумался. В том, что Мария не преувеличила опасность, он не сомневался. Костю Кавалерьянца в городе помнили до сих пор. О его жестокости ходили легенды. Он не просто был отменным игроком в карты — он занимался выбиванием долгов, и у тех, кто имел несчастье попасть ему в руки, практически не было шансов. Разумеется, после его отъезда в Испанию все это со временем стало напоминать легенды, но то, о чем писала в книге Мария, имело место быть, и остались люди, хорошо помнившие те события. О громком убийстве известного журналиста Максим тоже слышал, о нем трубили все телеканалы несколько дней. Убийцу, расстрелявшего мужчину прямо у ларька с сигаретами, разумеется, так и не нашли. И теперь, значит, Мария на очереди.

...Пятеро мужчин шумно шли по коридору травматологии, заглядывая поочередно во все палаты, большинство из которых пустовало.

— Ты думаешь, здесь? — с сомнением спросил шедший впереди черноволосый приземистый мужчина в распахнутой кофейно-бежевой дубленке, и ближайший к нему спутник отозвался:

— Да верняк, Костя. Мои парни отследили «Скорую», а травматология тут только одна.

— Гляди мне, Гоша, этого косяка уже не спущу. Ведь это ты виноват в том, что она решилась эти бредни печатать. Ведь как просил тебя — следи за всем, что она говорит и делает, разве это было так трудно? Или нельзя было нормального водилу найти, чтобы тот не промахнулся и растер ее тачку в муку? А так — сам едва не убился, придурок, и ее только покалечил. Ничего вам нельзя доверить, все самому нужно!

— Кто знал, что она такая ушлая окажется, — оправдывался Гоша. — С виду-то обычная телка...

— Телка! Вот и телка тебе — подставила всех!

«А не подставила бы она никого, не шлепни ты собственноручно того чувака, с которым у нее роман начался, да еще и у нее на глазах!» — раздраженно подумал про себя Гоша, однако вслух сказал:

— Да ладно, Костя, чего теперь-то... Столько народу положили за эти ее писульки...

— Я ее, суку, буду убивать дома — и медленно, чтобы помнила. Это из-за нее я снова в эту страну вернулся, из-за нее! Писательница, мать ее! Мэри Кавалье — это же надо! — Костя вынул из кармана дубленки уже изрядно потрепанную книгу и потряс ею перед лицом Гоши. — Вот оно, дерьмо это! Если кому-то в ментуре придет в голову проверить — все, мне такой срок корячится — пяти жизней не хватит отсидеть! Хорошо, издательство мелкое было, обанкротили быстро. А все равно весь тираж не смогли перехватить, расползлось по стране!

— Что здесь происходит? — раздался у них за спинами голос Нестерова, и все пятеро развернулись. — Почему посторонние в отделении?

— О, а вот и доктор, — протянул Костя. — Ты, главное, не шуми, доктор, мы сейчас у тебя одну пациентку заберем на домашнее лечение — и все.

— Какую пациентку?

— А вот Марию Кавалерьянц некую... сегодня из автодорожной привезли утром. Жена это моя, дома лечить хочу, своим докторам только доверяю.

Карие глаза Кости смотрели на Нестерова спокойно и уверенно, держался он по-хозяйски, будто бы не сомневался даже в том, что сейчас все будет сделано так, как он скажет.

Нестеров помолчал, потупив глаза, потом проговорил, словно с трудом:

— Я сожалею...

Костя замер:

— Что? Что значит — ты сожалеешь, лепила? Где моя жена?

— Мы сделали все, что было возможно, но травмы оказались несовместимы... Тело можно будет забрать после праздников.

Повисла пауза. Охрана Кавалерьянца смотрела на хозяина, ожидая распоряжений, а тот словно впал в ступор, молчал и только хлопал огромными карими глазищами.

— А-а-а-а! — взвыл Костя, упав вдруг на колени. — И тут обставила! Тварь, сууука! Я сам, сам должен был!

— Костя, Костя, хорош! — засуетились вокруг него мужчины. — Поедем домой, хватит. Праздник нынче, все равно ничего уже не поправишь — ну, так и помянем заодно...

Они кое-как подняли обвисшего на их руках Костю и волоком вытащили из больницы.

Нестеров в окно пронаблюдал, как вся орава садится в два джипа и отбывает с территории, а потом бегом бросился вниз, в больничный морг.

Подмениться на остаток новогодней ночи Нестерову удалось — приятель Олег вошел в положение и вышел к одиннадцати часам. Нестеров на своей машине увез Марию в маленькую холостяцкую квартиру, уложил на диван и успел накрыть подобие стола, достав даже бутылку шампанского.

Марии пить было нельзя, но она слабой рукой подержала бокал и даже слегка коснулась им бокала Нестерова.

— За тебя, Максим...

— Нет, за тебя... Мэри, — улыбнулся Нестеров. — Кстати, а почему «мэрик»?

— Это Марго меня так звала... маленькая, злая, кусающаяся собачка... как я...

Марго прилетела через два дня — по настоянию Марии Нестеров дал ей телеграмму.

Молодая женщина с каштановыми волосами, забранными в пучок деревянной шпилькой, которую Нестеров узнал сразу, к своему изумлению, — эта вещица раньше принадлежала Марии, и она точно так же закалывала ею волосы кверху.

Марго выглядела так искренне озабоченной, что Максим невольно позавидовал Марии — сразу становилось понятно, что есть человек, который будет заботиться о ней и сделает все, чтобы поставить ее на ноги.

Все поведение молодой женщины напомнило ему щенка спаниеля — вот он прыгает радостно вокруг больной хозяйки, старается лизнуть в лицо, чтобы хоть как-то облегчить страдания. Да и сама Мария в присутствии Марго сделалась совершенно другой — мягкой, спокойной и беспомощной, хотя Максим прекрасно знал, что в жизни она жесткая и бескомпромиссная.

Решительно отвергнув все возражения, Марго забрала Марию к себе. Максим провожал их в аэропорт и, взглянув на сидящую в кресле-каталке Марию, вдруг вспомнил последнюю запись в ее блокноте — ту, про клетчатый плед.

Мария, видимо, тоже об этом помнила, потому что решительно сдернула с ног покрывало и, глядя в глаза озабоченно склонившейся к ней Марго, проговорила:

— Никогда больше не делай такого. Я не останусь инвалидом — ясно?

И Марго согласно закивала:

— Конечно, Мэри, как ты скажешь. Все будет так, как ты скажешь, дорогая.

Через полгода Нестеров получил посылку откуда-то из Франции. Из небольшого ящичка он достал сперва фотографию, с которой ему улыбалась Мария, сидевшая в плетеном кресле на балконе старого дома, а потом книгу.

«Обмануть смерть» — новый роман Мэри Кавалье, о котором он буквально вчера прочитал в интернете.

«Надо же, она все-таки написала», — подумал Нестеров, разглядывая фотографию Марии на обложке.

Она почти не изменилась, только взгляд стал жестким, да губы были сложены в какую-то незнакомую скорбную полуулыбку.

Максим мысленно перенесся в ту новогоднюю ночь, когда после ухода Кости он побежал вытаскивать Марию из больничного морга. Идея объявить ее мертвой пришла ему в голову в ту секунду, когда она заговорила о своей скорой смерти. Нестеров моментально сообразил, куда он сможет спрятать Марию и где ее гарантированно никто из людей Кавалерьянца искать не станет. Он наскоро написал в истории болезни посмертный эпикриз, сам уложил женщину на каталку, закрыв простыней с головой, как положено, и даже укрепил бирку на ногу — чтобы у Арины, помогавшей ему везти каталку в морг, не возникло подозрений.

— Мы ее сразу в секционную положим, хочу вскрыть по свежему — не пойму, отчего такое могло произойти, — объяснил он медсестре, закатывая каталку в просторный секционный зал.

Арина только плечами пожала — доктор сегодня явно чудил, но вдаваться в подробности девушка не стала — в отделении ждал накрытый к праздничному ужину стол, а тяжелых больных больше не было...

Когда Нестеров вбежал в морг, Мария по-прежнему лежала на каталке между двух секционных столов и спала. Максим затормошил ее, задышал жарко в лицо:

— Маша... Машенька, все закончилось... Все закончилось, моя девочка...

— Не зови меня так... — прошептала она чуть слышно, и Максим согласно закивал:

— Да, конечно, как скажешь... Все, едем отсюда. Ты испугалась?

— Нет, — равнодушно бросила она. — После смерти Германа мне уже ничего не страшно. Костя застрелил его на моих глазах... Это была наша вторая встреча — вторая — и последняя. Он так и остался для меня буквами на мониторе ноутбука. Я не успела ничего сказать ему...

— Все, Маша... все...

Нестеров потряс головой, оттоняя печальные воспоминания, и открыл книгу.

«Спасибо тебе, доктор. А в морге было холодно», — гласила надпись на титульном листе, которую венчала витиеватая подпись.

Мария с юности любила сложные автографы...

НАСЛЕДСТВО

Москва, нулевые

Она вышла из подъезда, поежилась, привычным жестом набросила капюшон на рыжие волосы — шел дождь. Поправив на плече ремень огромной сумки, быстрым шагом направилась по выложенной брусчаткой дорожке к выходу из двора.

Сейчас остановится на углу, поднимет руку, останавливая такси — опаздывает, до метро еще добежать нужно.

Марго, вытирая тарелку, смотрела в окно и прокручивала все действия, совершаемые подругой, как кинопленку. Практически всегда одно и то же, разве что такси сегодня в новинку, обычно Мэри не опаздывает.

И тут Марго увидела его. Он стоял у стены дома напротив, курил, подняв воротник черной кожаной куртки, и наблюдал за Мэри.

Марго могла поклясться, что именно Мэри являлась объектом наблюдения — едва она села в такси, как

311

мужчина, бросив окурок в кучу сметенных дворником листьев, тут же оказался у припаркованного мотоцикла, надел шлем и рванул в том же направлении.

Сердце нехорошо забилось. Интересно, сама Мэри почувствовала это или нет?

Марго волновалась сильнее с каждой минутой, даже сама не понимая, почему. Но руки дрожали, сердце по-прежнему бухало так интенсивно, что стало трудно дышать. В голове возникали картины одна ужаснее другой — и все были связаны с Мэри. С ней никогда нельзя было оставаться спокойной, постоянно что-то происходило.

«Женщина-катастрофа», — посмеивалась она сама, но Марго никогда не считала эту шутку удачной.

— И Джеф, как назло, в отъезде, — пробормотала Марго.

Муж отсутствовал уже вторую неделю, а сейчас мог бы дать дельный совет или проверить, что за тип провожает Мэри.

— Ладно, может, я и зря паникую. Могло ведь просто так совпасть... ну, курил мужик, потом сел на мотоцикл и уехал... при чем тут Мэри-то? Хотя... это же Мэри, она всегда при чем...

Пытаясь отбросить тревожные мысли, Марго занялась домашним хозяйством — ей приходилось готовить, учитывая еще и Мэри, потому что иначе та вообще бы перестала есть, времени на готовку у нее вечно не было, а холодильник существовал исключительно для молока, которое Мэри добавляла в кофе.

Марго же, сидя дома, всегда могла приготовить что-то и отнести в квартиру подруги несколькими этажами выше.

Сегодня вечером Мэри вдруг явилась сама. Когда удивленная Марго открыла дверь, Мэри, с размаху бросив сумку на вешалку в прихожей, быстро скинула туфли и плащ, с которого капала вода — дождь так и не прекратился, — и промчалась в кухню, забилась там в давно облюбованный угол между столом и стеной, поджала под себя ноги, вставила в мундштук сигарету и хриплым голосом произнесла:

— За мной следят, — при этом рука ее, поднесшая к кончику сигареты зажигалку, дрожала так, что гасло пламя.

— Кто, Мэрик? — Марго села напротив и встревоженно посмотрела в бледное лицо подруги.

Мэри откинула со лба отросшую рыжую челку, выпустила облачко ментолового дыма и зажмурилась:

— Понятия не имею. Но за мной постоянно ходит какой-то человек, и не исключено, что не один. Сегодня выскочила в перерыве на улицу покурить, а на крыльце сидит парень, прямо на перилах. Меня увидел, смутился и ушел.

— У него шлем был?

— Что?

— Шлем мотоциклетный был у него? — повторила Марго.

— Кажется, был... да, точно — белый, на локте висел. А что?

— Ну, поздравляю... к сожалению, это не паранойя, а вполне себе реальный человек. Он тебя с утра провожал, за такси твоим на мотоцикле поехал.

Глаза Мэри сделались пустыми и ничего не выражающими, она глубоко затянулась, обхватив губами мундштук.

Марго молчала. Она понимала, о чем сейчас думает подруга.

— Но он мертв, Мэрик... — осторожно напомнила она.

— И что? Он мертв, а жизнь мне отравит так, словно до сих пор жив, — мрачно произнесла Мэри.

Речь шла о ее муже, карточном шулере Косте Кавалерьянце, с появлением которого в жизнь Мэри вошли такие вещи, как слежка, похищения, угрозы и даже заказное убийство.

— И все-таки я не думаю, что это как-то с Костей связано, — не совсем уверенно произнесла Марго, прекрасно понимавшая — ну, а с кем еще-то...

— Ладно, прорвемся, — зло сказала Мэри, воткнув окурок в пепельницу. — Я просто растерялась с непривычки, давно уже ничего такого... Сейчас соберусь, все нормально...

Марго смотрела на нее со смешанными чувствами. Высокая, худая, с мелкими косточками и бледной кожей, Мэри всегда казалась ей ребенком, хоть и была старше, однако внутренний стержень, почти мужская сила воли и отвратительный характер делали подругу каким-то непостижимым киборгом, организмом, способным вынести непомерные нагрузки — хоть физические, хоть моральные. При этом Мэри внутри была ранима, пусть и старалась изо всех сил не показать этого никому. Но Марго, заходя в квартиру в отсутствие подруги, часто находила исписанные мелким острым почерком листки из блокнотов, салфетки или попавшиеся под руку Мэри рекламные афишки. В стихах Мэри была собой — той самой Мэри, которую никто не знал. Марго бережно собирала эти листочки и складывала их дома в папку.

— Мэрик... тебе нужно быть осторожнее, — пробормотала Марго, отлично понимая, что все слова лишь пустой звук.

Что может сделать Мэри? Перестать ходить на работу? Запереться в квартире, совсем не выходить на улицу? Это не гарантия безопасности, и они обе отлично об этом знали.

— Все, Марго, пойду я. — Мэри, казалось, совершенно успокоилась, но от Марго не укрылось, как она, встав из-за стола, бросила быстрый взгляд в окно, пытаясь понять, торчит ли во дворе ее провожатый.

— Погоди, я тебе ужин соберу, — спохватилась Марго и встала, но Мэри, изящно обогнув ее на крошечном пятачке пола, чмокнула в щеку и отказалась:

— Не нужно. Я все равно есть не смогу, пропадет в холодильнике, жалко твоих трудов.

— Ты вообще ничего не ешь, — сокрушенно вздохнула Марго.

— Ничего, мне полезно держать себя в форме.

Сорок восемь килограммов веса позволяли Мэри есть все, что угодно, но Марго не стала спорить, понимая, что бесполезно. Да и не потому Мэри отказалась от ужина, что следила за весом, а потому, что на нервной почве никогда не могла заставить себя проглотить ни кусочка.

Подруга ушла, а Марго, заперев за ней дверь, устремилась в кухню, попутно выключив свет — хотела сама убедиться в том, что во дворе не дежурит очередной непонятный тип, преследующий Мэри. Но никого странного она, конечно, не увидела. Зато поняла, с кем может обсудить волнующую тему и, возможно, попросить о помощи. А помощь им с Мэри, очевидно, пригодится очень скоро...

— Тебе не кажется, что ты зря позвонила?

Раздраженный голос в трубке, и вот уже Марго снова почувствовала себя маленькой, никчемной и неуместной.

— Я тебя отвлекаю?

— Да. Ты всегда меня отвлекаешь. Что тебе нужно на этот раз?

Щелкнула зажигалка. Марго молчала. Она уже и сама не знала, зачем позвонила — просто устала постоянно быть одна. Вечно занятая в своем клубе Мэри не в счет. Лучше бы продолжала регулярно книги писать, тогда бы у Марго хотя бы появилось дело — переводы на французский. Это дало бы ей иллюзию работы, занятости, нужности, отвлекло от мыслей о периодических отлучках мужа и от тотального одиночества. Но Мэри вдруг с головой ушла в то, что умела с детства, — в бальные танцы, устроилась в клуб недалеко от дома, тренирует и сама потихоньку танцует, хотя и не очень уверенно пока — автодорожная авария до сих пор напоминает о себе болями в ногах. Марго знала, с каким трудом иногда подруга встает утром с постели, прикусив от боли губу, а вечерами лежит подолгу в горячей ванне с солью, чтобы хоть немного снять напряжение с натруженных за день тренировок ног.

«Зачем я ему позвонила? — мучилась Марго, черкая попавшим под руку карандашом в блокноте. — Чтобы голос услышать? Соскучилась? Ведь нет... не за этим же... или — да?»

— Марго! — властно произнесли на другом конце. — Ты или говори, что хотела, или я трубку кладу, мне некогда.

— Тебе всегда некогда.

— И это вместо благодарности? — В голосе зазвучала насмешка, неприятно кольнув Марго. — Я бросаю все дела, бросаю ребенка и мчусь то в Москву, то в Бильбао, то еще куда — и все для того, чтобы помочь кому-то из вас выпутаться из очередной ситуации, в которую, заметь, не я вас обеих заталкиваю. Вы сами, добровольно, без моих подсказок, то и дело вмазываетесь во что-то и сразу вспоминаете — о, а ведь есть Алекс, он сейчас прилетит и все разрулит.

— Не зря тебя Мэри Бэтменом называет, — не удержалась Марго.

— Тогда уж цитируй точнее — Бэтманяном, — не остался в долгу Алекс. — Думаешь, я этого не знаю? Так чего ты все-таки хотела? — Казалось, что эта довольно глуповатая шутка слегка разрядила обстановку и немного смягчила Призрака.

— Мне кажется, за Мэри кто-то следит, — решилась Марго.

— О, ну, я так и знал! Разумеется, дело в Мэри — в ком же еще-то! Я уже начинаю жалеть, что не открутил ей голову, как требовал ее супруг.

— Прекрати, Алекс...

— Не надо было возвращаться сюда, какого черта вам во Франции не сиделось-то?

— Она там чуть не спилась, ты же помнишь.

— А, да, как же я забыл, что наша рыжая подружка предпочитает любую неприятность тут же запивать коньяком! — саркастично отозвался Алекс. — Супруг-то ее здорово в этом напитке разбирался.

Кости Кавалерьянца, мужа Мэри, не было в живых уже полгода, и об обстоятельствах его гибели ни Мэри, ни, тем более, Алекс никогда вслух не говорили, хотя Марго догадывалась — Призрак приложил к этому руку. Но раз Костя мертв, то кому теперь могла понадобиться Мэри? Кто мог знать, что она жива?

— Ты не думаешь, что нашелся какой-нибудь охотник за ее фантастическим наследством? — вдруг огорошил Алекс.

Как раз около года назад Мэри неожиданно получила крупную сумму и теперь раздумывала, что делать с так неожиданно обрушившимися на нее деньгами.

Вполне вероятно, что такой куш мог заинтересовать кого угодно — семь миллионов долларов и ранчо в Техасе, доставшиеся Мэри от умершего дедушки, мгновенно сделали ее очень желанной женщиной. Даже покойный ныне Костя попытался провернуть операцию по лишению Мэри этой фантастической суммы, да вот очень вовремя погиб...

— Она уже решила, что с деньгами делать будет? — спросил Алекс.

— Определенного ничего не говорила, сказала только, что хочет квартиру выкупить — ту, в которой сейчас живет, все равно хозяева решили сюда не возвращаться.

— Ну, это не та сумма... а с остальным?

— Да не знаю я... неудобно спрашивать. И потом — ты ведь знаешь Мэри, она всегда все в себе носит. Но меня очень беспокоит то, как она выглядит и как себя чувствует.

— А я-то чем могу помочь? Я не врач, — огрызнулся Алекс, но Марго почувствовала, что злиться на нее он перестал.

— Ты бы поговорил с ней, а?

— Ты в своем уме? Сколько я могу нянчить эту сумасшедшую? Кроме того, она категорически не желает видеть меня, говорить со мной и вообще обо мне помнить. Ясно дала понять во время последней встречи. А ведь я ее замуж звал.

— Представляю, с каким трудом ты пережил ее отказ! — не удержавшись, уколола Марго, представив, с каким выражением лица самоуверенный Призрак выслушивал ледяное «нет» от Мэри.

— Это не твое дело. Пережил, как видишь. Но и помогать ей больше не стану, других дел у меня нет, что ли? В общем, отстань от меня с этим, Марго. — И Алекс бросил трубку.

Марго еще пару минут посидела, вертя в пальцах мобильный и представляя, как разозлился Призрак. Это прозвище, кстати, тоже прилепила ему Мэри — за привычку возникать не там и не в то время и делать это неожиданно для всех.

Их странные отношения напоминали чечетку на жерле проснувшегося вулкана — Алекс никак не мог поверить в то, что есть женщина, никак не желающая поддаваться его чарам и не признававшая за ним главенства. Мэри была для него слишком сложной, его это страшно злило и толкало на разные безумные поступки, однако с фактами не поспоришь — Мэри оставалась неприступной.

Марго знала, что на самом деле подруга не такая уж холодная, напротив — в ней всегда бурлило множество эмоций, но в случае с Алексом что-то пошло не так, и она с упорством отвергала все его попытки сблизиться.

Причина была банальной — Мэри никак не хотела становиться между ним и Марго, и никакие доводы ее не убеждали. Марго клялась, что никогда больше не вернется к бывшему мужу, с которым рассталась уже давно, успев за это время снова выйти замуж и снова разойтись. Алекс был уже воспоминанием, старым приятелем, человеком, умевшим решить ее проблемы — но и только. Однако Мэри видела в этом что-то другое и не хотела рвать эту связь, не хотела быть причиной их окончательного разрыва.

Марго знала, что Алекс, переварив полученную информацию, никуда, разумеется, не денется и в случае крайней опасности непременно поможет, просто не в его правилах сразу соглашаться, он всегда любил напустить на себя флер таинственности, загадки и некой неприступности. Такая игра, что поделаешь...

Но тревога за Мэри росла. Она так часто возвращается домой поздно, всегда одна — кто знает, чем это может обернуться. Марго было решила выходить по вечерам вроде как на прогулку, а заодно встречать подругу, но быстро поняла, что Мэри это не понравится, она сразу поймет, в чем причина такой внезапной любви к вечернему променаду.

Нет, это не годилось... И, как назло, Джефа не было в городе, его даже в стране, кажется, не было, но об этом Марго предпочитала не думать. Он мог уехать на родину, в Ирландию, мог оказаться где угодно.

Было уже около двух часов ночи, Марго все еще крутилась в постели, мучаясь от бессонницы, когда в дверь позвонили.

«Кто это?» — холодея внутри, подумала Марго, спуская ноги с кровати и нашаривая тапочки.

Все тело стало словно ватным от ужаса, голова закружилась, а во рту противно пересохло, казалось, даже язык прилип к небу.

На цыпочках добравшись до двери, она осторожно отвела металлический кружок, закрывавший отверстие глазка, — на площадке стояла Мэри в теплом халате и с банным полотенцем на голове.

— О господи... — пробормотала Марго с облегчением и защелкала замками: — Мэрик, ты чего?

— Прости, что без звонка и среди ночи, — процедила подруга, входя в квартиру.

— Случилось что-то?

— Не знаю, Марго... мне очень страшно. Такое чувство, что за мной и дома наблюдают.

— Седьмой этаж, Мэри... Ты никогда не раздвигаешь портьеры на окнах, не любишь дневного света...

— А ощущение такое, что на меня в прицел смотрят, — пожаловалась Мэри, обхватив себя за плечи.

Слово «прицел» особенно не понравилось Марго и мгновенно связалось в одну цепочку с ее сегодняшним звонком Алексу, но она отогнала от себя эту мысль — нет, он не мог появиться здесь так быстро. Да и вообще неизвестно, где он сейчас — в Англии, в Австрии или, может, в Таиланде, куда любил улететь на месяц-другой осенью.

— Мэри, тебе бы поспать. Я сейчас на диване постелю... или, хочешь, пойдем ко мне, все-таки вдвоем не так страшно? Мы сто раз спали в одной кровати.

— Не в кровати дело, Марго... как жить? Если бы понять, в чем дело... а так... чувствую себя загнанным зайцем — вот-вот из-за куста вынырнет гончая и вцепится в меня зубами...

Марго обняла подругу, подхватила упавшее с мокрых рыжих волос полотенце:

— Ничего, малыш, мы и это переживем. Будем надеяться, что и в этот раз ведро с краской мимо пролетит. Помнишь? — Марго развернула Мэри к себе лицом и слегка встряхнула: — Помнишь? По Новокузнецкой шли с тобой...

Мэри как-то вымученно улыбнулась:

— Это просто было не наше ведро, Марго.

— Да — определенно, оно караулило того парня в новых джинсах, рядом с которым и упало. А по теории вероятностей должно было упасть аккурат в тот момент, когда мы бы проходили под этим козырьком, который маляры красили.

— Парень обошел нас по части нечистой кармы...

Не выдержав, обе рассмеялись. Такие ситуации, граничившие часто с курьезом и абсурдом, происходили в их жизни с завидной регулярностью. То они садились в такси к глухонемому таксисту и битый час колесили по Москве, не умея объяснить ему ни маршрута, ни желания выйти. То ухитрялись заблудиться на машине в Химках, поймать такси и потом на такси же вернуться и на глазах изумленного водителя сесть в собственную припаркованную машину и поехать прочь. Мэри однажды, когда еще не жила в Москве, везла Марго из своей Сибири лекарственную траву, с беспечностью сунув пакет в ручную кладь. Естественно, на контроле ее остановили, и она, совершенно не понимая, что происходит, заявила на вопрос милиционера «Что везете?»:

— Как что? Траву.

И когда блюститель порядка, вытирая вспотевший от волнения лоб, поинтересовался вторично, подтвердила без тени сомнения:

— Сказала же — траву.

— Впервые вижу такую наглость, — ошарашено заявил немолодой милиционер, в упор разглядывая рыжеволосую девицу в узких джинсах и замшевых ковбойских сапогах. — Чтобы мало того, что везет в открытую, так еще и сама об этом заявила.

Мэри, почуяв неладное, захлопала глазами:

— А что не так?

— Девушка, милая, да вы что? — взмолился милиционер. — Вы серьезно или издеваетесь?

И тут вмешалась сотрудница аэропорта:

— Михалыч, да брось ты! Это ж сбор лекарственный, для иммунитета! Я сама такой пью, могу в дежурке показать, с собой таскаю.

И тут до Мэри дошло, что она только что сказала и как это воспринял милиционер. Согнувшись пополам от хохота, она пробормотала:

— Извините, пожалуйста... это на самом деле... о господи...

Милиционер все-таки заставил ее вскрыть пакет, обнюхал траву, помял в пальцах и, покачав головой, произнес:

— Не шути так больше, дочка. Может кто-то совсем без чувства юмора попасться.

Рассказывая об этом Марго, Мэри хохотала, но подруга не сразу разделила ее веселье:

— Ты бы, Мэрик, действительно думала, что и кому говоришь.

— Да ведь самое смешное в этом как раз то, что я не собиралась шутить, понимаешь? Я везу траву — что в этом такого? — веселилась Мэри, прикуривая очередную сигарету.

Словом, нелепых случайностей хватало. Но, к сожалению, то, что происходило сейчас, нелепым или случайным назвать было нельзя. Лежа в большой кровати, они, не сговариваясь, думали о том, что теперь делать.

— Может, мне уехать, Марго? — глухо произнесла Мэри.

— Куда? Тебе некуда ехать. Если только к Алексу.

Мэри резко села, сбросив одеяло:

— Я больше не хочу о нем. Никогда, Марго, слышишь?

— Значит, тебе никто не поможет.

— Скажи, почему, ну, почему я должна зависеть от него, а? — зашипела Мэри, наклонившись над лицом подруги.

— Я не сказала — зависеть. Я сказала, что только он может помочь тебе. Сама подумай — разве ты можешь, скажем, в милицию с этим пойти? Что ты там скажешь? Мол, люди моего мертвого супруга или кого-то еще преследуют меня, а сама я официально тоже мертва и живу по поддельному паспорту?

— Прекрати.

— Не нравится? Тогда не упрямься. Позвони ему.

— Не сомневаюсь, что ты уже сделала это, потому теперь настаиваешь на моем звонке — это ведь было его условием, да? — Мэри встала и направилась в кухню. Оттуда послышался звук щелкающей зажигалки. — Марго, я не буду делать этого.

— Конечно, не будешь, — пробормотала Марго еле слышно. — Вы оба слишком упрямы, чтобы понять... А мне что делать? Что делать мне, зная, что тебя могут в любую секунду украсть, искалечить, убить? — повысив голос, спросила она.

— Ты сама сказала — официально я мертва, так чего тебе бояться? Два раза не умирают.

— Идиотка... — вздохнула Марго. — Ты как хочешь, а я попробую уснуть.

— Я возьму твой ноутбук? Набросаю пару страниц. Не бойся, в почту твою не полезу.

— Прекрати! Ноутбук на столе в комнате. А... ты снова что-то пишешь?

— Да. Пытаюсь. — По тону Марго поняла, что дальнейшие расспросы бесполезны, Мэри никогда не обсуждает заранее сюжет романа.

Но в душе поселилась надежда — если Мэри снова начала писать, это означает, что через пару месяцев у Марго снова будет работа — перевод на французский, потому что издавать книги в России упрямая Мэри никак не хотела. Французская писательница Мэри Кавалье — и всех все устраивало.

Вскоре из комнаты послышался стук клавишей, и Марго незаметно уснула под мерный ритм.

Утром она проснулась одна. В кухне на столе обнаружился одинокий стакан с остатками воды, окурки от тонких сигарет в пепельнице, а в комнате — выключенный ноутбук и вырванный из блокнота листок со стихами. Почему Мэри не записывала их в файл, для Марго всегда оставалось загадкой, но эти листочки с неровными строками всегда вызывали у нее умиление.

> С холодной улицы к тебе войду.
> Горячий, мечешься, в густом бреду.
> Меня не узнаешь — и хорошо,
> Что своим сердцем меня нашел.
> Когда проснешься — ты будешь здоров.
> Мое молчание жарче слов[1].

«Не слишком похоже на посвящение Алексу», — Марго убрала листок в папку, где хранила целую уйму таких вот записок.

Настроение Мэри ей не нравилось, как не нравилось и то, что она ушла утром, не разбудив ее.

Бросив взгляд на часы, Марго поняла, что сейчас подруга должна выйти из подъезда, и кинулась к окну проверить, на месте ли провожатый. Двор был пуст,

---

[1] Стихи Ольги Пряниковой.

и на привычном месте никто не курил, это насторожило Марго.

Вот из дверей показалась Мэри — рыжие волосы сразу взметнулись, подчиняясь порыву ветра, полы длинного пальто тоже превратились в крылья, хлопая за спиной танцовщицы. Она пыталась справиться одновременно и с пальто, и с волосами, которые закрывали ей лицо, уронила с плеча сумку, занервничала, изо всех сил пнула ее ногой так, что сумка пролетела метров пять и плюхнулась на асфальт возле забора, огораживавшего детскую площадку, прямо в кучу облетевших желтых листьев. Мэри же опустилась на корточки и утопила лицо в коленях — Марго показалось, что подруга заплакала. Внезапно Мэри резко выпрямилась, встала, подобрала сумку и, закинув ее на плечо, решительно направилась к выходу из двора твердой походкой человека, в жизни которого все в порядке.

Такие перемены настроения у нее случались, но нечасто, и Марго всегда четко знала причину. Алекс. Он всегда заставлял Мэри чувствовать себя слабой, беспомощной, но в какой-то момент она ухитрялась выйти из-под его контроля и сопротивлялась с такой силой, что Призрак невольно отступал. Но им обоим, похоже, нравилась эта игра, раз они ее не прекращали.

— Неужели он ей позвонил? — пробормотала Марго, провожая Мэри взглядом и беря с подоконника лейку. — Или вообще — приехал? Иначе с чего бы Мэри убегать так рано и даже меня не разбудить? Надо же... а сказал — ничего не хочу слышать.

Телефонный звонок заставил ее вздрогнуть. Мобильный лежал в спальне, и Марго, кинувшись туда, здорово ушибла ногу, врезавшись в отодвинутый стул.

— Черт... — пробормотала она, опускаясь на кровать и потирая лодыжку. — Алло! — даже не посмотрев на экран, произнесла она.

— Что так долго? — недовольно спросил Алекс, и Марго вздрогнула, ожидая кого угодно, кроме него:

— Это ты?

— Нет, это Хулио Иглесиас тебя беспокоит, хочет спеть дуэтом! — огрызнулся он. — Где твоя истеричная подружка?

— На работу ушла только что. А разве... разве ты ее не видел?

— Где бы я ее видел?

— Я так поняла, что ты у нее...

— Я тебе плохо объяснил? Сказал же — видеть ее не желаю.

— Тогда я вообще не понимаю...

— Потом поймешь, Марго. Слушай внимательно. За Мэри следят двое, ходят по очереди, меняются, переодеваются, используют разные виды транспорта. Я пока не выяснил, откуда они, но могу сказать, что к мертвому супругу Мэри отношения точно не имеют, потому что оба — иностранцы.

— А это ты как узнал?

— Больше ничего не хочешь? — насмешливо поинтересовался Призрак, и Марго услышала звук щелкнувшей зажигалки.

— Да, прости... а что же делать теперь?

— С ней ничего не случится, пока я не захочу. — И от этой фразы у Марго по спине пробежал ледяной холодок. — За ней присмотрят. Но я не могу вечно ее опекать, понимаешь? И мне сложно делать это на расстоянии. Будь добра, сделай так, чтобы она как можно скорее уехала ко мне в Лондон.

Марго вздохнула. Это было как раз то, о чем она мечтала — чтобы Мэри уехала к Алексу, как он того хотел, чтобы помогла, наконец, ей спокойно жить с мужем, без постоянного присутствия Алекса. Эти двое идеально подходили друг другу, могли бы быть счастливы. Но Мэри упрямилась. И Марго отлично знала — очередной разговор на эту тему ни к чему не приведет.

— Ты ведь знаешь ее, Алекс, — вздохнула она. — Если Мэри сказала «нет»...

— ...то она с легкостью скажет «да», если ей это будет зачем-то нужно, — оборвал Призрак. — Знаем, проходили. Марго, пойми — она подвергает себя опасности, а с этими внезапными деньгами — особенно. Мне кажется, это кто-то из американской родни ее деда — ну, там троюродные племянники, внучатые... Чем возиться с судами и платить адвокатам, проще убрать никому не известную девку здесь, в России, предварительно заставив подписать нужные документы. И не мне тебе рассказывать, какими методами действуют подобные люди.

Марго внутренне содрогнулась.

— Не пугай меня...

— Тогда сделай милость, сама испугай свою подружку. Объясни, что рядом со мной она будет в безопасности.

«Если бы», — подумала Марго, а вслух произнесла:

— Она уже отказалась ехать с тобой полгода назад.

— И я это понял. И отступил, если ты заметила. У нее было достаточно времени на раздумья — ровно столько, чтобы влипнуть в очередную историю! — взревел Алекс, и Марго едва не выронила трубку:

— Не кричи... я попробую... но ты знаешь — с Мэри ни в чем нельзя быть уверенной...

— Постарайся, Марго. Так всем будет лучше. И Мэри, и мне... и тебе с Джефом, — с нажимом произнес он после многозначительной паузы.

— Ты мерзкий шантажист, Алекс...

— Уж какой есть. Короче, Марго... ты все поняла, я думаю. Только поторопись.

— А как же Мэри? Ты точно сделал все, чтобы она была пока в безопасности?

— Я когда-то тебе врал?

«Да! Врал, и не раз. Врал, изменял, бросал, даже смерть свою инсценировал. Но кто считает, правда?» — Марго знала, что говорить этого вслух не стоит, потому пробормотала только:

— Я все поняла... — И он повесил трубку. — Черт бы тебя побрал, Алекс! — выкрикнула она в молчащий мобильный. — Как я должна уговорить ее?! Связать и сунуть в чемодан?! С этим даже ты не справился!

Бросив телефон на кровать, она схватила подушку, уткнулась в нее лицом и заплакала. Она понимала, что говорить с Мэри на эту тему совершенно бесполезно, не стоит даже начинать, чтобы не спровоцировать скандал — подруга еще ночью четко дала понять, что не желает иметь с Алексом ничего общего. А давить на Мэри не мог даже он, куда уж Марго, тут она признавала свое поражение сразу.

«Что же мне делать? — думала она, раскачиваясь из стороны в сторону. — Если я ее не уговорю, ее просто пристукнут где-нибудь в подворотне. Чертовы деньги... вот кто сказал, что без них невозможно? Когда появляется такая сумма, ее обладатель сразу превращается в мишень, словно на лбу точку-мишень нарисовали. Конечно, Алекс прав — тут замешан кто-то из новой родни деда Мэри, кто-то со стороны той женщины, на которой он в Америке женился. Еще бы — такие деньжищи уплыли... А ведь это я настояла, чтобы Мэри приняла их. Надо было позволить ей отказаться, как она и хотела».

Теперь размышлять об этом было поздно, деньги у Мэри, Мэри в опасности. И нужно уговорить ее уехать. А это задача невыполнимая.

...Уже стемнело, осенний холодный день плавно перекатился в вечер, зажглись фонари, и мелкий моросящий дождь в их свете казался тонкими серебряными нитками, прошивавшими полумрак двора.

Марго стояла у окна кухни, машинально вытирала тарелку и всматривалась в узкий проход между соседним домом и высокой стеной индонезийского посольства — там, судя по времени, вот-вот должна была появиться Мэри.

«Когда уже закончится эта осень? — думала Марго, напряженно вглядываясь в мокрые сумерки. — Никогда мне не бывает так отвратительно на душе, как в это время года. Кто вообще сказал, что осень может быть красивой? Она вечно ноющая, истекающая слезами и ввергающая все и вся в депрессию».

Стрелки на часах приближались к половине одиннадцатого, а подруги все не было, и это волновало Марго с каждой секундой сильнее.

Она взяла мобильник, набрала номер и с остановившимся сердцем выслушала механическое сообщение о том, что абонент недоступен. Самые худшие подозрения начали сбываться — вот уже и телефон у Мэри не отвечает.

Повторив попытку дозвониться еще пару раз и осознав, что все бесполезно, Марго бессильно опустилась на стул.

— Надо, пожалуй, Виктору позвонить, — пробормотала она.

Партнер Мэри взял трубку буквально на втором гудке:

— Я слушаю.

— Здравствуйте, Виктор. Извините, что так поздно звоню... это Маргарита, подруга Мэри, — зачастила она. — Скажите, она еще в клубе?

— В клубе? — удивился Виктор. — Нет, мы сегодня отменили свою тренировку, она ушла домой еще в восемь.

— Спасибо... — упавшим голосом пробормотала Марго. — Извините еще раз.

— Что-то случилось?

— Нет... то есть... даже не знаю, возможно... а она одна ушла?

— Конечно.

— И ей никто перед этим не звонил?

— Кажется, нет. Да в чем дело-то? — обеспокоенно спросил Виктор.

— Уже поздно, а она до сих пор не вернулась и трубку не берет, телефон выключен.

— Очень странно. Она никуда не собиралась, сказала, что сразу домой, хотела отдохнуть, жаловалась на боли в ноге, я, собственно, потому и предложил тренировку отменить, она выглядела не очень. Может быть, вам нужна помощь?

— Я не знаю, какая... спасибо, Виктор. Если она вдруг вам позвонит...

— Я сразу вам перезвоню, не волнуйтесь. И, если что, тоже мне звоните, я волнуюсь.

— Хорошо.

Марго положила телефон на стол и схватилась за голову. Если Мэри ушла так рано, то даже пешком уже была бы дома.

— А может, она дома? — пробормотала Марго, нашаривая под столом свалившуюся с ноги тапочки. — Может, лежит в ванне, а телефон выключила?

Отлично зная о привычке подруги переживать трудные моменты в одиночестве, Марго выскочила в прихожую, схватила связку ключей, вернулась в кухню за мобильным и опрометью кинулась из квартиры. Не дожидаясь лифта, она пешком поднялась на этаж Мэри и открыла дверь квартиры.

Там было темно и тихо, в ванной не шумела вода, вообще никаких признаков того, что Мэри дома или хотя бы была здесь недавно. Марго прошла по квартире, включив везде свет, поискала глазами сумку, в которой Мэри носила тренировочные вещи, не нашла и окончательно убедилась, что самые худшие подозрения начинают сбываться. Мэри пропала.

Выход был только один — снова звонить Алексу. Но и его телефон был выключен.

— Как всегда — как только ты нужен, тебя нет! — взвыла Марго, едва удержавшись от желания запустить телефоном в стену. — Вот что мне теперь делать?! Даже в милицию не пойдешь!

Она решила остаться у Мэри на случай, если подруга все-таки вернется. Эту квартиру Марго всегда воспринимала как свою, именно она нашла жилье для Мэри, помогала обустроиться, сделать косметический ремонт, да и вообще практически все заботы по уборке лежали на ней. Дело было не в том, что Мэри ничего не умела — просто она с утра до позднего вечера работала, а по ночам еще и писала книги, и Марго, сидевшая дома, добровольно взвалила на себя все, что касалось быта. Она успевала сделать необходимое и у себя, и у подруги и при этом не испытывала неудобств.

Прихватив из спальни мягкий плед, Марго устроилась в гостиной на диване, над которым висела большая фотография Мэри — подруга в широких черных брюках и расстегнутой белой рубашке сидела на стуле, лицо ее было скрыто тенью. Марго любила этот снимок, сама срежиссировала всю сцену в фотостудии и сама же настояла на том, чтобы Мэри повесила его здесь.

— Куда же ты запропастилась? — пробормотала Марго, забираясь с ногами на диван и кутаясь в плед. — И почему телефон отключила? Что у тебя за тайны, что за секреты — от меня?

На журнальном столике притулился ноутбук — именно притулился, потому что столешница была завалена какими-то блокнотами, книгами и танцевальными журналами.

Марго почти машинально рассортировала все по стопкам, смахнула ладонью пыль.

«Беда с творческими, — подумала она, мысленно вздохнув. — Никогда никакого порядка».

Между страниц одного из журналов торчал лист, и Марго потянула его к себе, подозревая, что там очередное стихотворение. Но это оказался договор купли-продажи квартиры, подписанный несколько дней назад Мэри и ее арендодателем.

— С ума сойти... — выдохнула пораженная и одновременно обиженная Марго. — Она выкупила эту квартиру и ничего не сказала мне! Ни словечка!

Вернув договор на прежнее место, она снова набрала номер Мэри, который в очередной раз оказался выключенным. То же было и с телефоном Алекса.

Поняв, что выхода нет, а ночь уже наступила, Марго сходила в спальню за подушкой и улеглась на диване под пледом, положив телефон так, чтобы видеть экран и сразу схватить трубку, если кто-то позвонит.

Когда открылась входная дверь, Марго, едва разлепившая тяжелые веки, даже не сразу поняла, где находится. Свет в прихожей не зажигали, только в проеме открытой двери она увидела два силуэта и очень испугалась.

Натянув плед до подбородка, Марго вжалась в диван и старалась даже не дышать. Ей было не видно, кто вошел — одна из створок двери перекрывала обзор, а в щель приоткрытой второй половинки прихожая не попадала вовсе. И там было подозрительно тихо, хотя, судя по захлопнутой входной двери, в квартире уже кто-то был. Да, точно — вот и шаги по направлению к кухне, но все молча, ни слова.

«Господи, кто это? — похолодев, думала Марго. — Мэри вошла бы сюда, она всегда так делает... Во что я вляпалась-то, батюшки... чего мне дома не ночевалось? Стоп, Ритка, — в трудные минуты она всегда вспоминала именно этот вариант своего имени, которым, кажется, никто никогда и не пользовался. — Стоп, прекрати истерику и подумай трезво. Вошли тихо — значит, с ключом. У кого может быть ключ? Правильно — у Мэри. Ну, еще, может, у Алекса — хотя он предпочитает отмычки. Надо встать и посмотреть, только и всего».

Досчитав для большей уверенности до десяти, Марго решительно откинула плед, встала и распахнула двери комнаты. Из кухни раздался вскрик — голос определенно принадлежал Мэри.

— Мэрик, это я! — громко сказала Марго, направляясь в кухню и щелкая выключателем, потому что там было темно.

Картина, открывшаяся ее взгляду, была ужасающа. На столе валялись распечатанные упаковки с ватой и бинтами, притулился открытый флакон перекиси водорода, среди этого бардака сидела Мэри, вцепившись в края столешницы пальцами так, что побелели костяшки, а перед ней на коленях стоял Алекс и пытался обработать огромные ссадины на ее коленях. Разодранные джинсы валялись тут же.

— Выключи свет, — распорядился Призрак таким тоном, словно не удивился присутствию Марго здесь.

— Но... тебе ведь ничего не видно...

— Ты не слышала? Видно не должно быть тебе, а я справлюсь.

— Мэри... что случилось? — Марго попыталась всмотреться в лицо подруги, но та отвернулась, и Марго поняла — та плачет.

Свет она послушно выключила, понимая, что Алексу достаточно пробивавшегося из окна — прямо напротив ярко светил фонарь.

— Давай руки, — велел он, и когда Мэри оторвала пальцы от столешницы, Марго увидела кровавые следы, оставшиеся на светлом дереве.

Алекс ловко обрабатывал раны, накладывал повязки и, закончив, предложил:

338

— Лицо, думаю, сама умоешь? Руки только не мочи, возьми полотенце и протри аккуратно. Или помочь?

— Не надо, — глухо отозвалась Мэри и неловко спрыгнула со стола.

Пытаясь обойти притулившуюся у стены в узком коридоре Марго, она оказалась с той лицом к лицу.

Марго взяла ее за плечи и ахнула, увидев, что нос у Мэри сломан, а оба глаза почти заплыли от синяков:

— Боже мой... боже мой, что же это такое?!

— Отойди! — велел подошедший Алекс, резким броском руки схватил Мэри за нос и, сжав пальцы, как-то его повернул.

Мэри взвизгнула, оттолкнула Алекса, рванулась и скрылась в ванной, а он, как ни в чем не бывало вымывший руки над кухонной раковиной, уже ставил на огонь джезву для кофе:

— Не изображай наседку, раскудахталась тут. Большие деньги всегда сопровождаются большими неприятностями. Синяки через пару недель пройдут. Ну, и о тренировках придется забыть на это время, конечно — кому такой тренер понравится.

Марго вдруг словно ожила, подскочила к Алексу сзади и принялась молотить кулаками по спине:

— Это ты... как ты... как ты вообще мог...

Алекс развернулся и, влепив ей походя оплеуху, перелил сваренный кофе из джезвы в чашку:

— Хватит истерик, я сказал. Я ее пальцем не тронул.

— Как ты оказался здесь? — прижимая ладонь к горевшей от удара щеке, спросила Марго. — Сказал ведь, что тебе это все не нужно.

Алекс ногой выбил из-под стола табуретку, на которую обычно складывала ноги Мэри, с удобством устроился в углу, закурил и, помешивая кофе в чашке, протянул насмешливо:

— Не смог отказать себе в удовольствии.

— В удовольствии? В каком?! Видеть избитую женщину?! У тебя совсем крыша поехала?! — взвизгнула Марго.

— Прекрати истерику, — сузив ноздри, прошипел Алекс, подаваясь чуть вперед.

Но Марго уже не могла остановиться — она волновалась весь вечер, испугалась, когда кто-то вошел в квартиру Мэри, испытала шок при виде избитой подруги, и теперь ей нужно было выплеснуть все эмоции, и Алекс, разумеется, годился на роль громоотвода как никто другой.

— Почему, даже сделав доброе дело, тебе непременно нужно все испортить?! Почему тебе так нравится глумиться над нами, а?

— Над вами? — удивленно переспросил Призрак, отпивая кофе. — Нет, дорогая, все обстоит иначе. Это вы — ты и твоя подружка — глумитесь надо мной, словно нарочно подкидывая задачи сложнее и сложнее. Ты никогда не думала о том, что стоит мне каждый раз прилетать сюда? Мне кажется, что я живу в самолетах, летящих в единственном направлении — сюда, в Москву! Где бы я ни был, чем бы ни занимался — непременно раздается телефонный звонок, и я бросаю все и лечу. Даже если не собирался делать этого! А все потому, что мне по какой-то непонятной причине дороги вы обе — и ты, и эта упрямая идиотка! И я не могу позволить кому-то лишить меня удовольствия видеть вас — по отдельности или вместе, не важно. И не смей меня в чем-то упрекать, Марго!

— Если вы закончили ругаться, Марго, будь добра, помоги мне... — раздался голос Мэри, чьего появления в темном коридоре никто не заметил.

Марго мгновенно вскочила, уронив даже стул:

— Что, Мэрик?

— Даже полотенце намочить не могу... — Она подняла вверх забинтованные руки.

— Идем. — Марго увлекла ее в ванную, усадила там на стиральную машинку и, намочив полотенце, принялась аккуратно прикладывать его к лицу Мэри, стараясь не причинить боли. — Не скажешь, кто тебя так уделал?

Мэри скривилась то ли от воспоминаний, то ли от неприятных ощущений в разбитом лице:

— Это не он.

— Странно. Это было бы логично — исходя из всех наших с ним разговоров. Когда я ему позвонила, он был так зол, что не только избить, убить тебя мог запросто.

Мэри вдруг оттолкнула ее руки и уставилась в лицо злым взглядом:

— А зачем ты ему звонила?

— Тебе нужна была помощь... — пролепетала Марго, понимая, что сейчас подруга разозлится еще сильнее. Никогда она сама не попросила бы помощи, тем более — у Алекса.

— Это ты так решила?

— А как я должна была решить? Ты стала сама не своя, за тобой кто-то постоянно следил — а я должна была молча наблюдать и бездействовать? Ты бы так поступила, коснись меня что-то подобное?

Мэри виновато опустила голову.

— Как видишь, — продолжила воодушевленная этим Марго, — я не зря влезла. Хорошо, что он приехал.

Мэри тяжело вздохнула. Ей всегда сложно было признавать неправоту, но Марго ее признания и не были нужны. Главное, что Мэри жива, хоть и не совсем теперь здорова, но все поправимо.

— Я должна избавиться от этих денег, — произнесла Мэри решительно. — Я взяла ровно столько, сколько посчитала возможным, в конце концов, это мой дед, это было его желание. Но от остального я должна избавиться, иначе не смогу спокойно спать.

И Марго не стала спорить:

— Ты вольна делать так, как хочешь. В конце концов, тебя материальная сторона жизни вообще никогда не интересует. Квартира теперь твоя... — И тут она осеклась под удивленным взглядом подруги. — Ну да, я нашла договор... случайно, клянусь, я ничего не искала, он из журнала выпал...

— Да не оправдывайся, тоже мне секрет... я бы сама сказала сегодня, но видишь, как получилось.

— Так и не расскажешь?

— А нечего. Какой-то племянник той женщины считал, что все принадлежит ему, страшно огорчился, когда узнал о завещании, и кинулся справедливость восстанавливать. Рассчитывал, что в России решить вопрос проще — выкрал человека, заставил подписать бумаги и придушил, всего и дел, — скривилась Мэри, и Марго про себя с удивлением отметила, что Алекс все правильно рассчитал, его подозрения и на этот раз оказались верны. — Я пискнуть не успела, как меня прямо с крыльца клуба в машину затолкали. Привезли в какой-то полуразрушенный дом на окраине, прицепили наручником к трубе и давай ногами метелить. Это ты еще не видела, что у меня под одеждой...

Марго зажмурилась от ужаса:

— Как ты выдержала?

— А я бы не выдержала, Марго, ты не понимаешь? Когда нос хрустнул, я уже была готова на все, но тут появился наш Бэтманян — в буквальном смысле слетел с потолка и уложил этих двоих совершенно бесшумно. Меня от трубы отцепил, а их приковал, и мы уехали. Если повезет, их кто-нибудь найдет, если нет...

— Да и черт с ними. Главное, что ты жива.

Они вышли из ванной, но в кухне никого не обнаружили. На столе осталась только пустая чашка из-под кофе и два окурка в пепельнице.

— Он улетел, но обещал вернуться, — констатировала Мэри. — Даже не знаю, огорчиться мне, что не поблагодарила, или обрадоваться, что не пришлось увидеть его торжествующего лица при этом.

Через три дня Мэри, повинуясь какому-то непонятному чувству, взяла мобильный и отправила эсэмэс с единственным словом «спасибо», а через минуту телефон звякнул, и на экране возникло: «Представляю, как ты себя ломала все эти дни. Не за что».

А еще через две недели, когда лицо ее приняло почти нормальный вид, она перевела все деньги со счета в один из детских домов своего родного города, оставив графу «Отправитель» пустой. Эти деньги не принадлежали ей в той мере, чтобы она имела право на оглашение своего имени, да и имени у нее, по сути, давно уже не было. Мария Юрьевна Лащенко-Кавалерьянц была мертва, а Лейла Манукян, использовавшая везде псевдоним Мэри, не хотела огласки.

ЗАПАДНЯ
ДЛЯ АНГЕЛА-
ХРАНИТЕЛЯ

— Алло, Марго?

Мужской голос в трубке был смутно знакомым, но я никак не могла вспомнить, кому он принадлежит, а номер на дисплее не высветился. Черт бы подрал этих шифрующихся граждан! Такое впечатление, что полстраны находится в глубоком подполье и не желает, чтобы кто-то видел номера их телефонов! Что за жизнь...

— Да, это я.

— Вы не узнаете меня?

— А должна?

Манера собеседника говорить загадками раздражала, и я уже собралась положить трубку, как услышала:

— Немудрено, конечно. Мы с вами давно не виделись. Это Арсен.

У меня внутри что-то ухнуло. Арсен... Это же... о черт...

— Д-да, теперь я узнала, — выдавила я, лихорадочно прикидывая, что нужно от меня этому человеку.

— Марго, я не решился бы тревожить вас, но ситуация критическая. Алекс арестован.

Ну, вот оно! Конечно! Что еще могло случиться, чтобы сводный брат Призрака позвонил мне в понедельник с утра и разбудил! Разумеется, у Алекса проблемы! Разумеется!

— Что произошло? — стараясь говорить ровно и не разбудить спящую рядом дочь, проговорила я, нащупывая на спинке кровати халат. — Погодите минуту, я выйду в другую комнату, у меня спит ребенок.

— Да-да, конечно, я подожду.

Я натянула халат, зажимая трубку плечом, сунула ноги в тапки и встала. Вторая половина кровати была пуста — Джеф уже уехал на работу, он привык вставать рано и всегда с утра объезжать принадлежащие ему заведения. Прекрасно, потому что все, что связано с Алексом, нервирует его. Мой нынешний муж испытывал вполне оправданную неприязнь к мужу бывшему — что тут странного. Мы долгое время жили спокойно, и вот снова Алекс объявляется в моей жизни, да еще вот так — через посредника.

Обосновавшись в кухне, я проговорила в трубку:

— Я вас слушаю.

— Марго, я понимаю, что вы не особенно хотите слышать о моем брате, но, кроме вас, я сейчас ни к кому не могу обратиться. Ситуация сложная, я бы сказал — запутанная какая-то, — нерешительно заговорил Арсен.

— Если он арестован, то куда уж запутанней-то, — перебила я. — Давайте без реверансов, Арсен.

— Простите. Словом, ему предъявили обвинение в массовом убийстве...

— В чем?! — ахнула я, чувствуя, что сейчас свалюсь на пол.

— Он якобы застрелил в ресторане десять человек.

— Сколько?! — Цифра никак не желала помещаться в моем сознании, это было чересчур даже для профессионального киллера.

— Десять, Марго, вы ведь не глухая. Говорят, что он вошел в ресторан с винтовкой Мосина в руках и расстрелял десятерых мужчин, сидевших за одним из столов.

— Его задержала охрана?

— Нет. Он спокойно вышел из ресторана и уехал, а арестовали его в гостинице.

— В какой гостинице, я вообще не понимаю...

— Марго, и я не понимаю, — перебил Арсен, — потому и звоню вам, чтобы попробовать разобраться.

— Но я-то чем могу вам помочь? Я не видела его около года, только изредка созванивались да пару раз в аське пообщались.

— Он случайно не говорил вам, что собирается в N?

— Куда?! — Название города удивило меня — один из провинциальных центров крупной области, где, по идее, у Алекса вообще не должно бы быть никаких интересов.

— В N, — повторил Арсен. — Это случилось там.

— Господи... — пробормотала я, схватившись рукой за голову.

— То есть вы не в курсе, — подытожил Арсен. — Я примерно так и думал, но надеялся, что, может быть...

— Не может! — отрезала я. — Я ведь сказала — мы давно не виделись, а в телефонных разговорах это название не звучало, я бы запомнила. Так он там, в N?

— Нет, он здесь, в Бутырке.

— Это легче. Вы не были у него?

— Был. Но он категорически отказался обсуждать со мной хоть что-то. Все, что я сейчас рассказываю, я узнал через приятеля от следователя, ведущего дело.

— Арсен, давайте честно — чего вы хотите от меня?

— Марго... не прикидывайтесь. Вы прекрасно понимаете, что я имею в виду. Если есть человек, которому Алекс скажет хоть что-то, то такой человек — вы.

Ну, совсем хорошо! Я! А меня спросить не пробовали — мне-то оно надо? Я с таким трудом пыталась избавиться от присутствия Алекса в своей жизни, и теперь, когда это практически удалось, все начинается снова. А у меня муж и двухлетняя дочь! И мне ну никак не нужен сейчас Призрак с его проблемами — никак!

— Вы хотите, чтобы я поехала к нему?

— Это было бы неплохо...

— Я подумаю! — отрезала я и попрощалась: — Всего доброго, Арсен, спасибо за подкинутые с понедельника проблемы, это как раз то, чего мне сейчас остро не доставало.

Отключив телефон, я застонала — ну за что, за что мне это?! Только за то, что Алекс возомнил себя когда-то моим ангелом-хранителем? И теперь что — я остаток жизни обязана бросать все и помогать ему, когда у него проблемы? Расплачиваться за то, что он в свое время помог мне? Вроде как — долг платежом красен? О черт, черт, черт!

В спальне проснулась Маша, выбралась из кроватки, и я услышала ее шаги.

Надо собрать себя в кучу, встать со стула и поставить кашу на огонь — ребенок завтракать хочет, а я тут вожусь со своим прошлым и его постоянными посланниками.

— Ма-ма! — заявило мое лохматое рыжее чудо, явившись в кухню в пижаме и тапках, обутых не на ту ногу.

— Привет, моя хорошая. — Я подхватила ее и усадила на колени, пригладила взъерошенные рыжие локоны и чмокнула в макушку.

Маша, или Мэри, как мы звали ее дома, была очень похожа на Джефа, но я порой необъяснимо находила в ней черты моей любимой подруги, трагически ушедшей из жизни несколько лет назад. Моей рыжей Мэрьки, профессиональной танцовщицы и французской романистки, писавшей детективы под псевдонимом Мэри Кавалье. На самом же деле звали ее Мария Лащенко, она никогда не говорила и — уж тем более — не писала по-французски, но известность обрела именно в этой стране — не без моей, конечно, помощи.

Я была ее редактором, переводчиком, агентом, стилистом, нянькой, лучшей подругой — словом, всем. Мы делили все в жизни пополам — и горе, и радость, несколько лет были почти неразлучны, даже жили в одном

351

подъезде. Собственно, и сейчас мы с Джефом живем в ее квартире, а свою несколькими этажами ниже сдаем.

Это решение я приняла внезапно, поддавшись порыву — мне вдруг стало так невыносимо одиноко после ее похорон, что я решила переехать в ее квартиру, где все напоминало о ней. Джеф, к счастью, понял и не стал возражать. Он вообще не умеет возражать мне, хотя характер у него непростой, и я всегда прислушиваюсь к его мнению. Но Джеф — он такой, никогда не станет упираться на ровном месте и перечить, если нет веского повода.

Мне с ним очень повезло, и именно Мэри в свое время подталкивала меня к этому браку, убеждая, что лучше я не найду. Оказалась права, рыжая стерва... Как же мне ее не хватало порой!

Сварив кашу и накормив дочь, я занялась посудой, ожидая, когда появится наша няня. В последнее время я стала подрабатывать разовыми заказами на визаж, много ездила по фотографам и фотостудиям, работала с моделями и просто с женщинами, которым требовался профессиональный макияж. Эта работа была скорее возможностью выходить из квартиры, чем заработать, да мы особенно и не нуждались в моих заработках. Джеф открыл три ирландских паба в разных концах Москвы, и нам вполне хватало на жизнь. Но я так устала сидеть в четырех стенах, что окончила специальные курсы, собрала бьюти-бокс, сделала неплохое портфолио, куда вошло, кстати, немало снимков Мэри еще в ее бытность танцовщицей бальных танцев, и теперь могла иногда побаловать себя необременительной творческой работой, иной раз даже просто бесплатно — за идею, так сказать.

Сегодня у меня не было заказов, однако в связи с утренним звонком Арсена я собиралась все-таки выйти из дома, потому и позвонила Ирине, попросила подъехать.

Маша занялась кубиками в большой комнате, а я, сев на диван, уткнулась в ноутбук, пытаясь заодно систематизировать в голове полученную от Арсена информацию.

Решив, что нужно начинать действовать, я позвонила приятелю-адвокату и попросила его съездить в Бутырку, а потом позвонить мне. Он пообещал сделать все как можно скорее.

Я не могла понять, что происходит. Более бредового рассказа я не слышала никогда — даже покойной Мэри не мог прийти в голову хотя бы приблизительно похожий сюжет. Потому что даже в очень плохих романах и сериалах вы ни за что не увидите киллера, идущего на «заказ» с винтовкой Мосина наперевес.

Я перерыла интернет, все возможные и невозможные сайты об оружии и только укрепилась в мысли о том, что это какая-то нелепость. Сейчас нет проблем достать любое оружие, а уж Алексу с его связями и статусом вообще, так какого черта он явился в переполненный ресторан, притащив с собой едва ли не музейный экземпляр, который к тому же нужно еще и перезаряжать?! Я не находила этому никакого объяснения, а внутри себя была четко уверена — это бред. Не было такого — и не могло быть. Что я — Алекса не знаю? Да он бы готовился тщательно, следил бы за теми, кого должен убрать, знал бы расписание по минутам и уж точно не выбрал бы для акции ресторан чуть не в центре города, пусть и провинциального. Нет, я не могла в это поверить, мой мозг просто отказывался усваивать подобную информацию.

Я с тоской отодвинула ноутбук и задумалась. Эх, как в такие моменты мне нужна была моя Мэри... Она бы сейчас вставила в мундштук сигаретку, закурила бы, окутавшись дымом, прищурила бы глаза и изрекла что-нибудь толковое. Или хотя бы подсказала направление, в котором двигаться. Но Мэри не было больше — только холодная могильная плита.

Внезапно я почувствовала непреодолимое желание поехать туда, к ней, отвезти цветы и посидеть на могиле. Просто посидеть и подумать — так, как будто Мэри рядом.

К счастью, приехала Ирина и сразу занялась Машей, дав мне возможность делать то, что я пожелаю.

Не став откладывать, я оделась и вышла из квартиры. Машина завелась с трудом, видимо успела замерзнуть за три довольно холодные ночи и три таких же морозных дня, когда я не прикасалась к ней. Ничего, сейчас разогреется, до Новодачного кладбища путь неблизкий, в сторону Долгопрудного, на дорогах уже приличное количество машин, хоть и довольно рано еще.

Выезжая на Новокузнецкую, я вдруг поняла, что забыла дома рукавицы, и теперь руки просто примерзают к рулю, но возвращаться не стала. Мэри бы только посмеялась — ей, привыкшей к крутым сибирским морозам, вообще было непонятно наше московское желание укутаться в сто шарфов при температуре чуть ниже десяти градусов, она всегда ходила без шапки и иной раз даже не доставала зимнюю обувь.

Я вела машину к выезду из города, то и дело поглядывая в зеркало заднего вида — какое-то неприятное ощущение закралось еще там, возле дома, и теперь не отпускало, а только усиливалось. Но ничего мало-мальски подозрительного я так и не обнаружила. Нужно было сделать остановку где-то у цветочного ларька, чтобы купить цветов. Жаль, что еще не сезон — Мэри любила ландыши, и я первой же весной после похорон засадила ими всю могилу, так что теперь в мае она покрывалась душистым ковром. Ничего, возьму розы, хоть Мэри и не особенно их жаловала.

Я уже отходила от цветочного павильона с четырьмя розовыми розами в руках, когда в кармане завибрировал мобильный. Сунув букет в машину, я ответила на звонок — это оказался Михаил, адвокат.

— Слушай, Маргуля, а там точно все чисто? — с места в карьер начал он, и я слегка растерялась:

— То есть? Если человек в Бутырке — наверное, не дорогу на красный свет перешел.

— Нет, ты не поняла. Он не согласился встретиться со мной, передал записку, а там сказано — мол, в услугах адвоката не нуждаюсь, передайте своему нанимателю, что с ней видеться я тоже не намерен. Короче — оставьте меня в покое. Вот так, подруга.

— Понятно... — протянула я, смекнув, что Алекс догадался, кто мог прислать ему защитника. — Спасибо тебе, Миша.

— Да вроде не за что пока. Но ты смотри — если он передумает, я к твоим услугам.

Я попрощалась, сунула мобильный в карман и прислонилась лбом к машине. Черт побери настырного Призрака! Почему он отверг мою помощь? Что есть такого в этом деле, что он не хочет подпускать меня близко?

Сев за руль, я двинулась к кладбищу.

Всю дорогу я думала об одном — что же случилось с Алексом, кто мог так его подставить? В том, что это именно банальная, тупая подстава, я была почему-то абсолютно уверена. Ну не мог, не мог Алекс — человек, выполнявший «заказы» разной степени рискованности и сложности, так глупо опарафиниться — иначе и не скажешь. Нет такого слова в русском языке, чтобы пристойно назвать то, что произошло. Должно быть что-то такое, о чем я пока не знаю, но непременно докопаюсь. Я должна.

На Новодачном было пустынно и тихо, высокие деревья покачивали голыми ветками, а стаи ворон мирно сидели на них, высматривая добычу. Меня всегда пугала эта тишина, и я предпочитала не оказываться в подобных местах одна, но сегодня просто не было выбора. Я привыкла доверять своей интуиции, а потому точно знала — эта поездка мне поможет.

Могила Мэри находилась довольно далеко от входа, мне пришлось продираться по сугробам и кустарникам, вольготно разросшимся здесь за лето и осень. Ничего, весной все вырежут, приведут в порядок... А вот и Мэри — ее могилу ни с чьей не спутаешь. Мы с Джефом заказали серый мраморный памятник, на котором мастера сделали отпечаток фотографии, той самой, что висела у меня в большой комнате до сих пор. Мэри в широких черных брюках и белой свободной рубашке навыпуск, в мужской шляпе и с убранными под нее волосами сидела на стуле с мундштуком в руке. Сейчас мне показалось, что я даже вижу тонкий дымок от ее ментоловой сигареты, поднимающийся кверху.

За памятником у меня хранилась щетка, и я быстро смахнула остатки снега с мрамора, подмела скамейку и стол, положила розы и опустилась на деревянное сиденье.

Мэри смотрела на меня с фотографии, чуть прищурившись, и, казалось, улыбалась.

— Ну, привет, моя девочка, — вздохнула я, глядя на фотографию. — Не хватает мне тебя, Мэрька... Не лечит время, понимаешь? Вроде закручусь, забудусь — а потом раз! — какой-то момент, воспоминание, фраза твоя — и все по новой. Рано ты ушла, рано... Наказала обоих... ладно — его, но меня-то за что?

Мэри по-прежнему щурилась с мрамора и, конечно, молчала. Но мне почему-то показалось, что от памятника начало исходить тепло, и даже влага выступила на серой поверхности.

— Мэрька, он опять влип в историю и сейчас в тюрьме. Я не знаю, что делать, — продолжила рассказывать я так, словно она действительно меня слышала, — понимаешь, я чувствую, что он не виноват, он не мог. Он бы иначе сделал, ты-то знаешь. Ну глупо ведь — с допотопной винтовкой в полный ресторан! Не могло такого быть! Положить десять человек на глазах у толпы — Мэри, ты подумай! Такое даже для него — слишком. У меня просто в голове не укладывается! Я не знаю, как ему помочь, а он отказывается от адвоката! Я посылала к нему приятеля, так его завернули — мол, клиент отказался. Я ничего не понимаю, Мэри! Он отказывается от моей помощи — или вообще отказывается, совсем? Он не хочет поговорить, написал адвокату, что не выйдет на свидание ни с ним, ни со мной, я просто не понимаю, что с ним. Джеф пока не в курсе, но мне придется ему сказать... Даже не знаю, как он отреагирует, ты ведь помнишь, он никогда не был в восторге от нашего общения. Я чувствую, что он мне выскажет, конечно, но ведь ты понимаешь, что я не могу Алекса бросить — вот так... — Я вытерла выкатившиеся на щеки слезы.

Только Мэри я могла вот так пожаловаться на судьбу, потому что только она поняла бы и не осудила. У меня был муж — спокойный, уравновешенный, надежный, как якорь, Джеф. Я любила его, правда любила и не представляла себе жизни отдельно от него. Но...

Алекс. Алекс, которого я знала с собственного детства, Алекс, который то исчезал, то возвращался, то умирал, то вновь воскресал и вновь объявлялся в моей жизни, рассаживался по-хозяйски, закинув одну ногу щиколоткой на колено другой и покуривая трубку, к которой пристрастился в последние годы. Все плохое в моей жизни было связано с ним — но и многое хорошее тоже. Мне кажется, я буду с ним всю жизнь — пусть не рядом, но вместе. Он вытаскивал меня из разного рода переделок, помогал, утешал. Точно так же, как помогал Мэри, когда она была жива. И даже больше...

Ей он помог уйти. Я буквально клещами вынула у него признание в этом в тот момент, когда он лежал после тяжелой операции и был буквально на волосок от реальной смерти, а не мнимой, как обычно. Именно тогда он признался мне в том, что это он помог обездвиженной после удара по шее Мэри уйти из жизни.

Я, правда, и сразу подозревала, что это Алекс, но доказательств у меня, конечно, не было. И вот он признался в этом сам. Я даже не помню, какие чувства испытала, услышав это признание. От Алекса я всегда ждала чего угодно. Но потом, со временем, я вдруг поняла, что он спас Мэри этим своим поступком. Спас — и сам потом мучился неимоверно, потому что совершенно разные вещи — убить здорового мужика и лишить жизни беспомощную женщину, которая не может сопротивляться, а только смотрит на тебя полными боли глазами и повторяет:

— Мне будет легче, если это сделаешь ты.

Я прекрасно понимала, что он ощутил в то мгновение. Это был самый логичный финал самого странного романа в жизни Алекса. Романа с женщиной, которая любила его и готова была перегрызть себе за это горло, потому что считала его моим. Мэри не смогла предать нашу дружбу, как я ни пыталась внушить ей, что у нас с ним все кончено навсегда. Мэри не поверила. И вот теперь ее нет — и его почти нет.

Дул пронизывающий ветер, у меня совсем замерзли руки, я прятала их в рукава шубы, но никак не находила в себе сил встать и пойти к машине. Ледяная улыбка Мэри не давала мне сделать этого. Мне казалось, что она знает что-то, знает — и не может донести до меня это свое знание, и сколько бы я ни сидела на деревянной скамье, все равно ничего не услышу, не пойму.

Я тяжело поднялась, подошла к памятнику и погладила изображение Мэри:

— Спасибо, что выслушала, милая. Только ты можешь понять.

Постояв еще минуту, я вышла из оградки, заперла калитку и направилась к выходу.

Дома все было в порядке — Маша досыпала после обеда, Ирина сидела в большой комнате и ловко орудовала крючком, из-под которого уже показались отчетливые очертания белого ажурного воротничка.

— Вы свободны, Ирина, спасибо.

Я протянула ей деньги, и няня, убрав в сумку вязание, стала собираться.

— Я покормила Машу супом и пюре, почитала ей, мы поиграли в фигурки — видите, это она сама составила, — Ирина указала на стоявшую на полу логическую игрушку для малышей, которую они с Машей собирали.

— Да, хорошо, — рассеяно проговорила я, думая о другом.

— У вас все в порядке? — коснувшись моей руки, спросила няня, и я встрепенулась:

— Да, Ирина, все нормально. Задумалась просто.

Няня попрощалась и ушла, захлопнув за собой дверь, а я села на диван, не в силах пошевелиться. Такое впечатление, что из меня высосали все соки, и я не могу больше ничего — так и буду сидеть на этом диване. Время шло, скоро вернется Джеф, и мне нужно как-то собраться и идти готовить ужин, но я не могла.

Ко мне пришла проснувшаяся Маша, залепетала что-то, залезла на колени и смешно заглядывала в лицо, завешенное упавшей челкой.

— Да, милая, сейчас, — пробормотала я, прижимая девочку к себе. — Сейчас папа приедет, мы с тобой ужин будем готовить.

Джеф вернулся как раз в тот момент, когда я наконец совладала с охватившей меня слабостью и пошла в кухню. Дочь с визгом понеслась в коридор, и оттуда я услышала голос мужа:

— Красавица моя! Папа соскучился, весь день своих девочек не видел. А мама где?

— Там! — громко заявила дочь, и Джеф вошел в кухню, неся девочку на руках.

— Привет, Марго. — Он чмокнул меня в щеку, и я виновато забормотала что-то об отсутствии ужина, но от внимательного Джефа не укрылось мое странное состояние.

Поставив Машу на пол, он развернул меня к себе, вынул из руки нож, которым я собиралась резать курицу, и заглянул в глаза:

— Что-то случилось?

Скрывать уже не имело смысла — лучше пусть он узнает от меня, чем от кого-то еще.

— Мне надо поговорить с тобой, — произнесла я, и Джеф сразу напрягся:

— Чувствую, я уже знаю, о чем пойдет речь. Вернее — о ком. Угадал?

— Угадал, — вздохнула я. — У него проблемы, Джеф, и я пытаюсь понять, кто...

— Марго! — прервал муж, увлекая меня за собой в комнату и усаживая там на диван. — Марго, мы с тобой не первый день знакомы. Ты прекрасно знаешь мое отношение ко всему, что связано с Алексом. Скажи — зачем ты полезла в это снова?

— Я не полезла бы, если бы...

— Я не прошу оправдываться, я прошу объяснить, — настойчиво, но пока еще мягко повторил Джеф, усаживая на колени подбежавшую Машу. — Я никак не могу понять, что тебя теперь-то связывает с ним? Воспоминания? Или ты стремишься выяснить, до какого предела я буду терпеть это?

— Джеф! Я умоляю тебя — не начинай! К тебе это вообще не имеет никакого отношения!

— Да? У моей жены есть дела, не имеющие отношения ко мне? Не находишь, что это странно?

— О господи! — взмолилась я. — Как ты не поймешь... он столько раз помогал мне, я и жива-то, может, потому, что он был рядом, а ты...

— А что я? — жестко спросил муж. — Что — я? Разве я не помогал тебе? Конечно, не так, как он, но все же? Марго, тебе пора понять — все, что связано с этим человеком, опасно, о-пас-но! Как мне донести это до тебя в той форме, которую ты наконец воспримешь?

— Я очень тебя прошу — выслушай меня сейчас, мне не с кем больше посоветоваться, — упрямо твердила я, чувствуя, что уже перегибаю палку. — Там происходит что-то странное, что-то такое, чему никто не может найти объяснения.

Джеф замолчал, думая о чем-то, а я боялась даже дышать. Чертов Алекс, опять ты лезешь в мою жизнь и рушишь ее! Я не могу потерять Джефа, просто не могу — я его люблю, у нас дочь! Почему так происходит? Ну почему, за что я так прогневала бога, что он обрек меня на такие мучения? Я вынуждена разрываться между двумя мужчинами, каждый из которых дорог мне по-своему, и потерять их обоих мне страшно. Как сделать так, чтобы всем было хорошо? Ну как?!

— Хорошо, Марго, — заговорил наконец Джеф. — Я постараюсь помочь тебе на этот раз. Но пообещай, что больше никогда ты не станешь иметь с ним дел. Я серьезно. Мне очень неприятно, что я припер тебя к стенке и заставляю делать выбор, но ты пойми и меня тоже. Я хочу семью, понимаешь? Нормальную семью, мою, ту, где нас трое — а не четверо. Я очень устал мириться с его присутствием рядом с нами, мне это надоело. Да, я тоже благодарен ему за многое, в том числе и за тебя, но — хватит, понимаешь? Хватит!

Я понуро опустила голову. Джеф был так убийственно прав, что у меня даже не находилось слов, чтобы возразить. В самом деле — почему он должен страдать из-за призраков моего прошлого? За что ему такой груз? Он ведь не так много хочет — семью, обычную семью, как у людей, а не это криминальное трио, и его можно понять. И нужно понять — если я не собираюсь остаться одна.

— Я поняла тебя. Но сейчас ты выслушаешь то, что я скажу?

— У меня нет выбора, ведь так? — печально улыбнулся муж, взяв свободной рукой мою руку, а второй крепко прижимая к себе Машу.

— Только тогда давай сперва приготовим ужин, хорошо?

Мы вместе быстро приготовили жаркое из курицы с овощами, нарезали салат, поели. Маша закапризничала, требуя внимания, и я пошла с ней в комнату, а Джеф зашумел водой, моя посуду. Идиллия... Если бы еще не раскиданные по всей квартире перья моего ангела-хранителя...

Позже, когда наигравшаяся и выкупанная Маша уснула в кроватке, сложив под щеку крепко сжатые кулачки, мы, оставив ей ночник, снова ушли в кухню. Именно там всегда легче протекали разговоры, уж не знаю почему.

— Говори, — произнес Джеф, закуривая сигарету.

Я выложила все, что узнала от Арсена и адвоката, а также добавила кое-какие собственные соображения на этот счет. Когда же умолкла, хлебнув чаю, Джеф вдруг захохотал.

— Ты... что?

— Марго, это просто анекдот какой-то, не находишь? — отсмеявшись, проговорил муж. — Ну ты сама подумай: Алекс — и винтовка Мосина! Даже если допустить, что это самоновейший экземпляр, созданный по заказу, — есть такие, штучно выпускаются. Но даже это не делает их пригодными для такого рода операций, понимаешь? Пять патронов в магазине, очень тугой механизм перезарядки — ему потребовалось бы довольно много времени, чтобы снова ее зарядить, а ты говоришь — десять трупов. Это как же выглядело? «Подождите, господа, не шевелитесь, я перезаряжу?» — так, что ли? Ну ведь плохой сериал, честное слово! Алекс ведь не идиот.

«Ну хоть какие-то достоинства ты за ним признаешь», — подумала я про себя с сарказмом.

А Джеф продолжал:

— Я ведь его хорошо знаю, он ни за что не пошел бы на необдуманный риск. Да и оружие выбрал бы поудачнее — «калаш» чем плох в такой ситуации? Напротив — идеальная вещь. Вошел, дал очередь от живота — и все, фарш, а тебя поминай как звали. Я голову могу прозакладывать — если бы это был Алекс, он бы так и сделал.

— Ты что хочешь сказать? — медленно спросила я, поднимая на мужа глаза. — Что это был не он?

— Марго, ведь ты и сама так думаешь.

— Но тогда почему его арестовали? Арестовали в ту же ночь, в гостинице!

— Вот тебе и еще одна накладка. Что же — Алекс, уложив из «дубья» такую тучу народа, отправился ночевать в гостиницу? Если наверняка знал, что его опознают и арестуют? Лежал в коечке, покуривал трубку и ждал, когда за ним нагрянут? Ну идиотизм ведь, Марго! И совершенно на него не похоже.

— Да... но тогда...

— Тогда выходит, что он был в N, но по другой надобности, а кто-то знал об этом. Знал — и вот так все обставил.

— Погоди, — перебила я, — но тогда получается, что за ним кто-то следил? Иначе откуда сведения, что он в N собирается? Этого даже я не знала, а мы последний раз общались в аське совсем недавно, и он вообще не обмолвился, что собирается куда-то ехать. Наоборот — сказал, что дома все время, с Маргошей.

Джеф поморщился. Информация о том, что я общаюсь с Алексом, всегда была ему неприятна, хотя я особенно ничего не скрывала. Между нами не было флирта, никаких намеков — словом, ничего, на что мой муж мог бы отреагировать ревностью, например. Просто наши отношения с Алексом уже давно вышли за рамки общепринятых и понятных, и даже Джеф не мог найти объяснения этому факту. Но ему — я видела — это неприятно.

— Давай рассуждать, — глубоко вздохнув, проговорил он. — Алекс едет в N. Что за дела у него могут там быть, мы вряд ли поймем. Но есть еще кто-то, кто об этом знает. И есть группа — заметь, группа! — товарищей, которые кому-то на что-то наступили. Иначе к чему такая скотобойня в ресторане? И Алекс явно в курсе этих событий, потому что иначе его никаким боком к горе трупов не пристегнешь. Так?

Я кивнула.

— Дальше. Откуда ты узнала про марку оружия?

— От Арсена. Это его сводный брат. А ему кто-то добыл информацию у следователя, ведущего дело.

— Марго, мы уже определились, что это больше смахивает на анекдот, чем на исполнение «заказа».

Уж кто-кто, а мой муж в этом понимал — сам много лет принадлежал к той же лавочке, что и Алекс. Работал на довольно крупную нелегальную контору, промышлявшую исполнением заказных убийств в разных странах. Алекс сумел выкупить его контракт, и об этом знала только я, хотя Джеф, кажется, догадывался, почему от него вдруг отстали.

— Джеф, милый, даже я прекрасно понимаю, что это бред, — но уж за что купила, за то и продаю, — вздохнула я, поднялась со стула и обняла мужа за плечи, прижавшись грудью к плечу.

— Погоди, давай не будем отвлекаться, — попросил он, — ты мешаешь мне сосредоточиться. Нужно выяснить, кто были эти люди — в смысле убитые. Ты сможешь как-то узнать это через Арсена?

— Попробую.

— Хорошо. И уже от этого мы будем отталкиваться. А теперь... — его рука недвусмысленно поползла под мой халат.

В конце концов, не могу же я постоянно думать о судьбе Призрака, у меня ведь и муж имеется...

В эту ночь мне приснилась Мэри, как, впрочем, всегда после визитов на кладбище. Она сидела в кресле с неизменным мундштуком в руке, то и дело прикладываясь к нему губами, делала затяжки и смотрела на меня в упор. Я тоже рассматривала Мэри, ее прическу, ее длинную тонкую юбку, спадавшую на пол шлейфом, полупрозрачную блузку с камеей у горла — она всегда прикалывала ее на такие вот блузки. Моя Мэри...

— Ты его вытащишь, Марго. Потому что он не делал этого. Но вытащить его можешь только ты.

— Но как, как, Мэри? Я ничего не могу...

— Можешь. И ты сама знаешь, как это сделать. Тебе поверят.

Я хотела спросить, что она имеет в виду, но образ Мэри вдруг стал бледнеть и наконец совсем растаял, а я открыла глаза и поняла, что уже утро. Но почему-то мне почудился в комнате легкий запах ментоловых сигарет...

То, что рассказал через два дня по телефону Арсен, привело меня в замешательство. Убитые оказались членами одной крупной армянской диаспоры, с которой Алекс вел какие-то совершенно легальные дела здесь, в России. Самое удивительное заключалось в том, что ехал он в N как раз на встречу с ними — чтобы обсудить некоторые вопросы, и уж точно у него не было причины превращать деловой разговор в бойню. Все шло ровно и мирно, он действительно был в ресторане, и его там видело множество народа. И даже нашлись люди, которые вспомнили, во сколько он ушел. Но никто из них не мог точно сказать, не возвращался ли Алекс в ресторан позже и с оружием.

— Я вообще не понимаю... — жалобно проговорила я, пересказав это мужу, — не понимаю, как так может быть. Сто человек видели, как он ушел, — и никто не может точно сказать, возвращался ли!

— Не преувеличивай.

— Ну, пусть не сто... Но ведь должен же был кто-то видеть, как он вернулся с этой чертовой винтовкой обратно! Иначе — почему арестовали его? И почему он лежал в номере и ждал, когда за ним придут?

— Он не ждал, Марго. Он просто этого не делал. Это был кто угодно — просто с похожим типажом. Сама ведь знаешь...

Да, я знала, о чем говорит Джеф. В полумраке ресторанного зала любой человек с кавказской внешностью может оказаться похожим на кого угодно, а если задаться целью подставить именно Алекса, то тут вообще нет проблем — намотай на шею клетчатый шарф, и ты в порядке. Любовь Алекса к подобным вещам на этот раз оказала ему дурную услугу, если все было так, как мы думаем.

Зато у меня в голове мгновенно сложился план, как устроить алиби Алексу. Да, придется пойти на кое-какие жертвы, даже выслушать от него все, что он захочет мне сказать, но это будет уже после. После того, как я его вытащу. А с Джефом как-нибудь разберусь.

Как и следовало ожидать, мой план вообще не привел мужа в восторг, более того... Но я упорно стояла на своем, мотивируя это тем, что пока Джеф будет искать настоящего убийцу, Алекса упрячут лет на двадцать, а то и по максимуму, а у него все-таки дочь.

— Ты опять думаешь сперва о нем, а потом уже обо мне. Каково мне будет слушать все это, а? — тихо спросил муж, и в его голосе я вдруг услышала столько боли, что испугалась.

В самом деле — я думаю о том, как выручить Алекса, но при этом совершенно забываю о том, каково придется моему мужу слышать то, что я собираюсь сказать следователю? Какой нормальный мужчина станет терпеть такое от жены?

Я обняла Джефа за шею и зашептала на ухо, перемежая слова поцелуями:

— Родной мой, прости, я так люблю тебя... я так люблю тебя... обещаю, что это в последний раз... прости меня, ладно? Но это — единственная возможность помочь ему, другой просто не будет, тут кто-то хорошо поработал...

— Не рви себя, Марго, — сказал Джеф, усаживая меня на колени. — Я ведь знаю — ты не остановишься, что бы я ни сказал сейчас. Я не могу запретить тебе — ты все равно не послушаешь и будешь вынуждена врать и изворачиваться, потом станешь от собственного вранья мучиться — так к чему? Лучше уж я буду в курсе. Но я хочу, чтобы ты знала — мне неприятно то, что происходит.

— Я понимаю...

Назавтра, оставив Машу с няней, мы ехали поездом в N.

Мне вдруг вспомнилось, как однажды Мэри со смехом пересказывала мне свой разговор с Алексом в аське. Он как раз куда-то мотался по железной дороге и потом делился впечатлениями с ней.

— Я не понимаю, почему вы, русские, такие свиньи? — патетически вопрошал он, и Мэри очень смешно это копировала, представляя, с какими именно интонациями произносит эти слова Призрак. — Почему у вас принято не добираться до туалета, а использовать для этого тамбур?

— А вот обобщаешь ты совершенно зря, — ответила она ему тогда, — мы с Марго, например, тоже русские, но это не мешает нам находить дорогу в туалет.

— Зато большинство ваших сограждан этого сделать просто не в состоянии!

Помнится, спор у них тогда вышел жаркий, перешел на национальные особенности и затух только после того, как Мэри сказала Алексу какую-то свою едкую гадость. Я же вспомнила это, именно учуяв специфический запах поездного туалета, и мне стало смешно и одновременно обидно за соотечественников. В самом деле — почему так? Нигде в Европе я не могла припомнить подобного.

В N было удивительно тепло, я распахнула пальто и сняла шарф. Джеф покосился, но не сказал ничего. Мы поехали в ту самую гостиницу, где арестовали Алекса. Цель была одна — найти того, кто дежурил в ту ночь и мог бы подтвердить, что вместе с ним в номер вернулась я. Ничего более оригинального мне в голову не пришло, но я была уверена, что Мэри в моем сне имела в виду именно это. Никак иначе я не могла составить ему алиби — только сказав, что была с ним. Бедный Джеф, как же все-таки жестоко я с ним поступаю...

Девушку, сидевшую на ресепшен в ту ночь, мы нашли, и за не особенно крупную сумму она согласилась подтвердить то, что мне нужно.

Я с облегчением вздохнула. Теперь осталось самое сложное — убедить Алекса в том, что так надо. Я предвидела его реакцию, да и что там предвидеть, когда он ясно дал понять, что не желает меня видеть. Ничего, придется, я тоже умею настаивать, когда мне нужно.

В Бутырку я хотела поехать одна, справедливо рассудив, что для Джефа это будет уже слишком. Он не возражал — собирался встречаться с кем-то из своих старых информаторов, по-прежнему иногда добывавших ему нужные данные.

Заперев за ним дверь, я начала одеваться и краситься. Хотела выглядеть как можно лучше, чтобы не давать Алексу лишнего повода уколоть меня. Как раз в этот период я ощутимо похудела и считала это своей маленькой победой, но Призрак, разумеется, придя в ярость, не заметит ничего и обязательно найдет какой-то изъян в моей внешности. Ну, к этому я всегда готова, не первый день его знаю, и уже даже не обидно.

Ждать в Бутырке пришлось долго, я то сидела в машине, то прохаживалась по парковке и уже совсем занервничала, что ничего не получится, когда меня наконец позвали.

Сердце мое бухало в такт каблукам сапог, когда я шла за невысоким парнем в форме по длинному коридору. Почему здесь такие ужасные коридоры? Эти сводчатые потолки, мрачные стены, узкие длинные пространства... Как будто я попала в фильм ужасов...

К счастью, в комнате для свиданий все было более-менее цивилизованно — прозрачная перегородка, переговорное устройство, стул... Я села туда, куда мне указал провожатый, и приготовилась снова ждать. Хорошо, что папа, всю жизнь прослуживший в органах, помог мне попасть сюда в неприемные часы и так, что гарантированно рядом никого больше не будет — только я и Алекс.

Он вошел в комнату по ту сторону перегородки, и я невольно привстала со стула. Призрак осунулся, оброс почему-то бородой, как «лесные братья», и вообще выглядел не лучшим образом. Ну, тюрьма мало кому идет на пользу. А с Алекса как-то почти мгновенно сошел весь его заграничный лоск, придававший ему столько шарма.

Он сел на стул и взял трубку переговорного устройства:

— Зачем ты явилась, Марго?

— Здравствуй, Алекс, — игнорируя и его злой тон, и буравящий мое лицо взгляд, проговорила я мягко. — Как ты себя чувствуешь?

— А как, по-твоему, я должен чувствовать себя? Здесь что — курорт?

— Не злись, пожалуйста, — еще более нежным тоном попросила я и улыбнулась — так, как он любил.

В глазах Алекса мелькнуло что-то растерянное, он не мог понять моего поведения, я не поддавалась на агрессию, не давала себя обидеть.

— У меня к тебе разговор, — поняв, что он сбился с раздраженного тона, я перешла в наступление. — Выслушай меня сперва, а потом будешь орать, если захочешь. Просто слушай и молчи, хоть раз в жизни сделай так, как я тебя прошу. Мы с тобой были в N вдвоем — ты и я. Ты был на встрече в ресторане, а я ждала тебя в гостинице, потом ты вернулся и был со мной вплоть до ареста. Буквально за час мы с тобой поссорились, и я ушла, поэтому меня в номере и не застали, понятно? И не пробуй это опровергнуть — у меня куча свидетелей того, что я была в гостинице. Это же самое я скажу через час следователю. Так что тебе лучше принять это и смириться, потому что я знаю — ты не делал этого.

Выпалив тираду на одном дыхании, я умолкла, чувствуя, как в горле пересохло и очень хочется хотя бы глоток воды, которой, разумеется, нет.

Алекс молчал, только таращил на меня глаза и так сильно сжимал трубку переговорного устройства, что побелели пальцы.

— Что ты делаешь, Марго? — выдавил он наконец. — Ты понимаешь, что ты делаешь?

— Отлично понимаю. Я — твое алиби, причем такое, что легко проверить.

— Я не об этом. Ты убиваешь свой брак, Марго. Джеф не простит тебе, когда узнает.

— Это не твоя забота.

— Нет, Марго, ошибаешься. Я дал себе слово, что не стану мешать твоей жизни.

— Ну так вот и сделай милость — не нарушай его и прими мою помощь. Этим ты здорово облегчишь мне эту самую жизнь, — попросила я.

— Джеф тебя не простит.

— Что ты заладил, а? — начала злиться я, не понимая, почему он так упорствует. — Какое тебе дело до наших отношений?

— Ты собираешься заявить следователю о том, что у нас с тобой связь, что ты провела со мной время в другом городе — как, по-твоему, это воспримет твой муж?

— Будет весел, как майский соловей, но это не твое дело, повторяю в сотый раз, если ты с первого не понял. Мой муж — мои заботы. Я серьезно говорю — не пробуй опровергнуть, совсем запутаешься. Алекс, так нужно — иначе ты сядешь за то, чего не делал.

Он как-то странно посмотрел на меня и спросил негромко:

— А ты точно уверена, что я не делал этого?

Это меня разозлило. Что за манера наговаривать на себя и нагонять флер мрачной мистики? Тоже мне — Призрак! Все-таки Мэри не зря его наградила этой кличкой, которую мы всегда использовали, упоминая Алекса в своих разговорах.

— Прекрати! Я достаточно давно тебя знаю, чтобы поверить в то, что услышала о твоем деле. Правда, было у меня подозрение, что ты чем-то синтетическим задвинулся — раз так по-идиотски попался и такое нелепое оружие выбрал. Лучше бы вилку взял — оно и то эффективнее и не так смешно даже, — зло отбрила я, и Алекс рассмеялся:

— Марго, ты по-прежнему умница. И ты права. Я не делал этого. Это были мои компаньоны, мы такое дело задумали... К чему мне их убивать? Глупо же.

— Ну так и не упирайся тогда, сделай то, что я прошу.

— Отдаешь долги, да, Марго? Спать мешают?

— Не поверишь — мне вообще все равно. Но я могу тебя выручить и сделаю это. Только ты не мешай, очень прошу. Все, мне пора.

Я встала и повесила трубку переговорного устройства, но Алекс постучал в стекло согнутым пальцем, и я вернулась:

— Что?

Он поманил меня к стеклу, и когда я нагнулась, вдруг прижался к нему лицом. Я вздрогнула — это было слишком уж неожиданно, слишком нехарактерно для него. Невольно я прониклась к нему каким-то едва ли не материнским чувством, прижала ладонь к стеклу, туда, где находилась его щека, и закусила губу, чтобы не расплакаться. Все-таки нет во мне той жести, что была в Мэри, мне всегда всех жалко, я не умею обижать людей, не умею безучастно относиться к их проблемам, всегда прощаю. А Мэри не умела прощать. Она была в чем-то как Алекс — и именно это, наверное, не дало им возможности быть вместе. Они тянулись друг к другу, но в последний момент отскакивали, словно боясь обжечься. Наверное, это было правильно...

Алекс все так же стоял, прижавшись лицом к стеклу, отграничивавшему мою руку от его щеки. Губы его чуть дрогнули, и я скорее догадалась, чем поняла: он просил прощения.

О чем ты просишь... я давно тебя простила, именно поэтому я здесь. Я тебя простила.

Джеф ждал дома с новостями. Его человек принес важную информацию о том, кто мог хотеть Алексу неприятностей. И это оказалось поистине ужасным, потому что в игру вступил не кто иной, как Большой Босс...

Тот самый человек, что организовал в Англии довольно прибыльный бизнес по ликвидации людей, тот, кто считал Алекса лучшим своим приобретением, лучшим исполнителем. Но в последнее время Призрак все чаще выходил из-под контроля, все чаще отказывался от работы, постоянно скрывался где-то. Да еще и выкупил контракт Джефа, бывшего в конторе «вторым номером». Нарушить данное Алексу слово Большой Босс не мог, но и отпустить его просто так тоже не хотел. За Алексом установили слежку, которую тот, занятый новым бизнесом, просто не заметил. И акция в ресторане была спланирована таким образом, что никто и никогда не докопался бы до истины. Если бы мы с Джефом не зацепились за оружие...

— Ты понимаешь, что он теперь постоянно будет в опасности? — спросил Джеф, закончив рассказывать.

— Да...

— Понимаешь, что нужно держаться подальше?

— Да...

— Все, Марго, ты обещала. Завтра его выпустят, я узнавал. Но ты больше не подойдешь к нему.

Я удрученно кивнула. Слово нужно держать.

Мы встретились с Алексом на улице через три дня после того, как его выпустили. Я гуляла с Машей в сквере, когда в кармане зазвонил телефон. Я взглянула на дисплей — это был Алекс.

Поколебавшись, я ответила:

378

— Да, алло.

— Это я, Марго. Повернись направо, я сижу на лавке у скульптуры.

Я повернулась и увидела его. Он помахал мне рукой, но я не тронулась с места.

— Ты правильно делаешь, Марго, что не подходишь ко мне. Еще ничего не закончилось, и ты должна быть осторожнее, моя девочка.

— Я не твоя девочка.

— Ты всегда моя девочка, и сама это знаешь. Я сегодня уеду, поэтому просто не мог тебя не повидать. Маша выросла. Ты по-прежнему зовешь ее Мэри?

— Да.

— Так и не можешь забыть?

— И не хочу.

— Ты права, наверное. Она тебя любила, Марго, и не хотела, чтобы тебе было больно.

— Поэтому оттолкнула тебя.

— У нас не было будущего, Марго. Но хватит об этом. Я уезжаю. Наверное, мы никогда не увидимся с тобой. Но ты просто помни, что я есть, и если нужно — я буду рядом.

Я не успела ничего сказать — он выключил телефон, встал со скамьи и пошел к выходу из сквера.

Я смотрела ему вслед и про себя думала: «Алекс-Алекс, зачем ты постоянно говоришь слова, не понимая их значение? «Никогда» у тебя — слишком короткий период времени, и ты вернешься скорее рано, чем поздно, я хорошо это знаю. Как знаю и то, что мы с тобой обречены друг на друга. У тебя будут сотни женщин, у меня — муж, но мы все равно вместе, все равно рядом. Ты не можешь даже умереть раньше меня, и этому есть причина. Ты взял на себя трудное бремя ангела-хранителя, а они живут ровно столько, сколько те, кого они охраняют, и всегда приходят на помощь. Наверное, и за это тоже я до сих пор тебя люблю».

СОДЕРЖАНИЕ

Литературно-художественное издание

ЗАКОН СИЛЬНОЙ. КРИМИНАЛЬНОЕ СОЛО МАРИНЫ КРАМЕР

Крамер Марина

ТАНГО ПОД ПРИЦЕЛОМ

Руководитель группы *И. Архарова*
Ответственный редактор *А. Самофалова*
Младший редактор *Е. Дмитриева*
Художественный редактор *Д. Сазонов*
Технический редактор *Г. Этманова*
Компьютерная верстка *Е. Киселевой*
Корректор *О. Башлакова*

Страна происхождения: Российская Федерация
Шығарылған елі: Ресей Федерациясы

ООО «Издательство «Эксмо»
123308, Россия, город Москва, улица Зорге, дом 1, строение 1, этаж 20, каб. 2013.
Тел.: 8 (495) 411-68-86.
Home page: www.eksmo.ru E-mail: info@eksmo.ru
Өндіруші: «ЭКСМО» АҚБ Баспасы,
123308, Ресей, қала Мәскеу, Зорге көшесі, 1 үй, 1 ғимарат, 20 қабат, офис 2013 ж.
Home page: www.eksmo.ru E-mail: info@eksmo.ru.
Тауар белгісі: «Эксмо»
Интернет-магазин : www.book24.ru
Интернет-магазин : www.book24.kz
Интернет-дүкен : www.book24.kz
Импортёр в Республику Казахстан ТОО «РДЦ-Алматы».
Қазақстан Республикасындағы импорттаушы «РДЦ-Алматы» ЖШС.
Дистрибьютор и представитель по приему претензий на продукцию,
в Республике Казахстан: ТОО «РДЦ-Алматы»
Қазақстан Республикасында дистрибьютор және өнім бойынша арыз-талаптарды
қабылдаушының өкілі «РДЦ-Алматы» ЖШС,
Алматы қ., Домбровский көш., 3-а», литер Б, офис 1.
Тел.: 8 (727) 251-59-90/91/92; E-mail: RDC-Almaty@eksmo.kz
Өнімнің жарамдылық мерзімі шектелмеген.
Сертификация туралы ақпарат сайтта: www.eksmo.ru/certification

Сведения о подтверждении соответствия издания согласно законодательству РФ
о техническом регулировании можно получить на сайте Издательства «Эксмо»
www.eksmo.ru/certification
Өндірген мемлекет: Ресей. Сертификация қарастырылмаған

Дата изготовления / Подписано в печать 10.02.2022. Формат 70x90¹/₃₂.
Гарнитура «GaramondNarrowC». Печать офсетная. Усл. печ. л. 14,0.
Тираж 2500 экз. Заказ 1288.

Отпечатано с готовых файлов заказчика
в АО «Первая Образцовая типография»;
филиал «УЛЬЯНОВСКИЙ ДОМ ПЕЧАТИ»
432980, Россия, г. Ульяновск, ул. Гончарова, 14

Москва. ООО «Торговый Дом «Эксмо»
Адрес: 123308, г. Москва, ул. Зорге, д.1, строение 1.
Телефон: +7 (495) 411-50-74.   **E-mail:** reception@eksmo-sale.ru

По вопросам приобретения книг «Эксмо» зарубежными оптовыми
покупателями обращаться в отдел зарубежных продаж ТД «Эксмо»
E-mail: **international@eksmo-sale.ru**

International Sales: International wholesale customers should contact
Foreign Sales Department of Trading House «Eksmo» for their orders.
international@eksmo-sale.ru

По вопросам заказа книг корпоративным клиентам, в том числе в специальном
оформлении, обращаться по тел.: +7 (495) 411-68-59, доб. 2261.
E-mail: **ivanova.ey@eksmo.ru**

Оптовая торговля бумажно-беловыми
и канцелярскими товарами для школы и офиса «Канц-Эксмо»:
Компания «Канц-Эксмо»: 142702, Московская обл., Ленинский р-н, г. Видное-2,
Белокаменное ш., д. 1, а/я 5. Тел./факс: +7 (495) 745-28-87 (многоканальный).
e-mail: **kanc@eksmo-sale.ru**, сайт: **www.kanc-eksmo.ru**

Филиал «Торгового Дома «Эксмо» в Нижнем Новгороде
Адрес: 603094, г. Нижний Новгород, улица Карпинского, д. 29, бизнес-парк «Грин Плаза»
Телефон: +7 (831) 216-15-91 (92, 93, 94).   **E-mail:** reception@eksmonn.ru

Филиал ООО «Издательство «Эксмо» в г. Санкт-Петербурге
Адрес: 192029, г. Санкт-Петербург, пр. Обуховской обороны, д. 84, лит. «Е»
Телефон: +7 (812) 365-46-03 / 04.   **E-mail:** server@szko.ru

Филиал ООО «Издательство «Эксмо» в г. Екатеринбурге
Адрес: 620024, г. Екатеринбург, ул. Новинская, д. 2щ
Телефон: +7 (343) 272-72-01 (02/03/04/05/06/08)

Филиал ООО «Издательство «Эксмо» в г. Самаре
Адрес: 443052, г. Самара, пр-т Кирова, д. 75/1, лит. «Е»
Телефон: +7 (846) 207-55-50.   **E-mail:** RDC-samara@mail.ru

Филиал ООО «Издательство «Эксмо» в г. Ростове-на-Дону
Адрес: 344023, г. Ростов-на-Дону, ул. Страны Советов, 44А
Телефон: +7(863) 303-62-10.   **E-mail:** info@rnd.eksmo.ru

Филиал ООО «Издательство «Эксмо» в г. Новосибирске
Адрес: 630015, г. Новосибирск, Комбинатский пер., д. 3
Телефон: +7(383) 289-91-42.   E-mail: eksmo-nsk@yandex.ru

Обособленное подразделение в г. Хабаровске
Фактический адрес: 680000, г. Хабаровск, ул. Фрунзе, 22, оф. 703
Почтовый адрес: 680020, г. Хабаровск, А/Я 1006
Телефон: (4212) 910-120, 910-211.   **E-mail:** eksmo-khv@mail.ru

Филиал ООО «Издательство «Эксмо» в г. Тюмени
Центр оптово-розничных продаж Cash&Carry в г. Тюмени
Адрес: 625022, г. Тюмень, ул. Пермякова, 1а, 2 этаж. ТЦ «Перестрой-ка»
Ежедневно с 9.00 до 20.00. Телефон: 8 (3452) 21-53-96

Республика Беларусь: ООО «ЭКСМО АСТ Си энд Си»
Центр оптово-розничных продаж Cash&Carry в г. Минске
Адрес: 220014, Республика Беларусь, г. Минск, проспект Жукова, 44, пом. 1-17, ТЦ «Outleto»
Телефон: +375 17 251-40-23; +375 44 581-81-92
Режим работы: с 10.00 до 22.00.   **E-mail:** exmoast@yandex.by

Казахстан: «РДЦ Алматы»
Адрес: 050039, г. Алматы, ул. Домбровского, 3А
Телефон: +7 (727) 251-58-12, 251-59-90 (91,92,99).   E-mail: RDC-Almaty@eksmo.kz

Украина: ООО «Форс Украина»
Адрес: 04073, г. Киев, ул. Вербовая, 17а
Телефон: +38 (044) 290-99-44, (067) 536-33-22.   E-mail: sales@forsukraine.com

**Полный ассортимент продукции ООО «Издательство «Эксмо» можно приобрести в книжных
магазинах «Читай-город» и заказать в интернет-магазине: www.chitai-gorod.ru.**
Телефон единой справочной службы: 8 (800) 444-8-444. Звонок по России бесплатный.

Интернет-магазин ООО «Издательство «Эксмо»
www.book24.ru
Розничная продажа книг с доставкой по всему миру.
Тел.: +7 (495) 745-89-14. E-mail: imarket@eksmo-sale.ru

book 24.ru

Официальный
интернет-магазин
издательской группы
"ЭКСМО-АСТ"

ISBN 978-5-04-160817-0

9 785041 608170 >